Peter Schwindt

Gwydion

König Arturs Verrat

Peter Schwindt

Gwydion

König Arturs Verrat

Ravensburger Buchverlag

Bibliografische Information Der Deutschen Bibliothek

Die Deutsche Bibliothek verzeichnet diese Publikation in der Deutschen Nationalbibliografie; detaillierte bibliografische Daten sind im Internet über **http://dnb.ddb.de** abrufbar.

1 2 3 09 08 07

Umschlagillustration: Joachim Knappe
Redaktion: Ulrike Metzger

Printed in Germany

ISBN 978-3-473-34497-0

www.ravensburger.de

Inhalt

Ein nächtlicher Dieb

Gwyn wälzte sich unruhig von einer Seite auf die andere, schlug die Decke zurück und zog sie sich kurz darauf wieder zähneklappernd bis zum Kinn hoch. Seit drei Nächten hatte er nie länger als zwei Stunden geschlafen und die Müdigkeit zerrte nun an seinen Nerven, die wie die feinen Saiten einer Harfe bis zum Zerreißen gespannt waren. Begonnen hatte alles vor vierzehn Tagen, als sich mit quälendem Husten eine schwere Erkältung angekündigt hatte, die ihn tagelang mit hohem Fieber und Schüttelfrost ans Bett fesseln sollte.

Gwyn fühlte brennenden Durst. Der Krug mit Wasser, den er sich vorsorglich neben das Bett gestellt hatte, war schon nach Mitternacht leer gewesen. Nun mochte es eine Stunde vor Sonnenaufgang sein und Gwyn versuchte sich immer noch vergeblich in den Schlaf zu zwingen. Wütend strampelte er die Decke beiseite, schwang die Beine aus dem Bett und tastete mit der Hand blind nach dem Krug.

Über zwei Wochen lang hatten sie bei Wind und Wetter nach seinem Freund Rowan gesucht, jede verlassene Scheune und jede Höhle im Umkreis mehrerer Meilen durchsucht, doch Sir Kays Sohn war wie vom Erdboden verschluckt. Keinem der Bauern war der halbwüchsige Bursche aufgefallen, der seit dem Johannistag verschwunden war. Insgeheim wunderte sich Gwyn nicht darüber. Er kannte Rowan zu gut. Wenn er tatsächlich seinen Vater, den ungeliebten Hofmeister Camelots, niedergestochen hatte, würde er bestimmt nicht so dumm sein, auf der Flucht vor seinen Verfolgern eine Spur zu hinterlassen, der man so ohne Weiteres folgen konnte.

Im Gegensatz zu König Artur oder den anderen Rittern der Tafelrunde hatte Gwyn Rowans Wahnsinnstat keineswegs überrascht. Gwyn hatte sich gefragt, ob er das Unglück hätte verhindern können, doch Merlin hatte ihm versichert, dass ihn keine Schuld traf. Der Druck, den Sir Kay auf seinen Sohn ausgeübt hatte, war enorm und offensichtlich zu viel für den Jungen gewesen. Am Ende hatte der übertriebene Ehrgeiz seines Vaters, der Rowan um jeden Preis zum Nachfolger König Arturs machen wollte, alles zerstört.

Artur hatte außer seiner Enkelin Aileen, die als Frau von der Thronfolge ausgeschlossen war, keinen legitimen Erben. Durch seine Verbindung und spätere Heirat mit Aileen sollte Rowan Britanniens zukünftiger König werden. Obwohl Sir Kay diese Beziehung eingefädelt hatte, liebte Rowan Aileen wirklich. Als diese jedoch erkannt hatte, dass Rowan weder den Ehrgeiz noch die Durchsetzungskraft oder gar die nötige Härte hatte, um Arturs Nachfolge anzutreten, hatte sie ihn mit einer Kaltherzigkeit fallen gelassen, die Gwyn zutiefst schockiert hatte. Und was alles noch schlimmer machte: Je länger Rowan auf der Flucht war, desto offener wurde Aileens Werben um ihn, den ehemaligen Schweinehirten aus Cornwall. Gwyn hatte sie immer wieder abgewiesen, aber die Prinzessin hatte nicht lockergelassen. Mittlerweile war es in Camelot kein Geheimnis mehr, dass sie Gwyn zum Nachfolger für den unglücklichen Rowan auserkoren hatte.

Gwyn musste laut und herzhaft niesen. Erschrocken hielt er inne und lauschte in die Stille, doch die anderen Knappen schliefen weiter. Er unterdrückte ein Husten, räusperte sich und öffnete mit dem Krug in der Hand die Tür.

Weit im Osten hatte der wolkenlose Himmel bereits eine blassblaue Farbe angenommen. Die ersten Vögel begrüßten den aufziehenden Tag mit fröhlichem Gezwitscher. Das regnerische Wetter der vergangenen Wochen war endlich den ersten warmen Sommertagen gewichen, die alle so herbeigesehnt hatten.

Gwyn hatte sich nicht erst die Mühe gemacht, seine schweren Stiefel anzuziehen. Ohne Hose und nur mit einem langen Hemd bekleidet, schloss er vorsichtig die Tür hinter sich. Er wollte gerade zur Küche hinüberlaufen, als etwas seine Aufmerksamkeit erregte. Zunächst glaubte er, sich getäuscht zu haben, doch einen Moment später war er sich sicher: Eine Gestalt huschte von Schatten zu Schatten an der Mauer entlang.

Gwyn blickte zum Wehrgang der Burgmauer empor. Keine der Wachen war zu sehen, was eine unglaubliche Nachlässigkeit war. Hastig überlegte er, was er tun sollte. Er konnte natürlich Alarm schlagen, doch dann wäre der ungebetene

Besucher gewarnt und würde vermutlich unerkannt fliehen. Plötzlich hatte Gwyn eine waghalsige Idee. Der Unbekannte, der in einer Ecke kauerte, war nicht sehr groß und mochte ihn allenfalls um einen halben Kopf überragen! Außerdem hatte Gwyn die Überraschung auf seiner Seite. Wenn er sich nicht allzu ungeschickt anstellte, würde er den Eindringling ohne Probleme überwältigen können.

Offensichtlich hatten sie beide dasselbe Ziel, denn die Gestalt huschte in Meister Arnolds Küche, deren Tür nachts immer offen stand. Von da aus war es ein Kinderspiel, in den Palas der Burg einzudringen, wo die Gemächer von König Artur und Königin Guinevra lagen! Gwyn fluchte und hetzte über den Hof. Erst als er auf der anderen Seite war, fiel ihm ein, dass er keine Waffe mit sich führte. Doch nun gab es kein Zurück mehr. Er musste sich beeilen. Wenn es dem Eindringling erst einmal gelang, die Tür zur großen Halle aufzubrechen, gab es eine Menge Verstecke, die er zu seinem Vorteil nutzen konnte.

Vorsichtig öffnete Gwyn die Tür und spähte hinein. Die Glut in der großen Feuerstelle tauchte Meister Arnolds Reich in ein rotes Zwielicht. Der Raum wurde von einem gewaltigen Tisch beherrscht, an dem die Knappen manchmal ihre Mahlzeiten einnahmen. Von der Decke hingen etliche große kupferne Töpfe und Pfannen. An der rechten Seite befand sich ein weiterer, etwas höherer Tisch, der sich entlang der gesamten Wand erstreckte. Hier wurden all die Gänse und Enten, Spanferkel und Rinderbraten, Karpfen und Forellen angerichtet, die dann von den Knappen in den Festsaal getragen wurden, wo bis vor Kurzem noch die großen Bankette und Festlichkeiten stattgefunden hatten, für die Camelot berühmt war.

Der Geruch von Schinken, der im Kamin zum Räuchern aufgehängt worden war, hing in der Luft und mischte sich mit dem Duft der frischen Kräuter, die in Bündeln von der Decke hingen und jenseits der Burgmauer in einem kleinen Garten gezogen wurden. Gwyn hielt den Atem an und lauschte. Nichts war zu hören. Vorsichtig zog er die Tür hinter sich zu und wartete darauf, dass sich seine Augen an die Dunkelheit gewöhnten. Er kroch auf allen vieren zur Anrichte und stieß dabei gegen den Eimer, in dem die Küchenabfälle gesammelt wurden. Das polternde Scharren, das Gwyn dabei verursachte, ließ ihn zusammenfahren.

Diese reflexartige Bewegung rettete ihm das Leben, denn der Schlag, der auf ihn niedersauste, traf statt seines Kopfes nur die linke Schulter. Gwyn stieß einen Schrei aus, teils aus Schmerz, teils aus Überraschung, da er nicht mit einem Angriff gerechnet hatte. Er wirbelte herum und sah einen Jungen über sich, der vielleicht zwei oder drei Jahre älter als er selbst war und mit beiden Händen ein dickes Holzscheit schwang. Er sah völlig verdreckt und verwahrlost aus. Der Gestank, der von ihm ausging, war atemberaubend und erinnerte an einen nassen Hund.

Bevor der Angreifer ein zweites Mal zuschlagen konnte, trat Gwyn zu und säbelte ihm so die Beine weg. Mit einem dumpfen Poltern schlug der Bursche auf die Dielen, wobei er den schweren Knüppel verlor. Sofort war Gwyn obenauf. Er versuchte ihn an den Handgelenken zu packen und so zu Boden zu drücken, aber es war, als ritte er einen bockigen Esel. In diesem Moment schnellte der Kopf des Jungen nach oben und traf Gwyn am Nasenbein. Der Schmerz, der durch seinen Kopf raste, hüllte ihn ganz und gar ein. Ohne es zu wollen, lockerte er den Griff, um die Hände schützend vor das Gesicht zu schlagen, das augenblicklich anzuschwellen schien. Er spürte, wie seine Finger feucht wurden. Der metallische Geschmack von Blut füllte seinen Mund. Sein Gegner versetzte ihm einen Stoß und Gwyn rollte hilflos auf die Seite, aber bevor der Bursche davonlaufen konnte, bekam Gwyn ihn mit seinen glitschigen Händen am Knöchel zu packen, musste dafür jedoch einen weiteren schmerzhaften Tritt einstecken.

Dann war die Küche plötzlich in das flackernde Licht mehrerer Fackeln getaucht. Gwyn hörte schwere Stiefel auf den Dielen und das singende Geräusch eines Schwertes, das aus der Scheide gezogen wurde.

Vor seinen Augen tanzten bunte Sterne. Die Stimmen, die er hörte, schienen ihm vertraut zu sein, doch erst als er auf die Beine gerissen wurde und die Augen wieder öffnete, erkannte er Lancelot, Merlin und den aufgeregten Meister Arnold, der nur mit Mühe von einem Wachsoldaten daran gehindert werden konnte, den jungen Einbrecher mit seinem Fleischerbeil niederzustrecken.

Gwyn taumelte betäubt vor und zurück. Immer wieder knickten seine Beine ein und Sir Lancelot führte ihn zu einem Schemel.

„Du siehst aus, als wärst du von einem Ochsenkarren überrollt worden“, sagte Lancelot, der vor ihm in die Knie gegangen war, und vorsichtig Gwyns Kinn anhob. Dabei verzog der Ritter das Gesicht – Gwyn schloss daraus, dass er wirklich schrecklich aussehen musste, denn Lancelot war ein hartgesottener Kämpfer, der schon einiges gesehen hatte.

Gwyn schaute benommen an sich hinab und sah das Blut, das auf seiner Brust einen großen, dunklen Fleck hinterlassen hatte.

Mittlerweile hatte der Tumult weitere Zuschauer angelockt, unter ihnen auch die anderen Knappen, die sich alle in ihren dünnen Hemden vor der Tür drängten, sodass eine Wache mit einer Lanze den Weg versperren musste.

„Los“, brüllte Lancelot. „Seht zu, dass ihr euch davonmacht!“

Keiner rührte sich.

Lancelot stand auf, ging zur Tür und schob die Wache beiseite. „Ich sagte, ihr sollt euch davonmachen“, knurrte er wütend. „Wer seid ihr, dass ihr nicht mehr den Befehlen eines Ritters gehorcht?“

Die Worte schienen ihre Wirkung nicht zu verfehlen. Die Jungen schreckten auf, als wären sie eben erst richtig wach geworden. Orlando nickte. „Verzeiht, Herr.“ Er packte seinen Freund Cecil beim Arm und gemeinsam mit den anderen Knappen machten sie kehrt und gingen wieder hinaus auf den Hof.

Merlin hatte in der Zwischenzeit den jungen Einbrecher verhört, dem von der anderen Wache die Klinge eines

Schwertes an die Kehle gedrückt wurde. Schließlich wandte sich der alte Mann stirnrunzelnd an Meister Arnold. „Er ist Sachse und lebt seit der verlorenen Schlacht mit seinen Leuten in der Ebene vor Camelot. Wann habt Ihr das letzte Mal Proviant an die sächsischen Familien verteilt?"

„Die sächsischen Familien ...", stotterte der Küchenmeister verlegen. „Also ... sie haben bisher noch nichts von mir bekommen."

„Wollt Ihr mir sagen, dass diese Menschen seit Wochen ohne Nahrung sind?"

„Aber ... das ist nicht meine Aufgabe. Bisher hat sich immer der Hofmeister um sie gekümmert." Er starrte den Jungen jetzt verächtlich an. „Und ich werde diesen *Tieren* nichts von unseren Vorräten geben."

„Diese *Tiere*, wie Ihr sie nennt, hungern", entgegnete Merlin ruhig. „Ihr werdet sofort Eure Lager öffnen und alles, was wir haben, mit ihnen teilen."

„Mit Verlaub, aber das ist nicht meine ...", versuchte Arnold zu erwidern, doch er stockte, als er Merlins Blick sah.

„Das ist ein Befehl des Königs und Ihr wollt ihm nicht Folge leisten?", fragte der Alte mit den stechenden Raubvogelaugen in schneidendem Ton.

„Nein ... will sagen ... doch." Arnold schluckte. „Ich werde alles Nötige veranlassen." Während er sich mehrere Male verneigte, stolperte er rückwärts davon.

Merlin gab dem Mann, der den Dieb in Schach hielt, ein Zeichen, woraufhin dieser zögernd das Schwert sinken ließ, und sagte etwas auf Sächsisch zu dem Jungen. Der blickte überrascht auf, rührte sich aber nicht. Erst als Merlin den Satz wiederholte, stand er auf und ging, ohne Gwyn auch nur eines Blickes zu würdigen.

„So", sagte Merlin. „Und jetzt wollen wir einmal deine Nase genauer untersuchen." Er beugte sich zu Gwyn hinab und strich vorsichtig über dessen Nasenrücken. Bevor dieser etwas sagen konnte, hatte Merlin Gwyns Nase zwischen seine beiden Handflächen genommen und eine ruckartige Bewegung gemacht. Gwyn schrie auf. Ein Schwall frischen Blutes drang aus den beiden Nasenlöchern.

„Tut mir leid, sie ist gebrochen, und wenn ich sie nicht gerichtet hätte, wäre dir später das Atmen schwergefallen." Er reichte Gwyn die knorrige Hand. „Komm mit in meine Gemächer, ich werde dir einen Verband anlegen." Mit einer Kraft, die Gwyn dem alten Mann nicht zugetraut hätte, half Merlin ihm auf.

„Ich werde in der Zwischenzeit zu den Knappen hinübergehen und ein ernstes Wort mit ihnen reden", sagte Lancelot grimmig und ging.

Gwyn konnte sich nur mit Mühe auf den wackligen Beinen halten. Sein Kopf fühlte sich an, als wäre er auf den doppelten Umfang angeschwollen und ein pochender, dumpfer Schmerz betäubte jede andere Empfindung.

Als sie hinaus in den Burghof traten, war die Sonne bereits aufgegangen und vertrieb die letzten Reste des morgendlichen Dunstes. Ein warmer Frühsommertag kündigte sich an, der jedoch nicht über die bleierne Stimmung hinwegtäuschen konnte, die auf Camelot lastete. Die Bediensteten gingen nur noch missmutig ihren täglichen Pflichten nach, viele Arbeiten blieben unerledigt. In den Ecken häufte sich der Unrat und auch die Arbeiten an den Wehranlagen, die in der Schlacht gegen Mordred schwer beschädigt worden waren, gingen nur schleppend voran.

Sie stiegen hinauf zu Merlins Gemächern. Gwyn musste bei jedem zweiten Treppenabsatz innehalten und schwer atmend nach Luft ringen. Es schien eine Ewigkeit zu dauern, bis sie oben angekommen waren.

„Die Wache hat geschlafen." Gwyn wusste nicht, warum er das gerade jetzt sagte. Vielleicht, um sein unüberlegtes Handeln zu entschuldigen, vielleicht aber auch nur, um seinem Unbehagen darüber Ausdruck zu verleihen, dass auf Camelot etwas nicht in Ordnung war.

Ganz und gar nicht in Ordnung war.

„Ich habe es vermutet", sagte Merlin. „Aber mach dir keine Gedanken, du hast richtig gehandelt."

Er stieß die Tür auf und bedeutete Gwyn mit einer Geste, voranzugehen.

Die Unordnung und das Chaos schienen auch vor Merlins Gemächern nicht haltzumachen. Überall lagen Dinge verstreut auf dem Boden und es roch, als hätte man seit Wochen nicht mehr gelüftet.

Camelots Hofmeister, der einst ein kraftstrotzender Hüne gewesen war, saß eingehüllt in eine Decke im einzigen Sessel und starrte mit erloschenen Augen vor sich hin. Sein rotes, von grauen Strähnen durchzogenes Haar war fettig und stand wirr nach allen Seiten ab, als wäre er eben erst erwacht. Das

Gesicht war so fahl, dass sein flammend roter Schnurrbart ungesund dagegen abstach. Gwyn warf Merlin einen besorgten Blick zu.

„Es geht ihm gut. Körperlich zumindest. Die Wunde in seiner Seite verheilt ohne Probleme. Nein, es ist sein Geist, der mir Sorgen bereitet."

„Sir Kay sieht aus wie ein Schlafwandler", flüsterte Gwyn.

„Du kannst ruhig laut sprechen", sagte Merlin. „Er versteht uns sowieso nicht."

Gwyn trat näher an den Hofmeister heran und beugte sich zu ihm hinab.

„Ich vermute, es ist der Schock, der ihm den Verstand vernebelt hat", fuhr Merlin fort. „Nicht weiter verwunderlich, wenn einem der eigene Sohn ein Messer in den Leib rammt."

Gwyn hob vorsichtig die Hand und schwenkte sie vor Sir Kays Gesicht. Keine Reaktion, nicht einmal ein Blinzeln. Rowans Vater schien sich tatsächlich an einem fernen Ort zu befinden.

Plötzlich hörte Gwyn hinter sich ein Geräusch und drehte sich um. Als Katlyn sein Gesicht sah, stieß das Mädchen einen erstickten Schrei aus und ließ eine Schale mit heißem Wasser fallen, die daraufhin in tausend Stücke zersprang.

Merlin runzelte die Stirn.

„Katlyn, das war meine letzte Schüssel. Du glaubst nicht, wie schwierig es heutzutage ist, Steingut von dieser Qualität aufzutreiben."

„Es tut mir leid", stammelte sie und bückte sich, um die Scherben einzusammeln, wandte dabei aber nicht einen Moment den entsetzten Blick von Gwyn ab, der sich zu einem schiefen Lächeln zwang.

„Offensichtlich sind die Schädel der Sachsen härter als meine Nase", nuschelte er.

„Es sieht schlimmer aus, als es ist", versuchte Merlin Katlyn zu beruhigen. „Das Blut kann man abwaschen. Vorausgesetzt, du findest noch etwas, in das man heißes Wasser füllen kann."

Katlyn errötete, wie sie es immer tat, wenn sie sich im Mittelpunkt der Aufmerksamkeit sah. „Ich bin gleich wieder da", sagte sie hastig und eilte davon.

Merlin wandte sich wieder Gwyn zu. „Camelot ist nicht mehr der Ort, der er einst war. Wir alle merken es, nicht nur ihr Knappen."

„Auch der König?", fragte Gwyn.

„Artur am allermeisten. Er sieht, wie sein Lebenswerk von den Mühlsteinen der Zeit zermahlen wird. Doch was das Schlimmste ist: Er hat einfach nicht mehr die Kraft, sich dagegen zu wehren. Unser König ist alt geworden. Müde und verbittert."

Gwyn erschrak, als Merlin diese Worte so offen aussprach.

„Das ist der Lauf der Dinge, Gwyn. Jeder Mensch hat seine Zeit, in der er an Größe gewinnt und die Welt verändert. Nur wenige erkennen diesen Moment und nutzen ihn. Artur war einer dieser Männer. Nun ist seine Zeit abgelaufen – und er will der Wahrheit nicht ins Auge blicken."

„Sir Kay hat diese Wahrheit erkannt", stellte Gwyn auf einmal fest.

Merlin lächelte. „Es freut mich, dass die herzliche Abneigung, die ihr beide füreinander hegt, deine Urteilskraft nicht beeinträchtigt hat. In der Tat, Sir Kay war der Einzige gewesen, der sich Gedanken um den Fortbestand von Arturs Lebenswerk gemacht hat. Natürlich waren die Schlüsse, die er aus diesen Überlegungen gezogen hat, genauso unannehmbar wie die Mittel, mit denen er sie durchsetzen wollte."

„Sir Kay war wohl in der Tat die Seele der Tafelrunde", sagte Gwyn leise.

„Er hat sie zusammengehalten", stimmte Merlin zu. „Und nun bricht sie auseinander. Die letzten Tage von Camelot sind angebrochen und alle treibt die Angst um, dass nichts mehr von uns bleiben wird. Du wirst es wahrscheinlich nicht verstehen. In deinem Alter denkt man noch nicht an den Tod. Aber eines Tages, das verspreche ich dir, wird er seinen Schatten auch auf dich werfen. Er wird dich fragen: Gwydion Desert, Erbe des Gralshüters, was hast du aus deinem Leben gemacht? Und wenn du dann keine passende Antwort parat hast, wird dich die Verzweiflung packen. Also stelle dir die Frage so früh wie möglich, damit du die Antwort kennst, wenn deine Stunde gekommen ist."

Die Tür ging auf und Katlyn betrat den Raum. Unter ihren Arm hatte sie einige saubere Lumpen geklemmt, während sie mit beiden Händen einen schweren hölzernen Eimer mit dampfendem Wasser trug. Sie stellte ihn ab und tauchte einen der Lappen hinein, um damit vorsichtig Gwyns Gesicht zu waschen. Das dumpfe Pochen in seinem Kopf war mittlerweile einem diffusen Schwindelgefühl gewichen. Es fiel ihm schwer, den Blick längere Zeit auf einen Punkt zu richten. Er spürte, wie seine Augäpfel unabhängig voneinander in verschiedene Richtungen rutschten, wodurch er alles doppelt sah. Merlin nahm Gwyns Gesicht in beide Hände und schaute ihn prüfend an.

„Ist dir schwindelig?"

Gwyn nickte. „Und übel."

Merlin seufzte. Katlyn, die nun Sir Kay wusch, hielt mit ihrer Arbeit inne. Ihr Blick auf Gwyn war kritisch, aber auch voller Sorge.

„Du wirst die nächsten Tage das Bett hüten. Katlyn wird dich zum Schlafsaal bringen."

„Aber meine Pflichten ...", versuchte Gwyn zaghaft zu widersprechen.

„Können warten." Merlin lachte trocken. „Es gibt sowieso keine. Oder hat etwa in den letzten Tagen Unterricht stattgefunden?"

Gwyn schüttelte den Kopf. „Nur Sir Tristan hat versucht, seine Lektionen im Bogenschießen abzuhalten."

„Und wie viele Knappen haben daran teilgenommen?"

„Nur Cecil, Orlando und ich", antwortete Gwyn leise.

„Darf ich Gwyn einige Bücher geben, damit er die Zeit sinnvoll nutzen kann?", fragte Katlyn.

„Nein, der Junge braucht absolute Ruhe." Merlin stand auf und nahm ihr den feuchten Lappen aus der Hand. „Bring ihn nach unten. Ich werde mich derweil um Sir Kay kümmern." Ohne eine Antwort abzuwarten, tauchte er den Lappen in den Eimer mit heißem Wasser und begann dem Hofmeister mit rührender Fürsorge das Gesicht zu waschen. Gwyn beobachtete erschüttert, wie Sir Kay die Reinigung der Ohren und der Nase mit kindlichem Gleichmut hinnahm.

Katlyn legte Gwyn eine Hand auf die Schulter und deutete mit dem Kopf Richtung Tür.

Königlicher Besuch

Wie lange ist Sir Kay schon in diesem Zustand?", fragte Gwyn, als er von Katlyn die Treppe hinabgeführt wurde.

„Seit er die Augen wieder geöffnet hat."

„Und er hat kein Wort gesprochen?"

„Nein. Wir müssen ihn füttern und säubern wie ein kleines Kind. Merlin und ich wechseln uns bei der Pflege ab. König Artur besucht ihn regelmäßig. Er ist der Einzige, den das Schicksal des Hofmeisters zu rühren scheint. Ihn und Lancelot."

„Lancelot?", fragte Gwyn überrascht.

Katlyn sah ihn nachdenklich an. „Erkennst du denn nicht, was die beiden miteinander verbindet?"

„Nein, beim besten Willen nicht."

„Lancelot hat Ähnliches durchgemacht. Als du ihn damals auf deinem Weg nach Redruth gefunden hattest, war er völlig verwirrt und am Rande des Wahnsinns. Und er kann sich bis heute nicht an die letzten vierzehn Jahre seines Lebens erinnern. Er kennt das finstere Tal, durch das Sir Kay gerade irrt. Ich glaube, dass die Feindschaft, die beide miteinander verbindet, eher eine Hassliebe ist, in der immer noch Platz für einen Funken Mitgefühl ist. Ich glaube, Lancelot würde alles tun, um Sir Kay wieder zurückzuholen. Dein Herr ist in der Tat ein herausragender Ritter. Vielleicht der letzte, den es auf Camelot noch gibt."

„Ja, das mag sein", sagte Gwyn nachdenklich. Er mochte Lancelot gern, viel mehr noch als seinen früheren Herrn, Sir Urfin, dessen Freundlichkeit stets eine leicht spöttische Tonart gehabt hatte. Je länger die Zeit mit ihm zurücklag, desto mehr wurde sich Gwyn der Tricks bewusst, mit denen Sir Urfin es stets gelungen war, immer ein wenig Abstand zwischen sich und ihm zu halten, ohne es Gwyn jedoch direkt spüren zu lassen. Dass Sir Urfin letzten Endes ein eitler Mann war, der sich dank seines scharfen Verstandes sogar König Artur überlegen fühlte und die Krone Britanniens an sich reißen wollte, hatte Gwyn erst erkennen können, als es zu spät war. Doch obwohl Sir Urfin ihn schmählich verraten hatte und schuld am Tod seines Freundes Humbert von Llanwick war, fragte sich Gwyn ab und zu, was nach seiner Verbannung aus Camelot aus ihm geworden war.

Lancelot war anders, geradliniger und somit auf den ersten Blick berechenbarer. Er behandelte jeden Menschen ohne Rücksicht auf dessen Stand oder Abstammung mit demselben Respekt. Natürlich umgab auch ihn ein Geheimnis, doch war es eines, unter dem er selbst am meisten litt. Vierzehn Jahre seines Lebens waren einfach ausradiert worden, und bis heute wusste er nicht, was sich in dieser Zeit zugetragen hatte. Manche mutmaßten sogar, dass er insgeheim ein Spion Mordreds war, der den Auftrag erhalten hatte, nach Camelot zurückzukehren, um die Gemeinschaft des Grals zu zerstören. Doch die Gefahr war nicht von Sir Lancelot ausgegangen, sondern Camelots Hofmeister war vermutlich von seinem eigenen Sohn niedergestochen worden. Nun gab es niemanden mehr, der die Ritter, sei es nur in ihrer Abneigung gegen den Hofmeister, einte. Hinzu kam, dass eine Bedrohung von außen fehlte oder zumindest nicht mehr wahrgenommen wurde. Arturs Sohn Mordred war nach der verlorenen Schlacht gegen Camelot geflohen und man hatte die Sachsen besiegt – zumindest für den Moment. An den Grenzen zu Arturs Reich herrschte Ruhe. Die Überfälle, die noch bis zum Frühjahr den Feind bis weit in den Westen nach Cornwall geführt hatten, hatten ein Ende gefunden. Eine trügerische Ruhe lähmte das Land. Gwyn war sich sicher, dass dies nur die Ruhe vor dem Sturm war. Bald würde ein neuer Kampf beginnen, der alle vorangegangenen Schlachten in den Schatten stellen würde. Dazu passte die besorgniserregende Nachricht von dem unablässigen Strom neuer Sachsenkrieger aus den Ländern jenseits des nördlichen Meeres im Osten Britanniens.

Und auch Mordred lebte noch, leckte irgendwo seine Wunden und versuchte wahrscheinlich, sein Bündnis mit den Sachsen zu erneuern. Seine Festung Tintagel war nur noch eine Ruine an der nördlichen Küste Cornwalls, er musste sich also an einem anderen Ort verstecken. Und wo immer er war, Mordred hatte Gwyn ganz bestimmt nicht vergessen. Arturs Sohn trachtete ihm immer noch nach dem Leben. Mit Schaudern erinnerte Gwyn sich an den Überfall in den Sümpfen, als er und Rowan in Merlins Auftrag auf dem Weg nach Wales gewesen waren. Nur durch eine glückliche Fügung waren sie damals Mordreds Schergen entkommen.

Auch Aileen hatte sich verändert. Bei seiner Ankunft war sie ein aufgewecktes, patentes Mädchen gewesen, das mit einem gesunden Menschenverstand ausgestattet war und sich erfrischend von seinem strengen und herrschsüchtigen Großvater unterschied. Dann hatte sie ihren Vater Mordred kennengelernt, und seit dieser Zeit war nichts mehr so wie zuvor. Sie war launisch und berechnend geworden, behandelte ihr nahestehende Menschen ungerecht und offenbarte immer mehr die Züge einer machtversessenen Prinzessin, die Rowan verstoßen hatte, weil sie in Gwyn einen passenderen Kandidaten für den britannischen Thron sah, den sie eines Tages erben würde.

Gwyn wusste beim besten Willen nicht, wie er damit umgehen sollte. Auf der einen Seite hatte er sich geschmeichelt gefühlt, da er sich ein wenig in die Prinzessin mit den langen, hellroten Haaren und der erfrischenden Offenheit verliebt hatte. Doch zum einen hatte er Rowan nicht vor den Kopf stoßen wollen, zum anderen spürte er, dass es gefährlich war, sich mit Mordreds Tochter einzulassen. Denn die Gunst, die sie ihm nun gewährte, konnte sich auch ins Gegenteil verkehren, wenn er ihr eines Tages doch nicht mehr als der richtige Partner für die Verwirklichung ihrer Ziele erscheinen würde.

Gwyn hatte sich stets darüber gewundert, warum Aileen ausgerechnet ihn ausgesucht hatte. Gut, er hatte sie durch ein waghalsiges Manöver ganz alleine aus den Klauen ihres wahnsinnigen Vaters Mordred gerettet, und es war auch Gwyn gewesen, der entscheidend dazu beigetragen hatte, dass Mordreds Angriff auf Camelot niedergeschlagen werden konnte. Doch trotz allem war er nur ein einfacher Bauernsohn aus Cornwall – zumindest für diejenigen, die seine wahre Herkunft nicht kannten. Nur Merlin wusste, dass Gwyn in Wahrheit Gwydion Desert, der Sohn des letzten Gralshüters, war, den man in den Legenden nur den Fischerkönig nannte. Gwyns Mutter Valeria war eine direkte Nachfahrin des Joseph von Arimathäa, der vor fast fünfhundert Jahren König Bran Fendigaid zum ersten Hüter jenes sagenhaften Kelches ernannt hatte. Und ebendieser Bran Fendigaid war der Urahn von Gwyns Vater Goon Desert, dem Herrn der Gralsburg Dinas Emrys. In Gwydion, den alle nur als Gwyn kannten, vereinigten sich nach fünf Jahrhunderten jene beiden Familien, die das Geheimnis des Grals von Generation zu Generation weitergegeben hatten. Dieses Geheimnis war einer Prophezeiung zufolge eng mit dem Schicksal der beiden Männer verknüpft, die den Drachen in ihrem Schild führten: Artur und Mordred. Die Prophezeiung besagte, dass das Einhorn dereinst den Drachen töten würde, und Gwyn trug ein Amulett mit einem Einhorn – das einzige Erbstück, das ihm seine Mutter hinterlassen hatte. Wenn sich diese Prophezeiung als wahr herausstellte, würde Gwyn eines Tages beim Tod der beiden Männer eine wichtige Rolle spielen. Er hatte lange gebraucht, um sein Schicksal zu akzeptieren und insgeheim hoffte er immer noch, dass sich diese Weissagung als falsch herausstellen könnte.

Es war merkwürdig still, als Katlyn und Gwyn die Unterkunft der Knappen betraten. Selbst Gwyns Freunde Cecil und Orlando blickten nur kurz auf. Gwyn vermutete zunächst, dass es wohl mit Lancelots morgendlicher Strafpredigt zu tun hatte, die mit Sicherheit gewaltig ausgefallen war. Doch dann sah er den wahren Grund für die Zurückhaltung seiner Freunde: An seinem Bett stand Prinzessin Aileen mit einem Korb Äpfel in den Armen. Die runzeligen Früchte waren nach dem langen Winter ein wahrer Schatz. Frisches Obst und Gemüse würde es erst wieder in einigen Wochen geben, wenn die Sonne lange und warm genug geschienen hatte. Als sie Gwyn entdeckte, lächelte sie ihn an und schüttelte ihr langes, hellrotes Haar.

„Ah, da ist ja Camelots Held. Wie es scheint, hast du uns wieder einmal vor den Sachsen bewahrt." Sie stellte den Korb auf das Bett und trat auf Gwyn zu, ohne Katlyn auch nur eines Blickes zu würdigen oder gar ein Wort des Grußes an sie zu richten. Stattdessen stieß sie ihre Zofe beiseite und führte den schwer angeschlagenen Gwyn zu seinem Lager. Er spürte, wie sich die Blicke der anderen in seinen Rücken bohrten. Eine Atmosphäre der Ablehnung, ja der Feindseligkeit, lag in der Luft.

„Du darfst dich zurückziehen, Katlyn“, sagte Aileen, als sie Gwyn dabei half, sich hinzulegen.

Das Mädchen verneigte sich und wandte sich sogleich zum Gehen.

„Und sag Merlin, dass ich es ihm nicht länger gestatten werde, deine Dienste in Anspruch zu nehmen. Du bist meine Dienerin, nicht seine. Wenn er jemanden benötigt, der ihm bei seinen undurchsichtigen Geschäften zur Hand geht, muss er sich jemand anderen suchen.“

Katlyn verneigte sich knapp. „Ja.“

„Ja, *Hoheit*!“

„Ja, Hoheit.“

„Auch wenn die Disziplin dieser Tage ein wenig zu wünschen übrig lässt, werde ich keine Nachlässigkeit deinerseits dulden. Haben wir uns verstanden?“, fuhr Prinzessin Aileen Katlyn scharf an. „Nun geh und räume meine Kammer auf. Melde dich bei mir, wenn du diese Arbeit erledigt hast.“

Katlyns Gesicht ließ keine Regung erkennen. „Jawohl, Hoheit“, sagte sie und verbeugte sich diesmal tiefer. Ohne einen Blick zurückzuwerfen verließ sie den Raum.

„Du solltest Katlyn etwas freundlicher behandeln“, flüsterte Gwyn, der sich vorsichtig hingelegt hatte. Sein Schädel hämmerte wie Griswolds Schmiede und eine Welle der Übelkeit stieg in ihm hoch. „Die vergangenen Wochen waren für alle von uns ziemlich hart.“

„Du solltest dich nicht mit dem gemeinen Volk verbrüdern“, erwiderte Prinzessin Aileen so laut, dass sie jeder hören konnte. „Das ist deiner nicht würdig.“

„Meiner nicht würdig?“ Gwyn schaute sie belustigt an. „Katlyn stammt aus einer adeligen Familie und du hast anscheinend vergessen, dass ich nur ein Schweinehirte bin. Ich muss mich nicht mit dem gemeinen Volk verbrüdern, ich gehöre dazu.“

„Nicht mehr, seitdem du in Camelot Aufnahme gefunden hast.“ Sie drückte ihn sanft, aber mit Nachdruck in seine Strohmatratze zurück. „Den Dreck und den Unrat deines Bauernhofes hast du endgültig zurückgelassen, als du mich gerettet hast. Du bist zu Höherem berufen. Vergiss das nie.“ Sie setzte sich neben ihn auf einen Schemel und begann, einen Apfel zu schälen. Dass die Knappen sie misstrauisch, ja geradezu feindselig anstarrten, schien sie nicht zu stören.

„Ich bitte dich, geh“, flüsterte Gwyn. „Mach es nicht noch schlimmer.“

Prinzessin Aileen antwortete nicht, sondern gab ihm stattdessen ein Apfelstück in die Hand.

„Was ist aus dem Mädchen geworden, das ich im Wald vor den Wildschweinen gerettet habe?“, fragte Gwyn leise. „Was hat dich nur so verändert?“

Prinzessin Aileen hielt Gwyn das nächste Apfelstückchen hin, schob es sich dann aber selbst in den Mund, als sie sah, dass Gwyn das erste noch nicht gegessen hatte.

„Nichts hat mich verändert“, sagte sie kauend und wischte das kleine Messer ab. „Ich bin immer schon so gewesen.“

„Das glaube ich dir nicht“, sagte Gwyn.

Sie zuckte mit den Schultern. „Dann hast du mich nicht richtig gekannt.“

„Ich vermute es beinahe auch“, kam es tonlos zurück.

„Gwyn, ich habe dir ein Angebot gemacht, in das jeder hier im Raum ohne mit der Wimper zu zucken einschlagen würde. Und ich wiederhole es noch einmal: Werde König an meiner Seite! Lass uns beide die Nachfolge von Artur und Guinevra antreten.“

„Nein“, sagte Gwyn.

Aileen rang sich ein Lächeln ab. „Warum bist du so halsstarrig? Mit uns beiden auf dem Thron würde Britannien zu neuer Größe erblühen!“

Gwyn schwieg.

„Ich habe bisher stets alles erreicht, was ich mir vorgenommen habe“, sagte Aileen eindringlich. „Du wirst deine Meinung noch ändern.“

„Niemals.“

Allmählich bekam Aileens Stimme einen gereizten Unterton. „Du willst mich doch nicht zum Feind haben, oder?“

Gwyn kniff die Lippen zusammen. Er wollte es nicht auf einen Streit ankommen lassen. Nicht hier. Und nicht in seinem momentanen Zustand.

Die Prinzessin schien das Schweigen anders zu interpretieren. Auf ihrem Gesicht erschien ein triumphierendes Lächeln. Sie deckte ihn zu und stand auf. „Ich lasse dich jetzt ruhen. Wenn es dir besser geht, sollten wir uns noch einmal unterhalten.“ Sie warf einen kurzen Blick über die Schulter. „Ohne unerwünschte Zuhörer.“

Aileen strich ihm über die Wange und ließ ihn dann allein. Als sie die Unterkunft verlassen hatte, sah Gwyn zu den anderen hinüber, die auf den Bänken saßen und ihn finster anstarrten. Orlando und Cecil schienen eifrig mit dem Reinigen ihrer Waffen beschäftigt zu sein.

„Was ist?“, rief Gwyn ungehalten.

„Du scheinst ja keine Zeit zu verlieren“, sagte Alaric und schaute Gwyn an, als sei er ein besonders widerwärtiges Insekt. „Kaum ist Rowan fort, machst du dich an die Prinzessin heran.“

„Ich mache mich nicht an die Prinzessin heran. Außerdem: Was geht dich das an? Ich wüsste nicht, dass du besonders gut mit Rowan befreundet bist.“

„Rowan ist ein Schwächling, aber er ist kein Emporkömmling wie du. Im Gegensatz zu dir wusste er, wo sein Platz war.“

Gwyn war nie besonders schlagfertig gewesen. Meist fielen ihm die guten Antworten viel zu spät ein. Außerdem hämmerte es in seinem Kopf wieder so stark, dass ihm vor Schmerz übel wurde. Also sagte er nichts, sondern drehte sich einfach um. Er hörte, wie Alaric an sein Bett trat.

„Meinst du wirklich allen Ernstes, du könntest dich so einfach verkriechen?“ Mit einem Ruck wurde Gwyn die Decke fortgerissen.

„Lass ihn in Ruhe!“, rief Orlando.

„Sonst passiert was?“, fragte Alaric in herausforderndem Tonfall.

„Sonst werde ich dafür sorgen, dass du Camelot noch heute verlassen wirst“, donnerte eine Stimme, die Gwyn nur zu gut kannte. Alle drehten sich jetzt zur Tür um, in der Sir Lancelot wie ein Racheengel stand. Der ansonsten sehr ruhige und besonnene Mann war von einer Wut gepackt, die ahnen ließ, warum er auf dem Schlachtfeld so gefürchtet war. „Ich brauche Sir Belvedere nur ein Wort sagen und du bist die längste Zeit Knappe am Hof König Arturs gewesen." Er schaute finster in die Runde. „Hat euch meine Ansprache heute Morgen nicht gereicht?" Er marschierte die Reihen der jungen Burschen ab und musterte dabei jeden eindringlich. Nicht einer hielt seinem Blick stand. „Raus mit euch auf den Hof. Die Zeit des Müßiggangs ist zu Ende. Wenn ihr schon keinen Unterricht mehr habt, so werdet ihr wie alle anderen auf Camelot arbeiten."

Orlando und Cecil senkten den Kopf und schlichen hinaus. Die anderen machten keine Anstalten. Selbst der kleine Hewitt rührte sich nicht vom Fleck. Lancelot griff nach seinem Schwert.

„Dies ist meine letzte Warnung", sagte Lancelot gefährlich leise.

Nur widerwillig setzten sich die restlichen Knappen in Bewegung.

„Du nicht", sagte Lancelot, als er sah, dass Gwyn das Bett verlassen wollte, um den anderen zu folgen.

„Aber Ihr tut mir keinen Gefallen damit. Die anderen werden denken, dass Ihr mich schützt."

„Was ich in diesem Fall auch tue. Du bist verletzt, Gwyn, und Merlin weiß nicht, wie sehr dein Kopf in Mitleidenschaft gezogen wurde. Leg dich wieder hin und versuche ein bisschen zu schlafen."

„Aber …"

„Gwyn, bitte", erwiderte Lancelot erschöpft. „Ich habe schon genug damit zu tun, die anderen Knappen im Zaum zu halten. Gehorche du mir wenigstens ohne Widerspruch."

Gwyn zögerte und dann nickte er.

„Braver Junge. Du wirst sehen, morgen wird es dir besser gehen." Er zwinkerte Gwyn aufmunternd zu und ließ ihn alleine.

Gwyn kroch stöhnend unter die Decke. Zum letzten Mal hatte er sich so gefühlt, als ihn Merlin dazu verleitet hatte, diese Unmengen roten Weines zu trinken. Er hoffte auch jetzt, dass ihn ein langer Schlaf von seinen Leiden kurieren würde.

Doch wie in den Nächten zuvor fand er keine Ruhe. Mordreds Angriff hatte Camelot nur äußerlichen Schaden zugefügt. Aber nun war es anders. Alles strebte auseinander. Sir Kay, der bis zu diesem Zeitpunkt das so zerbrechliche Gefüge mit allen Mitteln zusammengehalten hatte, war ein gebrochener Mann, der in Merlins Kammer in geistiger Umnachtung dahindämmerte. Dieser Verlust offenbarte gnadenlos die Führungsschwäche König Arturs, der wie kein zweiter das Sinnbild für Freiheit und Gerechtigkeit dargestellt hatte. In diesen dunklen Stunden hätte der König vor seine Tafelrunde treten müssen, um sich mit offenen Worten an seine Ritter zu wenden. Denn der Feind stand – zumindest im Moment – nicht im Osten, sondern befand sich innerhalb der Burgmauern. Und er hatte viele Namen: Eigensinn, Neid und Misstrauen. Die Disziplinlosigkeit der Knappen war ein Ergebnis dieser Veränderung und sie offenbarte nur, was Gwyn schon länger vermutete: Der Fisch stank vom Kopf her.

Die Schwäche des Königs spiegelte sich im Verhalten seiner Ritter wider. Mit Ausnahme von Tristan und Lancelot ging keiner mehr seinen Pflichten nach.

Gawains Trunksucht hatte beängstigende Ausmaße angenommen. Immer öfter sah man ihn betrunken bei den Stallungen sitzen, ungewaschen und stinkend wie ein Bückling, der zu lange in der Sonne gelegen hatte.

Gareth und Gaheris hatten eine Zeit lang versucht, ihren Bruder von diesem unwürdigen Tun abzuhalten, doch es war, als ob der Alkohol jeden Lebenswillen des immer fettleibiger werdenden Mannes fortgespült hätte.

Es war ein wahrhaft entwürdigendes Schauspiel, das Gawains Knappe Benedict mit kühlem Blick und wachsender Verachtung verfolgt hatte. Der Respekt für seinen Herrn war ihm schon vor längerer Zeit abhandengekommen, und das Mitleid, das ihm von einigen anderen Knappen entgegengebracht wurde, hatte die Sache keineswegs besser für ihn gemacht.

Das Maß musste für ihn voll gewesen sein, als man den sturzbetrunkenen Gawain eines Morgens lallend und singend in der Jauchegrube fand, denn am selben Tag war Benedict einfach davongeritten. Man vermutete, dass er sich auf den Weg zurück in seine schottische Heimat gemacht hatte.

Es war bezeichnend für den Zustand der Tafelrunde, dass ihn niemand aufgehalten hatte. Dass ein Knappe seinen Herrn verließ, war das größte Vergehen, dessen er sich schuldig machen konnte, und wurde hart bestraft. In besonderen Fällen drohte der Tod durch das Schwert.

Doch niemand kümmerte, dass Benedict ohne ein Wort des Abschiedes gegangen war. Manche äußerten nicht nur Verständnis für diese Tat, sondern kündigten an, es Gawains Knappe bei der nächsten sich bietenden Gelegenheit gleichzutun.

Die Geheimnisse des Grals

Um Himmels willen, du siehst aus, als hätte dich der Huf von Lancelots Schlachtross mitten ins Gesicht getroffen", sagte Katlyn, als sie vorsichtig den Verband von Gwyns Gesicht entfernte. Dabei verzog sie das Gesicht, als spürte sie und nicht er den furchtbaren Schmerz, den diese Prozedur verursachte.

Gwyn tastete nach dem blank polierten Silberteller, den Katlyn als Spiegel benutzte, und sah hinein. Beim Anblick seines Ebenbildes erschrak er. Unter den zugeschwollenen Augen hatten sich blaue Flecken ausgebreitet, die an ihren Rändern violett und gelb schillerten. Die Nase selbst war am heftigsten in Mitleidenschaft gezogen worden. Dank Merlins schmerzhaften Eingriffs wirkte sie zwar noch immer gerade, allerdings war sie dick wie eine Rübe. Um die zertrümmerten Knochen auch von innen zu stützen, hatte Katlyn ihm dünne, eng zusammengerollte Leinenstreifen in beide Nasenlöcher gestopft, die aber jeden Tag ausgewechselt werden mussten. Und das erwies sich als eine höllisch schmerzhafte Prozedur.

„Das wird nie heilen", stöhnte Gwyn, als er sich ein Tuch vor das Gesicht hielt, um die Blutung zu stillen, während Katlyn zwei neue Stoffstreifen vorbereitete. Eigentlich hatte er sich bei Katlyn eingefunden, um nach der erzwungenen Pause den Unterricht wieder aufzunehmen, doch bevor sie sich Latein, Hebräisch und neuerdings auch Aramäisch zuwenden konnten, musste Gwyn diese Tortur über sich ergehen lassen.

„Halt still", murmelte Katlyn und schob beide Pfropfen in Gwyns Nase. Dann legte sie ihm einen frischen Verband an. „In vier, fünf Tagen hast du es überstanden", sagte sie, als sie zufrieden ihr Werk betrachtete und sich dann in einer Schale das Blut von den Händen wusch. „Aber dafür wird man nachher nicht mehr sehen, dass du dich mit einem Sachsen geprügelt hast. Schau dir Sir Belvedere an. Ihm hat man auch die Nase zertrümmert und sie ist nicht gerichtet worden."

In der Tat, Alarics Herr hatte ein Gesicht, das aussah, als sei es mit einem schweren Hammer bearbeitet worden. Das Nasenbein war komplett eingedrückt, nur die Spitze seines Riechorgans stand noch schief ab. Auch wenn sich Sir Belvedere nicht anstrengte, schnaufte er wie ein kurzatmiges Pferd.

Gwyn legte seufzend den Teller beiseite und ließ die Schultern hängen. Katlyn hatte den Vorhang ihres Fensters beiseitegeschlagen. Eine frische Brise wehte in die Kammer und spielte mit ihrem hellblonden Haar, das in der Sonne glänzte.

Auch wenn er Prinzessin Aileens Zofe nun schon seit Monaten in ihrer Kammer aufsuchte, um bei ihr Lesen und

Schreiben zu lernen, so fühlte Gwyn sich hier oben im Turm immer ein wenig fremd und fehl am Platz. Katlyn legte sehr viel Wert auf schöne Dinge. Sie hatte mit reich bestickten Tüchern das kahle Mauerwerk verhängt und auf ihrem Bett so kostbare wie unbequeme Kissen drapiert und überall standen Vasen mit frisch geschnittenen Blumen.

Gwyn war noch nie einem Mädchen wie Katlyn begegnet. Selbst seine Stiefschwester Muriel, die er wegen ihrer Selbstständigkeit immer bewundert hatte, konnte man nicht mit ihr vergleichen. Katlyn mochte zwar auf den ersten Blick langweilig erscheinen, doch wenn man sie genauer betrachtete, stellte man fest, dass sie mit ihren langen, hellblonden Haaren, dem fein geschwungenen Mund und ihrer zarten, klaren Haut eine richtige Schönheit war. Und wenn Gwyn in ihre klaren Augen blickte, spürte er, dass Katlyn etwas ganz Besonderes war.

Es gab nur wenige Menschen am Hof von Camelot, die klüger waren als sie. Merlin gehörte zu ihnen, ebenso wie Guinevra, und es war ohne Zweifel Katlyns großes Glück, dass sie im Ratgeber des Königs einen Menschen gefunden hatte, mit dem sie sich über Dinge austauschen konnte, die andere nicht einmal sahen, geschweige denn benennen konnten. Andernfalls wäre ihr Leben mit Sicherheit sehr einsam gewesen. Ihre Klugheit beeindruckte Gwyn so sehr, dass er manchmal Angst davor hatte, etwas Dummes zu sagen. Und so schwieg er die meiste Zeit, während sie ihn unterrichtete, und hörte zu, ohne sie zu unterbrechen. Katlyn war nie belehrend oder gar ungeduldig, auch wenn sie sich in ihren

Ausführungen Gwyns begrenzter Vorstellungswelt anpassen musste.

Tagelang hatte sie zum Beispiel versucht, ihm die Ordnung der lateinischen Grammatik nahezubringen, ohne dass Gwyn auch nur einen Bruchteil davon verstanden hätte. Aber Katlyn hatte nicht aufgegeben und stattdessen einen vollkommen neuen Weg beschritten, indem sie Tabellen und Schaubilder erstellt hatte, um das Gerüst dieser Sprache freizulegen.

Danach war alles einfacher gewesen, denn dieselbe Technik ließ sich auch auf jede andere Sprache anwenden. Nicht nur zu Gwyns, sondern auch zu Katlyns Überraschung mussten sie feststellen, dass sich die Grammatiken der keltischen, lateinischen, griechischen und sogar der aramäischen und hebräischen Sprachen in ihren Grundzügen ähnelten.

„Alles in Ordnung?“, fragte Katlyn vorsichtig und Gwyn schreckte aus seinen Gedanken hoch.

„Hm? Ja, natürlich ...“ Er griff nach dem in rotes Leder eingebundenen Buch des Joseph von Arimathäa. „Widmen wir uns lieber wieder den Geheimnissen des Grals“, sagte er.

Katlyn nickte. „Ich habe mir erlaubt, Merlins eigene Aufzeichnungen zurate zu ziehen. Er ist bei der Entschlüsselung des Textes schon sehr weit gekommen.“ Sie zog einen Stapel Pergamente aus einem der Regale, die die Wände ihrer winzigen Kammer säumten. Gwyn überflog die Handschriften eilig.

„Bilde ich mir das nur ein oder ergeben die Übersetzungen tatsächlich keinen Sinn.“

„Dein Eindruck täuscht dich nicht."

„Und ich habe gedacht, Merlin sei ein gebildeter Mann, der alle erdenklichen Sprachen beherrscht", seufzte Gwyn.

Katlyn rieb sich nachdenklich das Kinn. „Ich glaube nicht, dass der Fehler bei ihm liegt."

„Du glaubst, dass Joseph von Arimathäa diesen Unsinn mit Absicht geschrieben hat?"

Katlyn rückte an Gwyns Seite und er spürte ihren Atem auf seiner Wange. Sein Herz schlug einen Takt schneller.

„Ich denke, die Wahrheit liegt zwischen den Zeilen", sagte sie und nahm ihm das Blatt aus der Hand. „Sagt dir der Name Daniel etwas?"

Gwyn zuckte mit den Schultern. „Nein, nie gehört."

„Ein Buch der Bibel trägt seinen Namen. Man sprach Daniel die Fähigkeit der Traumdeutung zu, und das machte ihn am Hofe des babylonischen Königs Belsazar zu einem wichtigen Mann. Als Belsazar eines seiner berüchtigten Gelage feierte, erschien wie von Zauberhand eine Schrift an der Wand." Katlyn beschrieb einen Bogen mit der Hand. „Es waren nur drei Worte: Mene, Tekel und U-Parsin, doch sie sollten den Untergang des babylonischen Reiches einläuten."

„Und was bedeuten sie?", fragte Gwyn.

„Es waren Münzwerte", sagte Katlyn nur.

Gwyn war jetzt vollends verwirrt. „Aber was hat Geld mit dem Untergang eines Reiches zu tun?"

„Eine ganze Menge, wenn nicht sogar alles." Katlyn holte ein anderes Buch hervor und schlug es auf. „Belsazar ließ Daniel kommen, damit er ihm die Bedeutung dieser Worte erklärt." Sie räusperte sich und las dann vor. „Mene: Gezählt hat Gott die Tage deiner Herrschaft und macht ihr ein Ende. Tekel: Gewogen wurdest du auf der Waage und für zu leicht befunden. U-Parsin: Geteilt wird dein Reich und den Medern und Persern gegeben." Katlyn klappte das Buch wieder zu. „Belsazar wurde noch in derselben Nacht erschlagen. Ihm folgte Darius, ein Meder, der sich aber bald der Armee des Cyrus, eines persischen Herrschers, ergeben musste. Wie du siehst, es ist alles eine Frage der Deutung."

Gwyn runzelte die Stirn. „Na ja, ich weiß nicht …"

Katlyn tippte auf das rote Buch. „Ich sage noch einmal: Die Wahrheit steht hier drinnen, dessen bin ich mir ganz sicher."

„Der Text wird uns nur sagen, wie wir den Gral erkennen werden, uns aber nicht den Weg zu ihm weisen, denn er befindet sich nicht mehr an dem Ort, an dem ihn Joseph von Arimathäa einst versteckte", sagte Gwyn nachdenklich.

Katlyn schaute Gwyn überrascht an. „Woher willst du das wissen?"

Gwyn errötete. „Weil ich …", er hob hilflos die Hände, „… es einfach weiß."

„Wer hat dir das erzählt? Merlin?"

Gwyn nickte, vielleicht eine Spur zu schnell. „Ja."

Katlyn bedachte ihn mit einem seltsamen Blick. „Was hat er dir gesagt?"

Gwyn dachte hastig nach. Er musste mit der Wahrheit herausrücken, ohne dabei seine eigene Rolle in dieser Geschichte zu enthüllen. „Erinnerst du dich noch an den ersten

Krieg, den Mordred gegen seinen Vater Artur führte? Mordred, der damals ein Ritter der Tafelrunde war, hatte nur darauf gewartet, dass Artur Camelot verließ, um sich in der Abwesenheit seines Vaters zum König über Britannien ausrufen zu lassen. Leider, oder vielmehr Gott sei Dank, hatte er diesen Umsturz nicht sonderlich gut vorbereitet, denn die anderen Ritter verweigerten ihm die Gefolgschaft. Mordred musste fliehen, doch gelang es ihm, mithilfe großer Summen Goldes viele Fürsten auf seine Seite zu ziehen. Diejenigen, die sich gegen ihn stellten, wurden vernichtet. Sein Ziel war es, Artur Stück für Stück das Reich zu entreißen. Bis seine Armee groß genug war, um in einer offenen Schlacht gegen die Tafelrunde bestehen zu können, musste er bis nach Wales ziehen. Ein Fürst mit dem Namen Goon Desert herrschte in einer Festung, die Dinas Emrys hieß. Arturs Sohn wusste nicht, dass es sich dabei um die Gralsburg handelte, sonst wäre er mit ziemlich hoher Wahrscheinlichkeit anders vorgegangen."

„Merlin weiß, wo die Gralsburg liegt?", fragte Katlyn fassungslos.

„Ja, aber dieses Wissen nützt ihm nichts. Bevor Mordred die Burg erobern konnte, fand Goon Desert einen Weg, den Gral rechtzeitig in Sicherheit zu bringen."

„An welchen Ort?"

Gwyn lächelte müde. „Wenn wir das wüssten, wäre er bereits in unserem Besitz."

Katlyn biss nachdenklich auf ihre Unterlippe. „Also steht Artur wieder ganz am Anfang."

„Ja, es scheint, als müsste die Tafelrunde wieder von vorne beginnen“, sagte Gwyn, dessen Medaillon auf einmal wie eine tonnenschwere Last an seinem Hals zerrte.

Katlyn holte schwer Luft und stand nachdenklich auf. Dann drehte sie sich zu ihm um. „Willst du noch weiter die Mühe auf dich nehmen, all die Sprachen zu lernen?“

„Natürlich, was spricht dagegen?“

Sie nahm das Buch in die Hand. „Wenn Joseph von Arimathäa uns nicht mehr den Weg weisen kann, brauchen wir auch seine Rätsel nicht mehr lösen.“

„Wie ich bereits sagte: Das Buch wird uns helfen, den Gral zu erkennen, wenn wir ihn gefunden haben“, sagte Gwyn mit fester Stimme.

„Behauptet Merlin?“

„Behauptet Merlin.“

Katlyn schaute Gwyn sehr lange an. „Wie sehr vertraust du ihm?“

Gwyn hob die Augenbrauen. „Du klingst wie Orlando. Er warnt mich auch immer vor Merlin.“

„In Wales erzählt man sich, dass er der Sohn des Teufels sei.“

„Des Teufels?“ Gwyn lachte, doch er verstummte, als er in Katlyns Gesicht blickt.

„Merlin soll schon Vortigern gedient haben.“

„Arturs Großvater? Aber dann müsste er …“

„Weit über hundert Jahre alt sein.“

Gwyn machte eine wegwerfende Handbewegung. „Das glaube ich nicht.“

Katlyn zuckte mit den Schultern. „Ich wiederhole auch nur das, was man sich erzählt." Sie machte sich daran, die Bücher wieder ins Regal zu stellen. „Gibt es Neuigkeiten von Rowan?"

Gwyn schüttelte den Kopf. „Wir haben den ganzen Landstrich nach ihm abgesucht, aber er bleibt wie vom Erdboden verschluckt. Er scheint einen guten Unterschlupf gefunden zu haben."

„Oder aber jemand versteckt ihn."

„Rowan hat keine Freunde. Zumindest keine, die ich kenne."

„Aber er hat doch sicherlich eine Familie."

„Sir Kay ist seine Familie."

„Er ist sein Vater, so viel ist richtig. Rowan hat aber bestimmt auch eine Mutter."

„Davon hat er mir nie erzählt", sagte Gwyn vorsichtig.

„Sir Kay ist der einzige Sohn des Herzogs von Caer Goch. Mit Sicherheit hat er den Titel von seinem Vater geerbt." Katlyn lächelte dünn. „Wahrscheinlich ist Rowan einfach nur nach Hause geritten."

„Wie es scheint, ist deine Katlyn nicht auf den Kopf gefallen", sagte Lancelot nachdenklich. Er hatte Dondars Hufe überprüft und striegelte nun das schwarze Fell des Schlachtrosses, das einst Mordred gehört hatte. Noch immer hatten die Stallburschen einen Heidenrespekt vor dem, wie sie es nannten, Satanspferd. Weder Drohungen noch gute Worte konnten sie dazu bewegen, ihren Pflichten nachzukommen. Gwyn konnte ihre Angst verstehen. Auch er näherte sich Dondar nicht weiter als bis auf fünf Schritte.

„Ich wusste nicht, dass Sir Kay Herr über eine eigene Burg ist“, sagte Gwyn.

Lancelot wischte sich den Schweiß von der Stirn, krempelte seine Ärmel hinunter und gab seinem Pferd einen freundschaftlichen Klaps auf die Flanke. Gwyn folgte seinem Herrn aus dem Stall. Die Sonne stand hoch am wolkenlosen Himmel, die Luft wehte warm und weich von Süden. Er spürte, wie seine lädierte Nase juckte und konnte nur mit Mühe ein Niesen unterdrücken.

„Caer Goch ist nicht groß, war aber zu Zeiten Sir Ectors ein überaus wichtiges kleines Reich. Katlyn vermutet richtig, wenn sie sagt, dass Sir Kay den Titel des Herzogs von seinem Vater geerbt haben muss. Soviel ich aber weiß, hat er sich kaum um die Regierungsgeschäfte gekümmert.“ Lancelot tauchte die Hände in die Pferdetränke und schöpfte sich Wasser ins Gesicht.

„Sir Kay hat sein eigenes Reich aufgegeben, nur um Artur zu folgen?“, fragte Gwyn ungläubig.

Lancelot wischte sich mit dem Zipfel seines Rocks das Gesicht ab. „Unter anderem deswegen vertraut der König seinem Hofmeister auch so blind. Wer sein eigenes Reich aufgibt, um sich der Tafelrunde anzuschließen, braucht keinen weiteren Treuebeweis zu erbringen.“

„Oh“, machte Gwyn nur.

„Sir Kay ist ein durchtriebener Fuchs. Als Ritter Camelots steht sein Reich selbstverständlich unter dem Schutz des Königs. Es war eine Geste, mehr nicht."

„Aber eine, die König Artur beeindruckt hatte."

„Oh ja", sagte Lancelot und schaute nachdenklich hinüber zur anderen Seite des Burghofs, wo Orlando und Cecil mit ihren Herren den Schwertkampf übten. Sie waren die Einzigen, die an diesen Tagen ihren Pflichten nachgingen. Alle anderen waren mit Dingen beschäftigt, die wenig oder gar nichts mit der Sicherheit Camelots zu tun hatten. Gwyn konnte geradezu die Beklemmung Lancelots spüren.

„Was werdet Ihr tun?", fragte Gwyn.

„Hm?", machte Lancelot und schaute seinen Knappen an, als hätte dieser ihn aus einem düsteren Tagtraum gerissen.

„Wenn Rowan in Caer Goch sein sollte, sollte ihn dort jemand aufsuchen."

Lancelot schürzte die Lippen und nickte langsam, als dächte er an etwas ganz anderes. Dann richtete er sich auf und holte tief Luft. „Ja, da hast du Recht. Und vielleicht sollten wir damit keine Zeit verlieren."

„Wir?", fragte Gwyn überrascht.

„Natürlich. Ich glaube, sonst wird sich niemand für diese Aufgabe finden lassen." Er schaute Gwyn kritisch an. „Vorausgesetzt, deine Nase lässt ein kleines Abenteuer zu."

Ein Abenteuer! Allein der Gedanke, diesem tristen Ort wenigstens für einige Tage den Rücken zuzukehren, ließ Gwyn die Schmerzen vergessen, die noch immer in seinem Kopf pochten.

„Ich glaube, die Nase wird sich freuen, wenn ihr wieder einmal etwas frischer Wind um die Spitze weht.“

„Dann wollen wir den König um Erlaubnis für diese Reise bitten.“

Der Wahnsinn eines Königs

Nur ein einziges Mal war Gwyn in Arturs persönlichen Gemächern gewesen. Sie befanden sich in den oberen Stockwerken des Palas und waren in der Regel gut bewacht. Als Lancelot und Gwyn die breite Wendeltreppe hinaufstiegen, fanden sie die Nischen, in denen sonst grimmige Krieger standen, jedoch leer und verlassen vor. Überall lag Unrat herum, so als ob sich niemand mehr um die Sauberkeit in dem Teil der Burg kümmern würde, der neben den Rittern auch die königliche Familie beherbergte. Ein Geruch hing in der Luft, der Gwyn an die Latrine im rückwärtigen Teil des Burghofs erinnerte. Auch Lancelot rümpfte die Nase, sagte aber nichts. Angewidert kniff er die Lippen zusammen. Als sie den obersten Stock erreichten, blieben sie vor einer schweren Eichentür stehen. Lancelot klopfte. Niemand öffnete. Lancelot ballte die Faust und schlug voller Ungeduld kräftiger zu.

Hinter der Tür war ein Geräusch zu hören, als näherte sich jemand auf Zehenspitzen.

„Majestät? Seid Ihr da?“

Schweigen.

„Öffnet bitte, es ist wichtig."

Sie hörten, wie vorsichtig ein Riegel beiseite geschoben wurde und die Tür sich quietschend einen Spaltbreit öffnete.

„Ja?", fragte eine leise Stimme. Es dauerte einen Moment, bis Gwyn erkannte, wem sie gehörte.

„Lady Guinevra?", fragte Lancelot vorsichtig.

„Was wollt Ihr, Sir Lancelot?"

„Wo ist der König?"

„Nicht da."

„Ist alles in Ordnung?", fragte Lancelot misstrauisch.

„Ja." Die Stimme war nur mehr ein Flüstern. „Ich bitte Euch, geht."

Lancelot überlegte einen Moment, dann sagte er entschlossen. „Nein, das werde ich nicht."

„Macht es nicht schlimmer, als es ohnehin schon ist. Geht, ich flehe Euch an."

Lancelot stemmte sich gegen die Tür. Einen kurzen Moment versuchte die Königin dagegenzuhalten, dann schwang die Tür nach innen auf.

Gwyn stieß vor Entsetzen einen Schrei aus. Guinevra versuchte hastig, ihr Gesicht hinter einem Tuch zu verbergen, doch es half nichts. Der blaue Fleck, der ihre linke Gesichtshälfte entstellte, reichte von der Schläfe bis zum Kinn und die Seite war so angeschwollen, dass sie das tränende Auge nicht mehr öffnen konnte.

„Um Himmels willen …", wisperte Lancelot. Er trat auf Guinevra zu, doch sie wich vor ihm zurück. „Wer hat Euch das angetan?“ In seiner Stimme schwang mörderische Wut mit. „Sagt es, damit ich ihn zur Rechenschaft ziehen kann.“

„Dann werdet ihr Euch mit dem König schlagen müssen“, sagte eine kalte Stimme, die Gwyn sofort erkannte.

Aileen saß bei einer Nische am Fenster. Ihr Gesicht war eine unbewegliche Maske. Tränen liefen ihr die bleichen Wangen hinab. Gwyn wusste nicht, was ihn mehr erschreckte: der Zustand der Königin oder der brennende Hass, der in den Augen der Prinzessin loderte.

Lancelot versuchte vorsichtig das Tuch beiseitezuziehen, doch die Königin wandte abwehrend den Kopf ab.

„Warum?“, fragte er nur.

Aileen stand auf und drückte Guinevras Hand. „Der Wahnsinn fragt nicht nach einem Grund. Ihr seht doch selbst, in was für einem Zustand sich Camelot befindet. Artur ist so besessen davon, den Gral zu finden, dass weder in seinem Kopf noch in seinem Herzen Platz für etwas anderes ist. Die Sachsen, die sich uns nach dem Krieg angeschlossen haben, hungern und sind kurz davor, sich zu erheben. Die Ritter der Tafelrunde sind zu einem erbärmlichen Haufen verkommen, der nicht mehr seinen Pflichten nachkommt.“

„Aileen …“, versuchte Guinevra sie zu beschwichtigen, doch die Prinzessin schnitt ihr das Wort ab.

„Die Königin wollte die Regierungsgeschäfte übernehmen, damit das Reich nicht vor unser aller Augen zerfällt. Nun, die Antwort des Königs seht Ihr ja selbst.“

Die ganze Zeit hatte sie dabei Gwyn angestarrt, nur bei den letzten Worten hatte sie sich an Lancelot gewandt. Diesem war nicht entgangen, was sich zwischen Aileen und Gwyn abspielte. Einen langen Moment musterte er seinen Knappen düster, der am liebsten im Erdboden versunken wäre.

„Artur. Wo ist er jetzt?", fragte Lancelot.

„Bei Merlin in der Bibliothek", antwortete Guinevra.

Lancelot wandte sich zum Gehen um, doch die Königin hielt ihn am Arm fest. „Ihr werdet keine Dummheit begehen! Habt Ihr mich verstanden?"

Lancelot wollte sich ihrem Griff entwinden, doch Guinevra ließ nicht los.

„Habt Ihr mich verstanden?", fragte sie abermals und betonte dabei jedes Wort auf eine Art, die keinen Widerspruch duldete.

„Ja", antwortete Lancelot knapp, obwohl ihm anzusehen war, dass er dieses Versprechen nur schweren Herzens gab. Dann eilte er die Treppe hinab.

Guinevra zwang sich zu einem Lächeln, als sie Gwyns besorgten Blick sah. Für einen kurzen Moment schien es, als wollte sie etwas zu ihm sagen, doch dann strich sie ihm nur über die Wange und ging.

Aileen trat auf ihn zu. Sie war nur unwesentlich älter als er, doch die letzten Wochen und Monate hatten alles Kindliche in ihren Zügen ausradiert, die nun hart und bitter waren. Das lebhafte Mädchen mit dem glockenhellen Lachen existierte nicht mehr.

„Die Zeit drängt", sagte sie. „Die Dinge nehmen ihren Lauf. Hast du deine Meinung geändert?"

Gwyn sah ihr in die Augen. „Ich erkenne dich nicht mehr wieder."

„Das ist keine Antwort auf meine Frage!"

„Du kennst sie, und sie wird sich nicht ändern."

Aileen kniff die Lippen zusammen. „Das glaube ich nicht. Du bist zu klug, als dass du diese einmalige Chance ungenutzt an dir vorüberziehen lässt." Ihre Miene wurde weicher und sie ergriff seine Hände. „Ich habe keine Freunde mehr. Da ist niemand, auf den ich mich verlassen kann, außer einem mutigen, klugen Schweinehirten aus Cornwall, der die Fähigkeit hat, die Welt aus den Angeln zu heben. Bitte lass du mich nicht auch noch im Stich!"

„Gwyn, verdammt. Wo bleibst du?", schallte Lancelots Stimme ungeduldig zu ihm hinauf.

„Ich muss los", sagte Gwyn und entzog Aileen seine Hände. Bevor die Prinzessin noch etwas sagen konnte, hastete Gwyn die Treppe hinunter.

„Was hattet ihr denn noch zu bereden?", wollte Lancelot wissen, als sie hinaus auf den Burghof traten und hinüber zu Merlins Turm gingen.

„Nichts Besonderes", antwortete Gwyn ausweichend, doch offensichtlich verriet sein Mienenspiel etwas anderes, denn Lancelot blieb auf einmal stehen.

„Mir tut die Prinzessin auch leid", sagte Lancelot nun versöhnlicher. „Sie ist in einer bedauernswerten Situation. Erst verschwindet Rowan kurz nach dem Anschlag auf Sir Kay, sodass alle Welt ihn für den Attentäter halten muss. Und dann beginnt Artur den Verstand zu verlieren." Lancelot biss die Zähne zusammen. „Dieser alte Narr. Fast könnte man meinen, auf seiner Familie läge ein Fluch. Welch ein Glück, dass wenigstens Aileen bei all dem Durcheinander einen kühlen Kopf zu behalten scheint."

Gwyn sagte nichts darauf. Obwohl er Lancelot vertraute wie keinem anderen Menschen, wollte er nichts von den Plänen der Prinzessin verraten. Noch war Artur König von Britannien und seine Enkelin eine Prinzessin von fünfzehn Jahren, die vom Regieren keinerlei Ahnung hatte.

Eilig stiegen sie die Stufen des Westturms hinauf. Lancelot klopfte an die Tür, die kurz darauf von Merlin geöffnet wurde, der ernst dreinblickte.

„Ist der König bei Euch?"

Statt eine Antwort zu geben, machte Merlin einen Schritt beiseite und die beiden traten ein. Gwyn erschrak, als er in die Augen des alten Mannes starrte. Hatten sie bisher stets vor guter Laune und Zuversicht geblitzt, waren sie nun stumpf und müde.

Etwas abseits saß Katlyn auf einem Schemel und weinte lautlos vor sich hin, während Sir Kay vollkommen unbeteiligt in einem Lehnstuhl saß und aus dem Fenster schaute. Über ihnen polterte es, als würde eine Horde Sachsen die Bibliothek verwüsten.

„Der König ist oben", sagte Merlin nur.

Gwyn und Lancelot stürmten die Treppe hinauf.

Es brach Gwyn fast das Herz, als er sah, was Artur aus der Bibliothek gemacht hatte. Regale waren umgestürzt worden, Manuskripte lagen, wie viele der wertvollen Bücher, zerrissen auf dem Boden. Das meiste konnte vielleicht noch gerettet werden, aber vieles war unwiederbringlich verloren.

Artur hatte den Hort des Wissens verwüstet und saß nun in der Mitte des Raums an jenem Tisch, an dem sonst Gwyn und Katlyn bei Kerzenschein über alten Handschriften gebrütet hatten, um so dem Buch des Joseph von Arimathäa seine Geheimnisse zu entreißen. Nun hatte Artur die in rotem Leder eingebundene Schrift vor sich liegen, um sie mit fiebrigen Augen und zitternden Händen zu studieren.

Plötzlich packte Gwyn die kalte Wut. Woher nahm dieser alte Mann, der in seinem krankhaften Streben nach dem Gral nur noch sich und seine Unsterblichkeit im Blick hatte, das Recht, ungefragt in diesem Buch zu blättern und es mit seinen Händen zu besudeln? Das Wissen, das Joseph von Arimathäa verschlüsselt niedergeschrieben hatte, war nicht für diesen selbstsüchtigen alten König bestimmt, der jedes Augenmaß für sich und sein Handeln verloren hatte! Artur saß in einem Meer von Büchern wie ein Gestrandeter, den der Sturm der Zeit auf eine einsame Insel verschlagen hatte, von der es kein Entkommen gab.

Gwyn spürte, wie in diesem Augenblick etwas in ihm zerbrach. Vor seinen Augen verwandelte sich Artur, der Hüter der Zivilisation, in deren Totengräber. Am liebsten hätte er dem König das Buch aus den Händen gerissen.

„Was wollt Ihr hier?“, brummte Artur, ohne den Blick zu heben. „Seht ihr nicht, dass ich zu tun habe?“ Als weder Lancelot noch Gwyn antworteten, sah der König auf.

„Majestät, wir machen uns Sorgen …“, hob Lancelot an.

Artur hob die Augenbrauen. „Ihr macht Euch Sorgen? Worum?"

„Um die Tafelrunde. Camelot. Ihr vernachlässigt die Regierungsgeschäfte."

Arturs Augen verengten sich. „Es hat einmal eine Zeit gegeben, da habt Ihr mir gegenüber mehr Respekt gezeigt."

Lancelot verzog keine Miene. „Es hat auch einmal eine Zeit gegeben, da habt Ihr auf Ratschläge gehört."

„Vornehmlich Eure, wollt Ihr wohl sagen", antwortete Artur. „Doch wir wissen ja, wohin das geführt hat, nicht wahr? Nun, Guinevra ist noch immer an meiner Seite, auch wenn Euch das nicht passt."

Gwyn sah, wie Lancelot erbleichte, doch der Ritter tappte nicht in die Falle, die ihm Artur gestellt hatte. Stattdessen sagte er: „Wir haben eine Vermutung, wo sich Rowan befinden könnte."

Nun schienen sie Arturs Aufmerksamkeit zumindest ein wenig geweckt zu haben. Er klappte das Buch zusammen, faltete die Hände auf dem Tisch und schaute Lancelot an.

„Caer Goch", sagte Lancelot nur.

„Sir Kays Stammsitz? Ich wusste gar nicht, dass er noch existiert. Aber ihr habt Recht: Lady Wenna müsste noch leben. Ich habe jedenfalls bislang noch keine Nachricht bezüglich ihres Ablebens erhalten."

„Ich bitte um Erlaubnis, gemeinsam mit meinem Knappen dorthin aufbrechen zu dürfen."

Artur tat so, als müsste er nachdenken. „Das ist ein weiter Weg, nicht wahr?"

„Ein Wochenritt, vielleicht zehn Tage."

„Hm", machte Artur und strich sich über den Bart. „Ihr wäret also zwei Wochen fort."

„Mindestens. Ich weiß, dass es schwierig ist, Camelot in Zeiten wie diesen zu verlassen, aber …"

„Ihr habt meine Erlaubnis", schnitt ihm Artur das Wort ab, schlug das Buch auf und begann wieder zu lesen.

Gwyn und Lancelot sahen sich überrascht an.

„Was denn noch?", fragte Artur ungehalten, als sich Lancelot räusperte.

„Die Sachsen hungern. Sie stehen kurz vor einer offenen Revolte", sagte der Ritter vorsichtig.

„Und? Ist das ein Problem?", murmelte Artur, der wieder in den Text versunken war.

„Nicht, wenn Ihr die Speicher öffnet und Nahrungsmittel verteilen lasst."

„Dann veranlasst alles Nötige. Ihr dürft jetzt gehen."

Lancelot verneigte sich knapp. „Sehr wohl, Majestät."

Gwyn tat es ihm gleich und gemeinsam kletterten sie die Stiege wieder hinab.

Merlin und Katlyn schauten sie erwartungsvoll an, doch statt das Wort an den Ratgeber des Königs zu richten, setzte sich Lancelot neben Sir Kay auf einen Schemel.

„Wir beide waren weiß Gott nie Freunde. Es hat Momente gegeben, da wünschten wir uns gegenseitig den Tod oder Schlimmeres an den Hals. Doch heute muss ich sagen: Ich gäbe meine rechte Hand, wenn Ihr gesunden würdet, um Euer Amt wieder auszuüben." Er warf Merlin einen kurzen

Blick zu. „Camelot ist in großer Gefahr, vielleicht der größten, der wir uns je stellen mussten."

Gwyn trat zu Katlyn heran und ergriff zögerlich ihre Hand. „Es tut mir leid um deine Bücher", sagte er leise. Sie sagte nichts, erwiderte aber den Druck, als würde sie ihm für seine Anteilnahme danken.

Gwyn wusste genau, wie Katlyn sich fühlte. Ihre Familie war vor vielen Jahren von Sachsen ermordet worden und ein Teil der Bücher in Merlins Bibliothek waren das Einzige, was von ihrem Familienbesitz gerettet werden konnte. Das Buch des Joseph von Arimathäa, das Merlin seit vielen Jahren hütete, gehörte Gwyn, das spürte er jetzt. Es war neben dem Medaillon seiner Mutter die einzige greifbare Verbindung zu einer Vergangenheit, die er langsam auch als die seine begriff. Er war der letzte Nachfahre einer langen Linie von Gralshütern, die den größten Schatz des christlichen Abendlandes manchmal sogar um den Preis ihres Lebens beschützt hatten, damit er nicht in die falschen Hände fiel. Nun musste er sich fragen, ob Artur zu den Freunden des Grals gehörte oder einer seiner Feinde war.

Der König war mittlerweile derartig von der Gier nach dem Gral besessen, dass er offensichtlich völlig seinen Auftrag vergessen hatte, den er sich einmal in jungen Jahren in ehrenvoller Absicht gegeben hatte: in einer Welt des Chaos ein Reich zu errichten, in dem für Willkür kein Platz war. Doch nun war er die Ordnung, die Welt drehte sich um ihn. Wer nicht für Artur war, der war gegen ihn und somit zwangsläufig ein Feind der Tafelrunde.

Sir Kay hatte bis zu diesem unseligen Anschlag Camelot im Namen des Königs mit eiserner Hand regiert. Die Tafelrunde, die zunächst als Vereinigung freier Ritter gegründet worden war, die sich unter Arturs Wappen, dem Roten Drachen, versammelt hatte, war gescheitert. Einzig die Suche nach dem Gral und das unnachgiebige Regiment des Hofmeisters hatte die Ordnung aufrechterhalten. Jetzt stellte sich heraus, dass die Ritter der Tafelrunde zu alt, zu müde und vor allen Dingen zu verschieden waren, um dem Mahlstrom der Ereignisse zu entfliehen, der sie und Artur am Ende verschlingen würde.

Gwyns Blick fiel auf Merlin, der sich müde auf einen Stuhl gesetzt hatte, den Blick nach innen gerichtet. Zum ersten Mal waren dem Mann, der angeblich drei Königen gedient haben sollte, die Last der Jahre anzusehen. Seine sonst so wachen Raubvogelaugen waren blutunterlaufen und lagen tief in ihren Höhlen, die fahle Haut spannte sich über den Wangenknochen, was die lange Nase noch spitzer wirken ließ. Bart und Haupthaar hingen schütter und ungewaschen hinab, die langen Fingernägel waren ungepflegt. Seine Stimme hingegen war fest und klang immer noch erstaunlich jung.

„Wann brecht Ihr auf?“, fragte er schließlich.

„Umgehend“, antwortete Lancelot. „Obwohl mir der Gedanke, Camelot zu verlassen, gehörige Bauchschmerzen verursacht.“

„Erlaubt Ihr mir, vor Eurer Abreise noch ein Wort mit Eurem Knappen zu wechseln?“

„Natürlich.“

„Allein?“

Irritiert stand Lancelot auf und auch Katlyn erhob sich, doch Merlin bedeutete ihr, sitzen zu bleiben. „Nein, ich möchte, dass du bleibst.“

Lancelot hob überrascht eine Augenbraue. Dann verneigte er sich knapp und ging.

„Ich hoffe, ich war jetzt nicht unhöflich zu deinem Herrn“, sagte Merlin, als die Tür ins Schloss gefallen war. Er ging hinüber zu einem Regal und holte eine bauchige, tönerne Flasche hervor, die er auf einen niedrigen Tisch stellte. Dann füllte er drei Becher mit einer bernsteinfarbenen Flüssigkeit. „Trinkt einen Schluck, ich glaube, wir haben es alle nötig.“

Gwyn nahm einen der Becher und roch daran. „Was ist das?“, fragte er.

Merlin nahm einen großen Schluck, schüttelte sich und wischte sich mit dem Ärmel seines Mantels den Mund ab. „Uisge“, krächzte er. „So nennt man es in meiner Heimat. Hier würde man Wasser des Lebens dazu sagen.“

Gwyn nahm einen Schluck und riss die Augen auf. „Um Himmels willen, das brennt wie Feuer!“, hustete er.

Katlyn nippte nur an ihrem Becher und stellte ihn kopfschüttelnd wieder zurück. Merlin wollte Gwyn noch etwas nachschenken, aber der hob abwehrend die Hand. Der alte Mann zuckte mit den Schultern und füllte dafür seinen Becher noch einmal so voll, dass er beinahe überschwappte.

„Wie geht der Unterricht voran?“

„Gwyn ist ein gelehriger Schüler“, sagte Katlyn. „Er macht große Fortschritte.“

Gwyn nickte begeistert. „Ich habe sogar damit begonnen, ein mehrsprachiges Wörterbuch anzulegen, in Latein, Griechisch, Hebräisch und Aramäisch."

Merlin zauberte aus seiner Kutte ein kleines Buch hervor, schlug es auf und reichte es Gwyn. „Lies vor."

Gwyn warf Katlyn einen unbehaglichen Blick zu, wischte sich die Hände ab und räusperte sich:

„Daedalus interea Creten longumque perosus
exilium tactusque loci natalis amore
clausus erat pelago. ‚Terras licet' inquit, et undas
obstruat: et caelum certe patet; ibimus illac:
omnia possideat, non possidet aera Minos.'"

„Genug, das reicht. Und jetzt übersetze die Passage."

Gwyn blies die Backen auf und betrachtete die Wörter, als hätten sie sich plötzlich in Fliegendreck verwandelt.

„Daedalus waren inzwischen Kreta und das lange Exil verhasst, und ergriffen von der Liebe zur Heimat war ihm das Meer versperrt. ‚Mag er auch die Wellen versperrt haben', sagte er, ‚aber der Himmel steht uns bestimmt offen; wir werden auf diesem Weg gehen. Alles mag er besitzen, die Luft besitzt Minos nicht.'"

Er klappte das Buch wieder zu und schaute auf.

Merlin schob anerkennend die Unterlippe vor. „Alle Achtung. Und das in dieser kurzen Zeit. Du bist wirklich begabt."

„Ich hatte eine geduldige Lehrerin“, erwiderte Gwyn leise, worauf Katlyn – natürlich – puterrot anlief.

„Ja, ich weiß. Nicht umsonst habe ich sie dir an die Seite gestellt. Wie sieht es mit den anderen Sprachen aus?“

„Nicht so gut, um ehrlich zu sein“, gab Gwyn zu. „Besonders das Hebräische und das Aramäische bereiten mir noch Schwierigkeiten.“

„Ja, die Schrift ist ziemlich vertrackt“, gab Merlin zu. „Und wie weit seid ihr mit dem Buch des Joseph von Arimathäa gekommen?“

„Wir stehen noch am Anfang“, sagte Katlyn. „Uns ist es zwar gelungen, einige Passagen zu übersetzen, doch sie ergeben keinen Sinn.“

Und Gwyn ergänzte: „Wir vermuten, dass Joseph mit Absicht in Rätseln geschrieben hat, um eine tiefere Wahrheit zu verbergen. Aber das wisst Ihr ja selbst. Vielleicht wären wir weiter gekommen, wenn wir das Buch hätten länger untersuchen dürfen.“

Im obersten Stock rumpelte es wieder und alle schauten zur Decke hinauf.

„Wenn du wiederkommst, wirst du mehr Zeit mit dem Studium dieser Schrift verbringen können, das verspreche ich dir“, sagte Merlin. „Einstweilen lassen wir dem König seinen Willen. Wer weiß, vielleicht hat er ja mehr Glück als wir. Du hast jedenfalls deine erste Prüfung bestanden. Und du hast meine kühnsten Erwartungen übertroffen.“

Gwyn reichte ihm Ovids *Metamorphosen*, das Buch, aus dem er übersetzt hatte, zurück und stand auf. „Wenn Ihr erlaubt, werde ich jetzt meine Sachen packen. Vor mir liegt noch ein langer Weg."

„Oh ja, das tut er in der Tat." Merlin leerte seinen Becher. „Und ich hoffe, das schreckt dich nicht. Wenn du Rowan siehst, grüße ihn von mir."

Katlyn stand auf und reichte Gwyn die Hand. „Eine gute Reise. Ich werde die Stunden mit dir vermissen."

„Ich auch", erwiderte Gwyn leise. Einen Moment schauten sie sich in die Augen, bis Merlin kicherte.

„Oh ja", seufzte er. „Noch einmal so jung sein. Für euch bricht der Frühling gerade erst an. Auf mich hingegen wartet nur noch das Ende des Winters."

Katlyn zog die Hand zurück und sah verlegen zu Boden. Merlin lachte noch immer, als er die Becher wegräumte und im Vorübergehen gut gelaunt Sir Kay auf die Schulter klopfte, der noch immer in seine Decke gehüllt am geöffneten Fenster saß. Irgendetwas schien seine Aufmerksamkeit zu fesseln.

Gwyn schaute hinaus, doch da war nichts außer den Raben, die über Camelot ihre Kreise zogen.

Aufbruch nach Norden

„Am liebsten würde ich mit euch reisen“, knurrte Orlando. Er hatte sich auf Gwyns Bett gesetzt und schaute zu, wie sein Freund die Satteltasche packte. „So ein kleiner Ausflug käme mir gerade recht.“

„Rowan zu suchen hat nichts mit einem Ausflug zu tun“, sagte Gwyn. Er hatte die Landkarten, die er von Aemilius Decimus bekommen hatte, dem letzten römischen General in Britannien, aus der Truhe geholt und warf nun einen kurzen Blick auf sie, bevor er sie zu den anderen Sachen steckte.

„Es ist aber immer noch spannender, als hier vor Langeweile zu sterben“, mischte sich jetzt Darrick ein, der am Tisch saß und mit seinem Messer Löcher in die Platte bohrte. „Ich habe einen Boten zu meinem Vater geschickt. Er soll mich hier rausholen.“

Gwyn hielt mit dem Packen inne. „Was soll das heißen?“

„Das soll heißen, dass ich von Camelot genug habe! Die ganze Tafelrunde kann mir gestohlen bleiben. Benedict hat das Richtige getan.“

„Aha. Und was sagt Sir Galahad dazu?“, fragt Orlando.

Darrick zuckte mit den Schultern. „Keine Ahnung. Der ist seit drei Tagen nicht mehr ansprechbar, weil er Gawain bei seiner Sauferei Gesellschaft leistet. Ich frage mich, wo er all den Wein herbekommt."

„Von Meister Arnold, von wem denn sonst", sagte Cecil, der ausgestreckt auf seinem Bett lag und die Hände hinter seinem Kopf verschränkt hatte. „Da haben sich zwei gesucht und gefunden." Er richtete sich auf. „Ganz im Ernst, ich kann Benedict verstehen. Bei so einem Herrn hätte ich auch die Flucht ergriffen."

„Und was hält dich noch?", fragte Orlando.

„Sir Tristan. Außerdem ist es bei uns zu Hause noch schlimmer als hier", entgegnete Cecil düster.

„Seien wir ehrlich, Camelot geht vor die Hunde", sagte Darrick. „Und niemand wird etwas daran ändern können."

„Doch", antwortete Gwyn. „Und zwar wir alle."

„Wie stellst du dir das vor?", fragte Darrick verächtlich.

„Indem wir mit gutem Beispiel vorangehen und uns nicht hängen lassen."

„Natürlich. Was sollen wir tun? Den Burghof fegen? Alleine unseren Übungen nachgehen? Die Latrine ausschaufeln, die seit Wochen wie die Seuche stinkt?"

„Das wäre schon mal ein Anfang", sagte Gwyn trocken.

Darrick betrachtete ihn stirnrunzelnd. „Mal im Ernst, der Umgang mit Lancelot scheint dir nicht zu bekommen. All das Gefasel von Ehre und Ritterlichkeit ist doch Quatsch. Schau dich um: In Zeiten wie diesen ist sich jeder selbst der Nächste."

„Wenn du so denkst, hast du vielleicht wirklich Recht“, sagte Orlando. „Dann ist Camelot nicht mehr der richtige Ort für dich.“

Darrick hielt mit seinem Schnitzwerk inne und schaute von einem zum anderen. Schließlich stand er langsam auf, trat seinen Schemel um und ging hinaus.

„Nun, Reisende soll man nicht aufhalten“, sagte Cecil und schlug die Beine übereinander.

„Er hat nur das ausgesprochen, was die meisten anderen denken“, sagte Orlando und schaute zu Gwyn. „Was ist mit dir?“

Gwyn zog die Riemen seiner Satteltasche zu und gürtete Humberts Schwert auf den Rücken. „Was soll mit mir sein?“

„Wirst du wiederkommen?“

Gwyn hielt inne. „Natürlich, warum fragst du?“

„Nun, es kann durchaus sein, dass du bei deiner Rückkehr Camelot nicht mehr wiedererkennst.“

Er reichte Orlando die Hand. „Solange ich euch beide hier vorfinde, wird alles in Ordnung sein.“

Cecil sprang auf. „Hast du das gehört, Orlando? Singt hier jemand das Hohelied der Freundschaft?“ Er umarmte Gwyn und klopfte ihm zum Abschied auf die Schulter. „Weißt du, Gwyn, wenn hier alles den Bach runtergeht, gründen wir einfach unsere eigene Tafelrunde. Und du wirst dann unser König sein.“

Nachdem Gwyn seinen Schimmel Pegasus gesattelt und gezäumt hatte, machte er sich auf die Suche nach Sir Lancelot. Es dauerte eine Weile, bis er ihn schließlich in der Küche bei Meister Arnold gefunden hatte. Der dicke Küchenmeister, dessen Bauch in den letzten Wochen noch einmal beträchtlich an Umfang zugenommen hatte, stand mit hochrotem Kopf vor Gwyns Herrn und nickte eifrig, als er dessen Anweisungen entgegennahm.

„Mir ist es gleich, ob Ihr genug Leute habt, um die Nahrungsmittel an die Sachsen zu verteilen. Im Zweifelsfalle werdet Ihr einige junge Burschen von außerhalb anstellen müssen, die diese Arbeit für Euch übernehmen."

„Aber Herr, der König …"

„Von ihm kommt dieser Befehl!" Lancelots Ton war schneidend.

Meister Arnolds Gesichtsfarbe wechselte jetzt von Rot zu Violett. „Verzeiht, aber mir hat er etwas anderes gesagt!"

„Wann?"

„Vor einigen Wochen …"

„Nun, dann hat er wohl in der Zwischenzeit seine Meinung geändert." Lancelot grinste den feisten Mann an und entblößte dabei seine Zähne. In diesem Moment hatte er mehr Ähnlichkeit mit einem hungrigen Wolf, als mit einem Ritter der Tafelrunde. „Wenn Ihr hingegen nicht glaubt, was ich Euch gerade übermittelt habe, könnt Ihr ihn gerne bei seinen Regierungsgeschäften stören. Seid aber versichert, dass Artur nicht besonders guter Laune ist."

„Ist er nicht?", kam es stotternd zurück.

„Nein, ganz und gar nicht!“

„Ganz und gar nicht …“ Meister Arnold schluckte. „Dann werde ich wohl am besten die Speicher öffnen.“

„Ja.“

„Und einige junge Burschen anheuern, die mir bei der Verteilung der Nahrungsmittel helfen müssen.“

„Ja.“

„Das wird schwierig. In der letzten Zeit sind mir hier in Camelot die Bediensteten abhandengekommen.“

„Herrgott, dann geht nach Cadbury. Sucht Euch neue. Und behandelt sie besser als die anderen, dann bleiben sie vielleicht auch.“

Meister Arnold stand jetzt der Schweiß in dicken Perlen auf der Stirn. Er nickte hastig und wollte gehen, aber Lancelot hielt ihn fest. „Wartet, ich bin noch nicht fertig. Mein Knappe und ich brechen heute nach Norden auf.“

„Oh.“ Ein Anflug von Hoffnung huschte über Arnolds Gesicht. „Wie lange werdet Ihr weg sein?“

„Zwei, vielleicht drei Wochen.“

„Dann werde ich eilig den Proviant für Euch vorbereiten.“

„Tut das. Und wenn Ihr glaubt, Ihr müsstet in unserer Abwesenheit meine Befehle nicht befolgen, dann seid auf der Hut. Sir Tristan wird ein Auge auf Euch werfen.“

Meister Arnold wurde schlagartig blass. „Niemals käme es mir in den Sinn, ungehorsam zu sein. Ihr werdet bei Eurer Rückkehr sehen, dass alles zu Eurer Zufriedenheit geregelt wurde.“ Er verneigte sich hastig und eilte so schnell davon, wie seine kurzen Beine es erlaubten.

„Am liebsten würde ich diesem verlogenen Kerl unter der Linde den Prozess machen", sagte Lancelot, als er Gwyn neben sich bemerkte. „Ich habe Hinweise darauf erhalten, dass er die Vorräte für teures Geld an die Sachsen verkauft, um sich so an ihrer Not auch noch zu bereichern. Gestern Nacht ist das erste Kind an Entkräftung gestorben. Die Stimmung ist kurz vor dem Kippen. All das Vertrauen in uns, das wir nach der letzten Schlacht aufgebaut haben, macht dieser gierige Dummkopf in kürzester Zeit zunichte. Ich hoffe, dass sich das nicht eines Tages rächen wird."

„Ich muss Euch etwas zeigen", sagte Gwyn und setzte sich an den großen Tisch, um die römische Karte auszubreiten.

Lancelot stieß einen leisen Pfiff aus. „Ich bin beeindruckt. Darf ich fragen, wie so ein Schatz in deinen Besitz gelangen konnte?"

„Als Rowan und ich von Merlin nach Wales gesandt wurden, um ein Heilmittel für Euch zu besorgen, trafen wir auf die Reste der Sechsten Römischen Armee. Ihr General hat uns die Karte geschenkt." Gwyn drehte sie so, dass Sir Lancelot sie besser sehen konnte. „Hier im Süden liegt Camelot. Caer Goch liegt relativ weit im Norden an der Küste."

Lancelot deutete auf eine gestrichelte Linie, die verschiedene Punkte miteinander verband. „Ich vermute, dass dies eine der alten Römerstraßen ist."

Gwyn nickte und war auf einmal ganz aufgeregt. „Ich habe festgestellt, dass Chulmleigh auf dem Weg zu Sir Kays Stammsitz liegt."

„Chulmleigh?"

„Das ist der Ort, an dem sich das Grab meiner Mutter befindet!“ Gwyn schaute sich hastig um, öffnete sein Hemd und gab den Blick auf sein Medaillon frei.

Lancelots Hand schnellte vor, um das Hemd wieder zu schließen. „Bist du verrückt? Wenn jemand dein Geheimnis erfährt, bist du deines Lebens nicht mehr sicher!“, zischte er Gwyn an.

„Vielleicht finden wir dort einen Hinweis auf den Gral“, flüsterte Gwyn hastig.

„Gwyn, wir haben nicht viel Zeit. Wir müssen Rowan finden und ihn nach Camelot zurückbringen.“

„Nur einen Tag“, flehte Gwyn. „Als Valeria von Dinas Emrys geflohen war, verlor sich ihre Spur. Erst in Chulmleigh tauchte sie wieder auf. Ich frage Euch: Was war in der Zwischenzeit geschehen? Wenn sich der Gral irgendwo befindet, dann hier!“ Er tippte mit dem Finger auf das Dorf im Grenzgebiet zu Wales. „Sollte es uns gelingen, den Weg meiner Mutter zurückzuverfolgen, werden wir auch endlich den Schatz finden, nach dem Artur schon so lange sucht!“

Sie hörten ein Räuspern und Gwyn faltete schnell die Karte zusammen. Lancelot wirbelte herum und funkelte Meister Arnold wütend an.

„Nichts für ungut“, sagte der dicke Mann und wich einen Schritt zurück. Dann stellte er zwei Beutel ab. „Ich bringe Euch nur Eure Verpflegung.“ Meister Arnold knetete nervös die Hände. „Dann wünsche ich den Herren eine gute Reise.“ Mit einem nervösen Lächeln drehte er sich um und stolperte davon.

„Also gut“, sagte Lancelot schließlich. „Einen Tag, nicht mehr.“

„Ich danke Euch“, sagte Gwyn erleichtert.

„Ob dieser Dank angebracht ist, wird sich noch erweisen.“ Lancelot stand auf und ergriff die beiden Beutel. „Lass uns aufbrechen.“

Das große Tor fiel mit einem lauten Poltern hinter ihnen ins Schloss. Ein Gefühl der Beklemmung stieg in Gwyn auf. Als er das erste Mal die Tafelrunde verlassen hatte, war es ein Auszug mit Pauken und Trompeten gewesen. Selbst Sir Kay hatte ihm, dem unbedeutenden Schweinehirten, die Ehre erwiesen und die Tafelrunde mitsamt den Knappen zum Abschied einbestellt. Heute hatten sich nur Sir Tristan und Sir Degore sowie ihre Knappen Orlando und Cecil eingefunden, um den beiden eine glückliche Heimkehr zu wünschen. Katlyn stand auf der großen Treppe vor dem Palas und kämpfte sichtlich mit den Tränen. Ansonsten interessierte es niemanden, mit welchem Auftrag die beiden aufgebrochen waren oder ob sie jemals wieder zurückkehrten. Nicht einmal Aileen war aufgetaucht. Vermutlich wollte sie Gwyn auf diese Weise spüren lassen, dass sie seine Mission missbilligte.

Sie ritten die Ringwälle hinab und durchquerten das Lager der Sachsen, die seit dem Ende der Schlacht noch immer nicht in festen Behausungen lebten. Nur wenige Familien hatten das Glück, ein Zelt ihr eigen nennen zu dürfen. Die meisten hausten in Erdlöchern, die mit Ästen und Grassoden abgedeckt waren. Das Elend war himmelschreiend. Vor Dreck starrende kleine Kinder mit dicken Hungerbäuchen klammerten sich angstvoll an die Beine ihrer Mütter, während die Männer den Reitern hasserfüllte Blicke zuwarfen.

Lancelot sprach aus, was Gwyn dachte. „Es ist wirklich eine Schande, wie Camelot sie behandelt. Voller Vertrauen haben sie sich uns angeschlossen und nun fühlt sich keiner für sie verantwortlich. Ich hoffe nur, dass Arnold meinem Befehl Folge leistet."

Er schnalzte mit der Zunge und Dondar fiel in einen schwerfälligen Galopp. Dies war das erste Mal, dass Lancelot offen Kritik geäußert hatte. Er hatte Camelot gesagt, doch eigentlich Artur damit gemeint. Gwyn drehte sich noch einmal um und warf einen letzten Blick auf die Burg, dann gab auch er Pegasus die Zügel.

Sie kamen gut voran. Gwyn war in der Zwischenzeit zu einem passablen Reiter geworden, der nicht mehr mit Pegasus sprechen musste, um den Schimmel in die gewünschte Richtung zu lenken. Lancelot hatte Wert darauf gelegt, einen Knappen zu haben, der nicht bei jedem Schrittwechsel aus dem Sattel fiel, und dieser Unterricht zahlte sich nun aus.

Gegen Abend erreichten sie die Furt bei Corfe und machten unter einer ausladenden Eiche Rast. Der Sommertag war heiß gewesen und Gwyn war froh, endlich seine malträtierten Knochen ausstrecken zu können. Nachdem sie die Pferde versorgt hatten, rollte Gwyn eine Decke aus und öffnete den Beutel, um nachzuschauen, was Meister Arnold ihnen eingepackt hatte. Der größte Teil des Vorrats bestand aus Speck, Käse und Streifen von Trockenfleisch. Zusätzlich gab es für jeden noch einen Laib Brot, das aber schon jetzt so hart war, dass sie mit dem Messer einzelne Brocken herausstemmen und in Wasser einweichen mussten. Gwyn, der nach dem endlosen Winter keine Lust mehr auf derlei Kost hatte, machte sich auf die Suche nach Beeren und Früchten, die zu dieser Zeit des Jahres reif waren und nur darauf warteten, gepflückt zu werden. Eine halbe Stunde später, die Nacht brach bereits herein, kehrte Gwyn mit einem Sack voller Himbeeren zurück.

„Eine vorzügliche Idee“, sagte Lancelot, der ein Feuer entfacht hatte und nun am Stamm einer Eiche lehnte, als er Gwyns Ausbeute begutachtete. Er drehte seinen Helm um und schüttete die süßen Früchte hinein. Gwyn schnitt zwei Stück Speck ab und reichte eines davon seinem Herrn.

„Darf ich Euch etwas fragen, Herr?“

„Natürlich“, antwortete Lancelot mit vollem Mund und legte ein Stück Holz nach, sodass die Funken in den Nachthimmel hinaufstiegen.

„Erzählt Ihr mir, wie alles angefangen hat?“

„Wie was angefangen hat?“

„Na ja, die Sache mit König Artur und der Tafelrunde“, antwortete Gwyn zögerlich.

Lancelot lachte laut auf. „Du möchtest, dass ich dir die ganze Geschichte erzähle?“

Gwyn kam sich ein wenig töricht vor, als er nickte.

„Dazu werden hundert Nächte nicht ausreichen.“

„Dann macht heute Abend einen Anfang“, bat Gwyn. „Ich glaube, wir werden noch lange unterwegs sein, vielleicht werdet Ihr sie ja doch noch zu Ende erzählen können.“

Lancelot stopfte sich eine besonders dicke Himbeere in den Mund. „Dann muss ich bei Uther Pendragon beginnen, Arturs Vater, der Vortigern vom Thron stieß. Uther Pendragon bedeutet so viel wie *Schreckliches Drachenhaupt* und nach allem, was man von ihm weiß, war er ein recht unangenehmer Mensch. Auf dem Schlachtfeld zeichnete er sich durch besondere Brutalität und Rücksichtslosigkeit aus. Und auch in Friedenszeiten war er es gewohnt, sich einfach alles zu nehmen, was er haben wollte. Als er sich in Londinium zum König ausrufen ließ, lud er auch Herzog Gorlois von Cornwall ein. Nun hatte der Herrscher der Cornen eine wunderschöne Frau namens Ygerna, und es kam, wie es kommen musste: Uther wollte diese Frau haben.“

„Aber sie war doch verheiratet!“, entfuhr es Gwyn.

„Natürlich war sie das“, sagte Lancelot. „Aber das hat Arturs Vater nicht gestört. Noch am Abend vor der Krönung machte er Ygerna ein Angebot, das sie natürlich ausschlug. Und nicht nur das, sie berichtete auch ihrem Gemahl davon, der noch am selben Abend wieder nach Dundagil abreiste – eine Schmach, die Uther nicht auf sich sitzen lassen konnte, zumal der Herzog von Cornwall zu diesem Zeitpunkt seinen Treueid noch nicht geleistet hatte. Und so zog er in den Krieg gegen Herzog Gorlois.“

„Oh“, sagte Gwyn. „Und das alles wegen einer Frau, die bereits in festen Händen war?“

„Das war noch nicht alles. Der Krieg verlief nämlich nicht so, wie Uther sich das vorgestellt hatte. Er war mit seiner ganzen Armee angerückt, doch es half alles nichts: Herzog Gorlois hielt sich ziemlich wacker und bot dem liebestollen König erfolgreich die Stirn."

„Also zog Uther wieder ab?"

„Nun ja, jeder andere hätte versucht, sich ehrenvoll aus der Affäre zu ziehen, aber Uther Pendragon war ein Dickkopf. Also bat er seinen Ratgeber Merlin um Hilfe."

„Merlin!", rief Gwyn. „Ich habe schon davon gehört, dass er Arturs Vater gedient haben soll."

„Nicht nur ihm, sondern auch Vortigern, aber das ist eine andere Geschichte. Man erzählt sich vieles über Merlin, so auch, dass er in die Zukunft schauen kann und die Magie beherrscht. Es heißt auch, dass er einen Trick anwandte, damit Uther doch noch seine Ygerna in die Arme schließen konnte. Er gab Arturs Vater einfach die Gestalt des Herzogs von Gorlois, er selbst verwandelte sich in einen Diener. Sie warteten ab, bis der echte Herzog aufgebrochen war, um seine Truppen zu inspizieren, und ritten dann nach Dundagil, wo sie ohne Schwierigkeiten eingelassen wurden. Und auch Ygerna ließ sich täuschen, denn sie glaubte, dass sie in dieser Nacht von ihrem Gemahl besucht wurde. Der echte Herzog geriet in jener Nacht in einen Hinterhalt, den ihm Pendragons Truppen stellten, und fiel. Als die Nachricht vom Tod des Gatten Dundagil erreichte, lag Uther in der Gestalt des Herzogs noch im ehelichen Bett. Natürlich war die Verwirrung groß. Der falsche Gorlois brach mit dem Vorwand auf, das

Missverständnis auszuräumen und mit Uther Frieden zu schließen."

„Was nicht besonders schwierig gewesen sein dürfte", sagte Gwyn und schüttelte den Kopf.

„Aber es kommt noch besser, denn mit dem Tod des Herzogs hatte auch Uther freie Bahn. Und diesmal war Ygerna einer Verbindung nicht abgeneigt. Neun Monate nach der erschlichenen Liebesnacht wurde Artur geboren. Aus Ygernas Ehe mit Gorlois stammt Arturs Halbschwester Morgan, die damals drei Jahre alt war."

Gwyn bekam große Augen. „Mordreds Mutter!"

„In der Tat, Morgan, die Herrin von Avalon, dem keltischen Totenreich. Sie hat Artur mehr als einmal in arge Bedrängnis gebracht. Uther hatte zwar bekommen, was er wollte, doch er führte bis zu seinen letzten Tagen ein glückloses Leben. Nur einmal noch bäumte er sich auf, als er gegen die Sachsen zu Felde zog und sie vernichtend schlug. Die Rache der Verlierer war fürchterlich. Als Bettler verkleidete Spione vergifteten seinen Brunnen. Hundert Menschen, unter ihnen auch Uther Pendragon, starben einen qualvollen Tod."

„So lange reicht der Hass gegen die Sachsen zurück? Umso mehr wundert es mich, dass Artur ihnen nach der Schlacht mit Mordred die Hand reichte. Aber sagt, der Name Dundagil kommt mir irgendwie bekannt vor."

„Dundagil ist der alte Name von Tintagel", sagte Lancelot und lächelte, als er Gwyns erstauntes Gesicht bemerkte. „Ich sehe, auch dir ist die Ironie dieser Geschichte bewusst."

„So hat Mordred, ohne es zu wissen, jene Festung zu seiner Burg gemacht, von der das Unglück aller, die den Drachen in ihrem Schild führen, seinen Ausgang genommen hat?“, fragte Gwyn ungläubig.

„Nun, ich bezweifle, dass Arturs Sohn nicht wusste, was sich dort zugetragen hat. Ich glaube, es war ein wohlgezielter Hieb gegen seinen Vater.“

„Aber wie wurde Artur denn nun König, und was hat es mit dem Schwert im Stein auf sich?“

„Als Uther Pendragon Merlin bat, ihn in Herzog Gorlois zu verwandeln, tat der alte Druide das nur unter einer Bedingung: Er wollte das Kind haben, das in dieser Liebesnacht gezeugt wurde. Merlin wusste, dass Artur Großes vorausbestimmt war, und er wollte ihn auf seine zukünftigen Aufgaben vorbereiten. Er brachte das Kind nach Caer Goch, wo Artur von Sir Ector aufgenommen wurde, der bereits einen Sohn hatte.“

„Sir Kay!“, entfuhr es Gwyn und Lancelot nickte.

„Seit dieser Zeit sind er und Ectors Sohn wie Brüder. Gemeinsam erlernten sie das Ritterhandwerk. Es war eine harte Zeit für die beiden, denn Sir Ector war nicht weniger streng als Sir Kay. Die Jungen schliefen im Stall bei ihren Pferden, mussten reiten lernen und den Schwertkampf üben. Dann starb Uther und die Thronfolge musste geregelt werden. So lud der Erzbischof von Canterbury alle Fürsten nach Londinium, damit der neue König gekrönt werden konnte. Als die Fürsten in der alten römischen Provinzhauptstadt eintrafen, staunten sie nicht schlecht, denn auf dem Friedhof bei der

Kirche stand auf einmal ein Marmorblock mit einem Amboss, in dem ein Schwert steckte."

„Excalibur!"

Lancelot nickte. „So ist es. Es standen folgende Worte im Marmor gemeißelt: Wer dieses Schwert aus diesem Stein und diesem Amboss zieht, ist rechtmäßig geborener König ganz Britanniens. Alle Herzöge und Fürsten stellten sich dieser Aufgabe, doch niemand hatte Erfolg. Also entschloss sich der Erzbischof abzuwarten. Um die Zeit zu verkürzen, wurde am Neujahrstag ein Turnier ausgerichtet. Unter den Teilnehmern waren auch Sir Ector und dessen Sohn, Sir Kay. Artur hatte in diesen Tagen den Ritterschlag noch nicht erhalten und war somit nur ein Knappe, der seinem Milchbruder diente."

„Artur war Sir Kays Knappe?", fragte Gwyn atemlos. „Welch verkehrte Welt!"

„Ja, in der Tat. Damals konnte niemand den weiteren Verlauf der Geschichte ahnen. Nur Merlin musste schon gewusst haben, wer der nächste König Britanniens sein würde. Und er half dem Ganzen ein wenig nach, indem er Sir Kays Schwert versteckte, was dieser aber erst bemerkte, als er schon auf dem Turnierplatz eingetroffen war. Eine Riesenblamage! Was sollte er also tun? Nun, er schickte Artur zurück, um nach der Waffe zu suchen, die dieser natürlich nicht fand. Bis sein Blick auf das Schwert im Amboss fiel. Er kletterte hinauf und zog es ohne Mühe heraus. Auf dem Turnierplatz erkannte man natürlich sofort, dass Artur nicht Sir Kays Schwert gefunden hatte, sondern im Besitz von Excalibur war. Und so rief Sir Ector seinen Ziehsohn zum König aus, doch bat er ihn um ein Versprechen: Er sollte Sir Kay zu seinem Hofmeister machen. Nun, das Versprechen hat er gehalten. Doch der wichtigste Mann in Arturs Gefolge ist seit diesem Tag Merlin." Lancelot nahm einen tiefen Schluck aus der Lederflasche.

„Ihr glaubt also, dass Merlin diese Prüfung inszeniert hat, um Artur auf den Thron zu verhelfen", sagte Gwyn, der die ganze Zeit aufgeregt an einem Brotkanten geknabbert hatte.

Lancelot nickte. „Da bin ich mir ganz sicher."

„Erzählt weiter. Wie kam es zu Mordreds Geburt? Und wie hat Artur Guinevra kennengelernt?"

Lancelot lachte. „Ich habe dir doch gesagt, dass diese Geschichte genügend Stoff für lange Abende bietet. Doch es ist schon spät und die Sonne ist bereits untergegangen. Wir sollten die wenigen Stunden schlafen, die uns bis zum Sonnenaufgang noch bleiben."

Lancelot streckte sich auf seiner Decke aus und drehte sich zur Seite, um die Augen zu schließen. Kurze Zeit später schnarchte er leise. Gwyn hingegen fand zunächst keinen Schlaf. Zu aufregend war die abenteuerliche Lebensgeschichte des Mannes gewesen, den er neben Sir Lancelot stets am meisten bewundert hatte. Er hoffte, dass Lancelot am nächsten Abend mehr erzählen würde, und erst als schon die ersten Vögel zwitscherten, fiel Gwyn in einen tiefen Schlaf und träumte von Excalibur.

Ankunft in Chulmleigh

Gwyns Hoffnung auf die Fortsetzung von Arturs Geschichte wurde enttäuscht. Als sie am nächsten Morgen aufgebrochen waren, hatte sich das Wetter zusehends verschlechtert und damit auch Sir Lancelots Laune. Drei Tage ritten sie nun durch den strömenden Regen und schliefen in ihren nassen Sachen. Und es wurde noch schlimmer.

Die Temperaturen sanken. Sturmböen peitschten sintflutartigen Regen über das Land, sodass schon bald die ersten Bäche und Flüsse über ihre Ufer traten. Seit Tagen hatten sie kein Feuer mehr machen können. Immer wieder mussten sie die Karte zurate ziehen, um einen neuen Weg zu finden. Chulmleigh konnte nicht mehr weit sein.

Gwyn fiel es zusehends schwerer, sich im Sattel zu halten. Mal fror ihn erbärmlich, dann war ihm von einem Moment auf den anderen glühend heiß. Voller Wehmut dachte er an sein warmes Bett.

Lancelot, der die ganze Zeit vorangeritten war, blieb nun immer häufiger stehen, um auf Gwyn zu warten. „Alles in Ordnung mit dir?“, fragte er besorgt.

„Es geht schon", murmelte Gwyn. Lancelot wandte den Blick gen Himmel und verzog das Gesicht.

„Es sieht nicht so aus, als würde sich das Wetter in nächster Zeit zu unseren Gunsten verändern."

Erste Blitze zerrissen den Himmel. Der Donner wurde lauter und folgte in immer kürzeren Abständen. „Kopf hoch. Wenn die Karte deines römischen Generals stimmt, werden wir Chulmleigh noch vor Sonnenuntergang erreichen."

„Sonnenuntergang? Wovon redet Ihr? Ich habe das Gefühl, dass die Sonne heute überhaupt noch nicht aufgegangen ist!"

Doch Lancelot sollte Recht behalten. Als das Grau des Tages sich in ein bleiernes Zwielicht verwandelte, entdeckten sie hinter einer Furt die ersten schäbigen Bauernkaten. Das Wasser reichte ihren Pferden bis an den Bauch. Hätten sie den Fluss erst am nächsten Tag erreicht, wäre der Übergang unpassierbar gewesen.

Das also war Chulmleigh, dachte Gwyn. Das Dorf sah auch nicht viel besser als Redruth aus. Nein, eigentlich war es sogar noch schäbiger. Die Hütten waren in einem erbärmlichen Zustand. Viele der strohgedeckten Dächer hielten den Regen kaum ab. An den meisten Häusern war großflächig der Lehm weggebrochen, sodass das darunterliegende Weidengeflecht zum Vorschein kam. Niemand war auf der Straße. Nur einem dreibeinigen schwarzen Hund, der die beiden neugierig beobachtete, schien der Regen nichts auszumachen. Als sie langsam die Dorfstraße hinabritten, erschienen in den Fenstern ausgemergelte Gesichter, doch bevor

Lancelot die Frage nach einer Unterkunft stellen konnte, wurden ihnen die Fensterläden vor der Nase zugeschlagen.

„Welch liebreizender Ort“, sagte Lancelot grimmig. Mittlerweile war es so dunkel geworden, dass nur die immer häufiger aufzuckenden Blitze für einen kurzen Moment den Weg erhellten.

„Schaut, dort oben!“ Gwyn zeigte auf einen Hügel, der das Dorf im Osten überragte. „Dort oben brennt ein Licht!“

Wieder ein Blitz, gefolgt von einem krachenden Donner.

„Sieht wie eine Burg aus“, sagte Sir Lancelot. „Nun, wie dem auch sei: Wir befinden uns hier immer noch im Reich König Arturs. Wer immer der Herr dieses bezaubernden Landstrichs sein mag, er muss uns Einlass und Unterkunft gewähren.“

Es stellte sich heraus, dass am Ende des Dorfes ein schmaler Pfad abzweigte und den Hügel hinaufführte. Pegasus tänzelte nervös und auch Dondar schnaubte vernehmlich, als der Weg sie immer tiefer in einen dichten Wald führte.

„Ein unheimlicher Ort“, bemerkte Gwyn unbehaglich, der Pegasus erst nach gutem Zuspruch dazu bewegen konnte weiterzureiten. Er schaute sich immer wieder nervös um, als erwarte er jeden Moment, dass sie irgendetwas aus dem Dickicht heraus angreifen würde.

„Ja“, knurrte Lancelot. „Ich habe das Gefühl, dass uns jemand beobachtet.“ Er richtete sich in seinem Sattel auf und lauschte in die Nacht, doch wenn sich etwas in dem dichten Unterholz bewegte, wurden die Geräusche, die es verursachte, vom rauschenden Regen verschluckt. Immer steiler führte der Weg den Berg hinauf. Blitze durchschnitten die Dunkelheit nun ohne Unterlass. Der Donner war ohrenbetäubend. Plötzlich stieß Gwyn einen lauten Schrei aus.

Mit einem Satz war Lancelot aus dem Sattel gesprungen und zückte sein Schwert.

„Da, hinter der Biegung!“, rief Gwyn

„Ich habe es auch gesehen“, sagte der Ritter. Tatsächlich schimmerte dort eine bleiche, mannshohe Gestalt, die reglos am Wegesrand stand. Lancelot ging vorsichtig auf die Erscheinung zu. Dann ließ er das Schwert sinken und brach in dröhnendes Gelächter aus.

„Zwei schöne Helden sind wir“, rief er kopfschüttelnd und steckte seine Waffe wieder zurück.

Gwyn kletterte nun ebenfalls aus dem Sattel und lief zu seinem Herrn, der immer noch laut und auch ein wenig erleichtert lachte. „Darf ich vorstellen? Diana, Göttin der Jagd und der Weiblichkeit.“

„Eine Statue“, rief Gwyn und kam sich auf einmal unsagbar töricht vor.

„Jemand hat sie hier aufgestellt, um die Besucher der Burg willkommen zu heißen.“ Er wies mit der Hand in die Dunkelheit. „Schau, dort drüben stehen noch mehr!“

Tatsächlich hatte der Herr von Chulmleigh den Pfad hinauf zu seiner Festung mit dem kompletten römischen Götterhimmel gesäumt. Da waren Jupiter und Mars, Merkur und Venus, Saturn, Neptun, Uranus und Pluto.

„Sie sehen so lebensecht aus“, staunte Gwyn, als sie ihre Pferde den Rest des Weges am Zügel führten.

„Ich vermute, dass es römische Arbeiten sind“, sagte Lancelot. „Kein Mensch besitzt heute noch die Kunstfertigkeit, etwas Vergleichbares aus einem Block Marmor zu schlagen. Ich bin gespannt, was uns erwartet, wenn wir bei der Burg angelangt sind.“

Eine halbe Meile weiter hatten sie die Hügelspitze erreicht. Der Wald lichtete sich und man erkannte einen Weg, der vor einem schweren Tor endete, dem einzigen Durchlass in einer hohen Mauer, die die Festung wie einen unbezwingbaren Wall umgab.

Lancelot hob den schweren Türklopfer, der die Gestalt eines Löwenkopfes hatte, und schlug ihn gegen das Holz. Das Dröhnen war so laut und hohl, dass es sogar den Sturm übertönte.

Lancelot wartete einen Moment, dann versuchte er es erneut. Drinnen schien sich noch immer nichts zu regen. Er wollte sich schon abwenden, als plötzlich über ihnen eine kleine Klappe geöffnet wurde und sie in die harten Gesichtszüge einer Wache blickten.

„Ja?“

„Mein Name ist Sir Lancelot, ich bin ein Ritter der Tafelrunde und bitte Euch, mir und meinem Knappen in dieser stürmischen Nacht Unterkunft zu gewähren.“

Der Mann musterte einen langen Moment erst den Ritter, dann Gwyn.

„Wartet hier“, sagte er und schloss die Klappe wieder. Kurz darauf wurde der Riegel beiseite geschoben und das Tor öffnete sich quietschend. Vor ihnen stand eine Frau. Ihr Kopf war zum Schutz vor dem Regen in ein Tuch gehüllt. Sie hielt eine Laterne hoch und blickte Lancelot mit kalten Augen an.

„Tretet ein."

Lancelot und Gwyn schauten einander befremdet an.

„Welch seltsamer Empfang", flüsterte Gwyn, aber sein Herr antwortete ihm nicht, sondern bedeutete ihm mit einer Handbewegung zu schweigen. Sie führten ihre Pferde in einen weitläufigen Hof. Hinter ihnen polterte es laut, als das Tor zugeschlagen und der Riegel wieder vorgeschoben wurde. Außer der Frau und dem Wachsoldaten war keine Menschenseele zu sehen, nur ein Fenster des Haupthauses war schwach erleuchtet.

„Willkommen auf Chulmleigh Keep. Folgt mir", sagte die Frau und schritt mit der Lampe in der Hand voran. Obwohl es dunkle Nacht war, konnte Gwyn einen Eindruck von der Burganlage gewinnen. Sie war groß. Natürlich bei Weitem nicht so riesig wie Camelot, aber doch von beeindruckenden Maßen. Zur Linken – Gwyn vermutete, dass es die Nordseite war – befanden sich eine Schmiede und riesige Stallungen, zu denen sie jetzt die Frau führte. Das Haupthaus schien groß genug für mehrere Familien zu sein und war wohl nach römischem Vorbild errichtet worden, denn es erinnerte Gwyn an die Gebäude, die er in Aquae Sulis gesehen hatte. Ein Stück weiter stand auf einer kleinen Anhöhe ein alles überragender düsterer Turm, der selbst in der Dunkelheit der mondlosen Nacht wuchtig und einschüchternd wirkte. Die rechte Seite des Hofes wurde von Wirtschaftsgebäuden gesäumt, die sich eng an die Burgmauer drückten.

„Ihr müsst entschuldigen, dass Ihr Euch selbst um die Pferde kümmern müsst. Die Bediensteten nehmen erst im Morgengrauen ihre Arbeit wieder auf.“ Sie deutete in eine Ecke. „Hier findet Ihr Hafer und frisches Stroh. Wenn Ihr fertig seid, kommt ins Haus, ich bereite in der Zwischenzeit eine Mahlzeit für Euch vor.“ Sie hängte die Lampe an einen Nagel.

Lancelot und Gwyn verneigten sich. „Habt Dank für die Gastfreundschaft, Lady ...“

Sie verzog keine Miene. „Mara. Einfach nur Mara.“ Ohne ein weiteres Wort zu verlieren, drehte sie sich um und verließ den Stall.

„Sie ist nicht die Herrin?“, fragte Gwyn, nachdem er Pegasus abgesattelt und trockengerieben hatte. „Erstaunlich. Ihrer ganzen Art nach zu schließen hätte ich etwas anderes erwartet.“

„Sie scheint außer den Wachsoldaten die einzige Bedienstete zu sein, die Chulmleigh Keep bei Einbruch der Nacht nicht verlässt. Und du sagst, dass deine Familie bis zu deiner Geburt hier im Dorf gelebt hat?“

Gwyn nickte.

„Hat dir dein Pflegevater nichts von dieser Burg erzählt?“

„Nein, Do Griflet sprach nur von den Dorfbewohnern, einfachen Menschen mit einfachen Problemen, die wie er ums tägliche Überleben kämpfen mussten.“

Lancelot stutzte. „Du klingst, als würdest du dieses Leben ein wenig vermissen.“

„Es hat Momente gegeben, in denen ich wieder zurückwollte“, gab Gwyn leise zu.

„Das war, als du das erste Mal Camelot verlassen hast."

Gwyn nickte traurig. „Es zog mich nach Hause, weil ich nichts von den Dingen wissen wollte, die Artur und die Tafelrunde ihr ganzes Leben lang angetrieben hatten. Das Streben nach Macht, die Suche nach dem Gral, der Kampf gegen Mordred und gegen den drohenden Untergang der Welt, wie wir sie kennen. Ich hatte das Gefühl, dieser Verantwortung nicht gewachsen zu sein."

„Aber dann hast du festgestellt, dass du nicht vor ihr fliehen konntest."

Gwyn seufzte. „Was hat Euch Merlin über mich erzählt?"

„Ich glaube, er hat kaum etwas ausgelassen. Er sagte mir, dass du der letzte Fischerkönig bist, und bat mich, auf dich aufzupassen."

„Damit er durch mich in den Besitz des Grals gelangt?", fragte Gwyn und sein Blick wurde misstrauisch.

Lancelot sah ihn neugierig an. „Nein, ich glaube nicht, dass er an der Macht interessiert ist, die der Gral darstellt."

Gwyn lachte bitter. „Dann wäre er der Erste, der so denkt."

„Merlin hat andere Motive. Er hat so viele Könige kommen und gehen sehen. Vortigern, Uther, Artur. Er hat sie alle gekannt und ihnen als Berater zur Seite gestanden. Ich glaube, diese Art der Macht entspricht eher seiner Persönlichkeit."

„So waren sie allesamt nur Merlins Marionetten?", fragte Gwyn.

Lancelot dachte nach. „Ich würde sagen, er hat vielmehr das Beste aus ihnen herausgeholt."

„Aber welchen Vorteil hatte er denn davon?“, fragte Gwyn hilflos.

„Auf den ersten Blick natürlich keinen. Merlin führt das bescheidene Leben eines gelehrten Eremiten. Soweit bekannt ist, hat es nie eine Frau in seinem Leben gegeben und er hat auch keine Kinder. Und doch hat er mehr als jeder andere unserer Welt seinen Stempel aufgedrückt. Das ist der Grund, warum so viele Menschen nach Macht streben: Um ein Leben ganz nach den eigenen Vorstellungen zu führen, nur eingeschränkt durch die Grenzen, die man selbst akzeptiert. Und vielleicht, um ein klein wenig Unsterblichkeit zu erlangen. Wenn du einmal Arturs Alter erreicht hast, wirst du dich fragen, ob du ein sinnvolles Leben geführt hast. Wehe, wenn du diese Frage mit Nein beantworten musst.“

„Ihr klingt wie Merlin“, antwortete Gwyn. „Doch was ist mit Euch? Ihr seid nicht viel jünger als der König. Stellt Ihr Euch diese Frage auch?“

„Jeden Tag.“

„Und wie lautet Eure Antwort?“

Lancelot nahm die Lampe vom Haken und hob das Bündel mit seinen Sachen auf. „Die werde ich dir verraten, wenn die Stunde gekommen ist. So, und nun lass uns gehen.

Als sie die Tür zum Haupthaus öffneten, wurden sie bereits von Mara erwartet. Sie trug ein langes, grünes Kleid mit einem silbernen Gürtel. Das braune Haar hatte sie nach Art einer Römerin kunstvoll aufgesteckt. Maras Alter war nicht näher bestimmbar. Sie war keine zwanzig mehr, aber auch noch nicht vierzig. Ihr Körper war straff und drückte mit jeder Bewegung einen herrschaftlichen Anspruch aus, auch wenn sie nur eine Bedienstete war.

„Das Essen wird bald aufgetragen", sagte sie mit einer Stimme, in der keine Melodie mitschwang. Auch war Gwyn der Akzent, mit dem sie sprach, gänzlich unbekannt. „Ich denke, die Herren wollen nach den Strapazen der Reise ein Bad nehmen. Es ist alles vorbereitet."

Sie betraten einen Raum, in dem zwei dampfende Zuber standen. Einige Feuerschalen sorgten für Licht und Wärme. Sofort musste Gwyn an das Haus von Aemilius Decimus in Aquae Sulis denken. Alles hier war so durch und durch römisch!

Sogar die Fresken an den glatt verputzten Wänden erinnerten ihn an die Bilder, mit denen der General sein Haus geschmückt hatte.

„Ich möchte Euch bitten, die schmutzige Kleidung in den Korb bei der Tür zu werfen. Ich habe Euch dort hinten saubere Sachen zurechtgelegt. Wenn Ihr erlaubt, werde ich mich weiter um die Zubereitung des Mahls kümmern." Sie ließ ihre Gäste allein.

„Ein heißes Bad!", stöhnte Gwyn. „Davon habe ich seit Tagen geträumt."

Und auch Lancelot schien froh zu sein, endlich aus den nassen Sachen zu kommen. Nachdem sie sich eine halbe Stunde im warmen Wasser entspannt hatten, trockneten sie sich ab, zogen die wollenen Röcke an, die Mara zuvor für sie bereitgelegt hatte, und begaben sich auf die Suche nach der Küche.

„Ich habe so etwas noch nie gesehen", sagte Lancelot, als sie hinaus in die Eingangshalle traten. An den Wänden hingen kostbare Teppiche, die ganze Geschichten in Bildern zu erzählen schienen. Auf dem Boden stapelten sich Kisten mit Krügen, Vasen und Geschirr. Andere waren vollgepackt mit Stapeln von Büchern und Manuskripten. „Es sieht so aus, als bereite man gerade einen Auszug vor."

„Das glaube ich nicht", sagte Gwyn und untersuchte eine reich verzierte Silberplatte. „Schaut her, an diesem Stück klebt noch Erde. Es scheint, als habe man viele der Sachen erst vor kurzer Zeit ausgegraben." Er nahm ein stockfleckiges Buch in die Hand. „Galen von Pergamon ... Was würde Katlyn darum geben, dieses Werk in ihrem Besitz zu wissen."

Lancelot nahm Gwyn das Buch aus der Hand und schlug es auf. „Hier ist das Siegel des letzten römischen Kaisers." Er hob die Augenbrauen. „Ich frage mich, wie es Teile seiner Bibliothek ausgerechnet hierher nach Chulmleigh verschlagen hat."

„Es ist serviert."

Gwyn und Lancelot wirbelten herum. Hinter ihnen stand Mara, die sich ihnen lautlos genähert hatte. Als sie das Buch in Lancelots Hand sah, runzelte sie die Stirn.

„Verzeiht mir", sagte Lancelot ein wenig betreten und legte es wieder zurück in die Kiste. „Wir wollten nicht unhöflich sein."

„Darf ich fragen, wie diese Schätze in Euren Besitz gekommen sind?", fragte Gwyn und erntete für seine Neugierde einen finsteren Blick von Lancelot.

„Mein Herr wird Euch morgen gerne diese und alle anderen Fragen beantworten."

„Er leistet uns bei Tisch keine Gesellschaft?", fragte Lancelot verwundert.

„Ich soll Euch ausrichten, dass Sir Gore untröstlich ist, aber wichtige Geschäfte halten ihn davon ab, Euch standesgemäß zu begrüßen. In der Zwischenzeit sollen die Herren sich auf Chulmleigh Keep wie zu Hause fühlen. Wenn Ihr mir also bitte folgen wollt?"

Sie führte Lancelot und Gwyn in eine Halle, die fast so groß wie der Schlafsaal der Knappen auf Camelot war. In einem schweren Kamin an der Stirnseite loderte ein Feuer und verbreitete eine wohlige Wärme. Der Marmorboden war mit weichen Fellen ausgelegt. Zahlreiche Kerzen und Öllampen tauchten den Raum in ein angenehmes Licht. Im Gegensatz zur Eingangshalle und dem Bad schmückten hier jedoch keine Teppiche und Fresken die Wände. Sie wurden stattdessen von Regalen gesäumt, die weit hinauf bis zur hohen Decke reichten. Darauf standen wertvolle Gläser und Karaffen, Büsten und kleine Statuen, Schatullen und Vasen. Und immer wieder Bücher, Bücher und nochmals Bücher. Ihren Augen bot sich ein unermesslicher Schatz, auch für Camelots Verhältnisse. Mara deutete auf einen riesigen Tisch aus schwarzem Holz, auf dem einige Platten mit Fleisch, Brot, Obst und Gemüse standen.

„Ich hoffe, dass Ihr die Kargheit dieses Mahles nicht als beleidigend empfindet." Sie deutete auf eine Glocke. „Solltet Ihr noch Wünsche haben, so klingelt nach mir." Sie verneigte sich knapp und schloss die Tür hinter sich.

Lancelot und Gwyn ließen sich an den zwei eingedeckten Plätzen nieder. Gwyns Augen wurden groß, als er seinen Teller genauer betrachtete. Er hob ihn hoch. „Du meine Güte, ist der schwer. Aus was für einem Metall ist er gefertigt? Messing?"

Lancelot schüttelt langsam den Kopf, als er das Geschirr genauer untersuchte. „Nein", sagte er heiser. „Das ist Gold."

„Oh", sagte Gwyn nur. Er wusste nicht warum, aber auf einmal fühlte er sich sehr unbehaglich. „Dieser Sir Gore scheint sehr reich zu sein."

Lancelot stellte seinen Teller wieder hin. „Nun, das mag er in der Tat sein. Aber ich habe Hunger und werde mich durch derlei Dinge nicht beeindrucken lassen."

Das Essen war vorzüglich und noch besser war der Wein. Gwyn trank nur ein Glas, doch das reichte schon aus, um ihn die Müdigkeit in seinen Knochen doppelt schwer spüren zu lassen.

Sie brauchten nicht nach Mara zu klingeln. Kaum hatten sie die leer gegessenen Teller von sich fortgeschoben, stand sie in der Tür, um sie in ihre Schlafgemächer zu führen. Gwyn war zu Tode erschöpft. Der lange Ritt durch den Sturm und die Nächte ohne Schlaf forderten nun ihren Tribut. Mara wies ihnen getrennte Zimmer zu. Gwyn wünschte Lancelot eine gute Nacht, schloss die Tür hinter sich und ließ sich auf das weiche Bett fallen. Gwyn wusste, dass er in dieser Nacht wie ein Toter schlafen würde. Er hoffte nur, dass es kein böses Erwachen gab.

Der Herr von Chulmleigh Keep

Gwyn?“ Jemand rüttelte an seiner Schulter. „Gwyn, wach auf.“

„Nein, auf gar keinen Fall“, murmelte er und drehte sich um.

„Es ist schon weit nach Mittag“, sagte Lancelot.

„Viel zu früh“, stöhnte Gwyn. „Viel zu früh. Versucht es heute Abend noch einmal.“

„Ich kann dich ja verstehen. Auch ich bin gerade erst erwacht. Aber es ist unhöflich, wenn wir den ganzen Tag verschlafen und unserem Gastgeber nicht für die freundliche Aufnahme danken.“

Gwyn richtete sich auf und öffnete blinzelnd die Augen. „Ist es wirklich schon so spät?“

„Die Sonne steht schon hoch am Himmel. Nun, das täte sie zumindest, wenn man sie sehen könnte.“

„Es regnet noch immer?“, fragte Gwyn missmutig.

„Ohne Unterlass. Die Wege werden vermutlich nicht passierbar sein.“

„Dann sitzen wir hier fest.“

„Nun, wir wollten ohnehin herausfinden, was vor vierzehn Jahren mit deiner Mutter geschah. Jetzt können wir uns dieser Aufgabe mit gutem Gewissen widmen“, erwiderte Lancelot scheinbar ungerührt.

Gwyn schaute sich um. Über einer Truhe lag seine gereinigte und nunmehr trockene Kleidung. Mara musste sich noch in dieser Nacht darum gekümmert haben. So schnell er konnte, zog er sich an und trat dann mit Lancelot hinaus auf den Gang.

Aus dem Untergeschoss schwebte das kunstvolle Spiel einer Laute zu ihnen herauf. Gwyn kannte nur die Lieder, die Gawain bei Festen zum Besten gegeben hatte. Viele hatten sein Spiel lediglich als eine höhere Form der Folter angesehen, doch Gwyn hatte Gawains Lieder gemocht. Als er jedoch nun diese traurige Weise hörte, war er wie verzaubert. Irgendetwas in seinem Herzen war tief berührt. Er fühlte sich leicht, glücklich und zufrieden. Selbst seine vermaledeite Nase schmerzte nicht mehr so sehr.

Er hatte erwartet, dass es Mara war, die dieses Lied gespielt hatte. Doch als sie hinunter in den großen Saal traten, entdeckten sie dort zu ihrer Überraschung einen Mann, der in einem Stuhl vor dem Kamin saß. Seine Kleidung, die den Schnitt einer römischen Toga hatte, war aus feinstem Purpurstoff gewebt. Darunter trug er eng anliegende blaue Hosen, die Füße steckten in leichten Schuhen aus weichem Leder. Es konnte sich nur um den Herrn der Burg handeln. Als Sir Gore seine Gäste bemerkte, strahlte er über das ganze Gesicht. Er legte die Laute beiseite und kam mit ausgestreckten

Armen auf Lancelot zu. Beide tauschten den Friedensgruß aus.

„Willkommen in meinem bescheidenen Heim. Darf ich mich vorstellen? Mein Name ist Gore von Chulmleigh."

„Ich bin Lancelot vom See." Gwyns Herr verneigte sich und stieß dabei seinem Knappen in die Seite, der sich daraufhin ebenfalls verbeugte.

„Gwyn ist mein Name."

Sir Gore zwinkerte ihm freundlich zu, dann stutzte er und wandte sich wieder Gwyns Herrn zu.

„Lancelot vom See? *Der* Lancelot, König Arturs erster Ritter der Tafelrunde?"

„Ja", antwortete Lancelot schlicht.

„Es ist mir eine doppelte Ehre, Euch in meinem Haus zu begrüßen. Sir Lancelot! Ich kann es nicht fassen!" Sir Gore starrte ihn freudig überrascht an. „Oh, um Himmels willen, was bin ich für ein schlechter Gastgeber." Er sprang zum Tisch und zog einen der Stühle zurück. „Nehmt Platz. Wie ich vermute, habt Ihr noch nicht gefrühstückt." Er nahm das Glöckchen und klingelte. Mara erschien.

„Ja, Herr?"

„Was hat die Küche zu dieser Stunde noch zu bieten?"

„Frisches Brot, Käse, Speck, Milch. Wenn die Herren wünschen, kann ich natürlich auch etwas Haferbrei aufkochen lassen."

„Was ist mit dir, junger Freund?", fragte Sir Gore und zwinkerte Gwyn zu. „Du bist so hager, dass du ein gutes Frühstück durchaus vertragen könntest."

„Ich weiß nicht …“, antwortete dieser mit einem Blick auf Lancelot.

„Also, einen Haferbrei“, sagte Sir Gore. „Mit Honig?“

Gwyn lächelte und nickte.

„Mit *viel* Honig“, fuhr Sir Gore fort. „Dazu Brot und alles andere.“

„Ja, Herr“, sagte Mara mit ausdruckslosem Gesicht und ging.

„Es tut mir leid, dass ich Euch gestern nicht persönlich begrüßen konnte, aber ich war mit Dingen beschäftigt, die keinen Aufschub duldeten.“

„Nein, wir müssen uns entschuldigen, dass wir Euch gestern Nacht zu dieser unseligen Stunde behelligt haben“, antwortete Lancelot.

„Ihr habt Euch für Eure Reise nicht gerade das beste Wetter ausgesucht. Selten habe ich solch einen Sturm erlebt. Darf ich fragen, was Euer Ziel ist?“

„Wir sind unterwegs zur Küste.“

Sir Gores Miene verdüsterte sich. „Nach Norden?“

„Ja“, antwortete Lancelot.

„Ein sehr gefährliches Unternehmen, wenn mir diese Bemerkung erlaubt ist. Der Landstrich ist noch immer nicht befriedet.“

„Marodierende Sachsen?“, fragte Gwyn.

Sir Gore schüttelte den Kopf. „Nein, Mordreds Männer.“

Gwyn sah Lancelot überrascht an.

„Ich weiß von der Schlacht, die er gegen Camelot verloren hat“, fuhr Sir Gore fort. „Man erzählt sich die wunderlichsten

Dinge. Dass es ein halbwüchsiger Junge war, der Artur in aussichtsloser Lage doch noch zum Sieg verholfen hat. Manche sagen sogar, es soll ein Schweinehirte gewesen sein."

Lancelot lachte und schlug Gwyn seine Hand auf die Schulter. „Sieh an, Gwyn. Nun singt man sogar schon Lieder über deine Taten."

„Nein", rief Gore überrascht und zeigte auf Gwyn. „Wollt Ihr damit sagen, dass …"

„… der Held von Camelot hier an Eurem Tisch sitzt", vollendete Lancelot den Satz.

Gwyn spürte, wie das aufsteigende Blut sein Gesicht wärmte.

„Wenn Camelot über solche Burschen verfügt, brauchen wir uns um die Zukunft Britanniens keine Sorgen mehr zu machen. Ihr könnt stolz sein, solch einen Knappen in Euren Diensten zu haben!"

„Das bin ich", sagte Lancelot und legte eine Hand auf Gwyns Arm. „Das bin ich in der Tat. Aber lasst uns auf Mordred zurückkommen. Woher wisst Ihr, dass er sich im Norden herumtreibt?"

„Ich komme viel herum", sagte Sir Gore ausweichend.

„Habt Ihr ihn mit eigenen Augen gesehen?", fragte Gwyn.

„Ja, nicht weit von Dunster entfernt. Soviel ich weiß, ist ihm seine Burg Tintagel abhandengekommen. Und da er Camelot nicht einnehmen konnte, streift er jetzt mit seinen Männern durch die Gegend und lebt von dem, was er am Wegesrand findet, wenn ich mich einmal so ausdrücken darf."

„Ihr meint, er plündert Dörfer?“, fragte Gwyn.

Sir Gore nickte.

„Wie groß ist seine Armee?“, fragte Lancelot.

„Sie besteht aus knapp einhundert Mann. Nach der Schlacht um Camelot kam es zum Bruch mit den Sachsen. Als Verbündeter war er einfach nicht mehr von Wert für sie, zu klein ist seine Streitmacht, zu gering sein Gewicht. Ich glaube, Mordred ist in einer verzweifelten Situation. Die Fürsten des Nordens machen Jagd auf ihn. Es ist nur eine Frage der Zeit, bis sie ihn zur Strecke gebracht haben.“

„Und ich hoffe, das geschieht bald. Mordred ist unberechenbar. In die Ecke getrieben ist er noch einmal so gefährlich“, ergänzte Lancelot düster.

„Nun, wie dem auch sei, Artur dürfte zum ersten Mal die Gelegenheit haben, das Land wirklich zu befrieden. Wie ich höre, sind große Teile der Sachsen zu ihm übergelaufen. Ich war erleichtert, als ich diese gute Nachricht vernommen habe.“

Alle blickten auf, als die Tür geöffnet wurde und Mara das Frühstück servierte.

„Danke, meine Liebe“, flüsterte Sir Gore lächelnd und berührte fast beiläufig ihre Hand, die sie hastig zurückzog, als sie Gwyns überraschten Blick sah. Mara verneigte sich knapp und schloss die Tür wieder hinter sich.

„Ihr erzähltet, dass Ihr viel herumkommt“, sagte Lancelot, der das Thema wechseln wollte. „Ich vermute, das hat etwas mit den Schätzen zu tun, die wir in Eurem Haus gesehen haben.“

Sir Gore schob sich belustigt ein Stück Brot in den Mund. „Wisst Ihr, als der Herr die Menschen erschuf, teilte er sie in zwei Gattungen ein. Ihr, Sir Lancelot, seid ein Jäger. Ihr zieht in den Krieg und kehrt, so Ihr siegreich seid, mit einer Beute zurück, die Euren Ruhm und den Eurer Mitstreiter mehrt. Ich hingegen bin ein Sammler. Ich durchstreife die Welt auf der Suche nach Dingen, die es wert sind, bewahrt zu werden. Versteht mich nicht falsch: Ich fühle mich Euch keineswegs überlegen. Wir brauchen einander, denn wir alle spielen eine Rolle in einem größeren Plan."

„Einem größeren Plan?", fragte Gwyn, der nicht verstand, worauf Sir Gore hinauswollte.

„Dem Streben nach Vollkommenheit", antwortete Sir Gore leichthin. Als er die Ratlosigkeit in den Gesichtern seiner Gäste bemerkte, lachte er. „Fragt Ihr Euch nicht, warum wir hier sind?"

„Weil Gott uns einen Platz in der Welt zugewiesen hat?", sagte Gwyn, dem die Worte seines Pflegevaters, Do Griflet, wieder in den Sinn kamen.

„Richtig. Aber es muss fürwahr ein grausamer Gott sein, der seine Kreaturen einfach nur ins Leben wirft, um sich daran zu ergötzen, wie sie um ihr tägliches Brot kämpfen. Ich glaube, Er hat etwas ganz Besonderes mit uns im Sinn. Er möchte, dass wir uns entwickeln, Ihm gleich werden, damit wir eines Tages Seine wahre Pracht erkennen. Deswegen gibt es die Kunst und die Wissenschaft. Sie werden uns eines Tages zur wahren Göttlichkeit führen, davon bin ich fest überzeugt."

Gwyn verstand kein Wort von dem, was Sir Gore ihnen erzählte, doch sein Herr schien Gefallen an der Unterhaltung zu finden.

„Ein interessanter Gedanke", sagte Lancelot, der sich aus einer Schale mit Obst einen Apfel genommen hatte und ihn nun mit einem kleinen Messer vorsichtig schälte. „Aber warum sollten wir wie Gott werden?"

„Weil Er uns braucht, damit Er nicht allein ist."

„Ich kenne einen Priester in Cadbury, der würde Euch für diese Worte auf der Stelle exkommunizieren", sagte Lancelot mit einem amüsierten Lächeln.

„Das wäre schade, denn auf meine Weise bewahre ich Gottes Schöpfung. Er wirkt durch uns, das wird auch Euer engstirniger Priester nicht leugnen können." Sir Gore stand auf und zog aus dem Regal eine kleine Handschrift. „Nehmen wir zum Beispiel dieses Buch. Mit ihm halte ich ein Teil Gottes in der Hand!"

„Was ist es?", fragte Lancelot.

Sir Gore schaute auf den Einband. „*Antigone* von Sophokles."

„Sophokles war kein Christ."

„Wir sind *alle* Kinder Gottes", lachte Sir Gore. „Ob getauft oder ungetauft." Er stellte das Buch wieder zurück.

„Ihr durchstreift also das Land nach Kunstschätzen", sagte Gwyn.

„Bilder, Skulpturen, Handschriften. Alles, was von der Schaffenskraft des Menschen kündet. Und ich suche nicht nur nach Dingen aus der Zeit der Römer, obwohl sie das reichste Erbe hinterlassen haben. Da sind die Cornen, Pikten, Jüten, Kelten“, er warf hilflos die Arme in die Luft, „und andere Völker, so alt, dass man sich nicht mehr an ihre Namen erinnert und deren Zeugnisse tief in der Erde verscharrt sind.“

„Herr …“

Gwyn drehte sich um. Hinter ihnen stand Mara in der Tür.

„Ja, was ist?“, fragte Sir Gore ärgerlich.

„Es gibt etwas, was Eurer Aufmerksamkeit bedarf.“

„Kann das nicht warten?“

Mara schüttelte den Kopf.

Sir Gore seufzte. „Verzeiht, doch die leidige Pflicht ruft. Aber wenn Eure Neugierde geweckt sein sollte, so fühlt Euch frei, das Haus und seine Schätze zu erkunden.“ Mit diesen Worten erhob er sich von seinem Stuhl.

„Habt Ihr keine Angst, dass wir etwas stehlen könnten?“, platzte Gwyn heraus, der an die goldenen Teller denken musste.

„Aber ich bitte Euch, einem Ritter der Tafelrunde und seinem ruhmreichen Knappen käme derlei niemals in den Sinn.“ Er gab Gwyn einen Klaps auf die Schulter. „Außerdem würde ich es sofort bemerken, wenn etwas fehlt.“ Mit diesen Worten ließ er die beiden allein.

Lancelot trat ans Fenster und schaute hinaus. Draußen goss es noch immer in Strömen.

„Was haltet Ihr von unserem Gastgeber?“, wollte Gwyn wissen.

„Ein interessanter Mann", sagte Lancelot. „Belesen, kultiviert. Es gibt nicht mehr viele wie ihn." Er richtete die Augen zum grauen Himmel. „Verdammt, es scheint, als würde der Regen nie mehr aufhören wollen."

„Vielleicht sollten wir Sir Gores Einladung folgen und uns tatsächlich ein wenig umschauen", schlug Gwyn vor.

Lancelot seufzte. „Ja, vielleicht hast du Recht. Dieses untätige Herumsitzen macht mich wahnsinnig."

Sir Gores Anwesen war in der Tat riesig. Es stellte sich heraus, dass Chulmleigh Keep keine Burg im eigentlichen Sinne war. Viele Gebäude wie das Haupthaus waren erst in jüngerer Zeit errichtet worden. Nur die Umfriedung und der alles überragende Turm, der hinter einem Schleier aus Nebel und Regen verschwand, schienen zu der ursprünglichen Anlage zu gehören. Im Erdgeschoss des Hauptgebäudes, wo auch Sir Gores Privatgemächer lagen, fanden sie im Gegensatz zu den Räumen der oberen Stockwerke keine Kamine. Stattdessen wurde eine Unmenge von Wasser erhitzt, das über ein kompliziertes Röhrensystem unter den Steinboden geleitet wurde, wo es nach und nach seine Wärme abgab und so für eine angenehme, gleichbleibende Temperatur sorgte. Die Notdurft verrichtete man nicht in einer Latrine, sondern man nahm auf einem Stuhl Platz, dessen Sitzfläche eine kreisrunde Öffnung aufwies. Hatte man sich des Unsäglichen entledigt, wischte man sich mit weichen Blättern den Hintern ab und legte einen Deckel auf die Öffnung, sodass ein unangenehmer Geruch gar nicht erst aus der Tiefe des Abortes hinaufsteigen konnte.

„Vielleicht sollten wir so etwas auch einmal in Camelot einführen“, sagte Gwyn, der Sir Kays Strafaktion noch in guter Erinnerung hatte. „Ich frage mich, woher Sir Gore das Geld hat, um solch ein Haus zu unterhalten und all die Schätze heranzuschaffen.“

Lancelot betrachtete den goldenen Maskenhelm eines römischen Generals. „Ich glaube, ohne die Bauern könnte sich unser Freund diese kostspielige Leidenschaft nicht leisten.“

„Er presst sie aus?“, fragte Gwyn.

„Du hast doch die armseligen Hütten gesehen. Wäre er ein verantwortungsvollerer Herr, würde er sich mehr um seine Untertanen kümmern. Ich glaube, Sir Gore stehen die Toten näher als die Lebenden. Dies hier war jedenfalls eine Grabbeigabe.“ Er stellte die Maske wieder zurück an ihren Platz. „Camelot ist weit und Artur ist so sehr mit der Suche nach dem Gral beschäftigt, dass ihn die Zustände in seinem Reich nicht interessieren, solange die Steuern rechtzeitig gezahlt werden.“

Das war nun schon das zweite Mal gewesen, dass Lancelot unverhohlen Kritik am König übte, stellte Gwyn erstaunt fest. Er wusste, Lancelot war entgegen aller Gerüchte einer der treuesten Ritter. Umso schwerer wogen seine Worte des Unmuts.

„Ich glaube, ich brauche ein wenig frische Luft“, sagte Lancelot. „Wie sieht es aus, schreckt dich der Regen?“

Bei Tag besehen waren die Statuen, die den Weg nach Chulmleigh säumten, weit weniger unheimlich als in der Nacht – auch wenn sie in all ihrer marmornen Grazie ein wenig fehl am Platz wirkten. Wohl auch, weil den meisten von ihnen die Arme oder gar der Kopf fehlten. Sie waren wie stumme Zeugen einer im Untergang begriffenen Epoche, ein Sinnbild des um sich greifenden Verfalls. Gwyn kannte sich im Götterhimmel der Römer nicht sonderlich gut aus. Er wusste nur, dass sie die meisten ihrer Götter von den Griechen übernommen hatten. Katlyn hatte ihm einmal eine Sammlung lateinischer Texte gegeben, in der ihre Geschichte erzählt wurde. Doch die einzige römische Göttin, für die er sich wirklich interessiert hatte, war Diana gewesen, die Göttin der Jagd und des Mondes, denn Gwyns Mutter war eine Priesterin gewesen, die dieser Göttin gedient hatte.

Die Überwürfe aus gefettetem Filz konnten nicht verhindern, dass Lancelot und Gwyn binnen kürzester Zeit vollkommen durchnässt waren.

Der Pfad, den sie in der vorangegangenen Nacht hinaufgeritten waren, hatte sich im Laufe des Tages in einen reißenden Bach verwandelt, der sich tief in den Boden gegraben hatte, sodass das Wurzelwerk der Bäume an manchen Stellen freilag. Einige junge Fichten lagen umgestürzt am Boden, mitgerissen von der Macht des Wassers wie einige kleinere Felsen auch.

Es dauerte eine gute halbe Stunde, bis sie das Dorf endlich erreicht hatten. Im trüben Tageslicht bot sich ihnen ein trostloser Anblick. Es schien, als hätten die Bewohner den Flecken

Land schon vor langer Zeit aufgegeben. Seltsamerweise waren die Felder rings um das Dorf herum alle sorgfältig bestellt, doch auf der Allmende, einst die Dorfweide für das Vieh, wuchsen struppige, kränklich aussehende Sträucher, die wahrscheinlich noch nie Früchte getragen hatten. Einige mit grauen Flechten überzogene Obstbäume standen kahl an einem mit Wasserpest und Schilf zugewucherten Weiher, dessen fauliges Wasser außer Kröten keinerlei Leben zu beherbergen schien. Und dennoch waren die meisten Hütten noch bewohnt. Die Dorfstraße war so aufgeweicht, dass die Pferde bis zu den Fesseln im Morast versanken. Der Ort selbst schien wie ausgestorben zu sein. Selbst der dreibeinige Hund, der Lancelot und Gwyn bei ihrer Ankunft neugierig gemustert hatte, war nicht mehr da.

Dies war also das Dorf, in dem Gwyn das Licht der Welt erblickt hatte. Eine der armseligen Hütten musste die Behausung der Griflets gewesen sein. Gwyn versuchte sich den Tag vorzustellen, an dem seine Mutter Valeria hier aufgetaucht war. Vielleicht hatte es wie heute in Strömen gegossen. Sie musste alleine gewesen sein und hochschwanger. Von Dinas Emrys bis hierher war es ein weiter Weg. Nicht überall gab es Herbergen und wenn sie auf der Flucht gewesen war, hatte sie bestimmt die meisten Nächte unter freiem Himmel oder in verlassenen Scheunen verbracht. Damals wie heute war es nicht üblich, dass Frauen alleine reisten, sie musste also jemandem aufgefallen sein. Wenn sie einen Menschen fanden, der sich an Valeria erinnerte, würden sie vielleicht auch herausbekommen, in welchem Ort sie vorher haltgemacht hatte. Mit ein wenig Glück konnten sie so Schritt für Schritt die Stationen ihrer Reise zurückverfolgen.

Gwyn zügelte sein Pferd vor der erstbesten Kate und stieg ab. Er klopfte, die Tür wurde zaghaft geöffnet und das Gesicht einer zahnlosen Alten erschien, furchig wie eine Dörrpflaume. Ängstlich sah sie von Gwyn zu Lancelot.

„Alle sind oben auf der Burg“, nuschelte sie. „Es ist niemand da.“ Hastig wollte sie die Tür schließen, doch Gwyn schob seinen Fuß dazwischen.

„Entschuldigt, gute Frau, aber dürfen wir Euch eine Frage stellen?“

Die Alte kniff misstrauisch die Augen zusammen. „Wer seid Ihr?“

„Dies ist mein Herr, Sir Lancelot vom See, und ich bin sein Knappe Gwyn. Wir dienen König Artur.“ Die Erwähnung des Namens verfehlte seine Wirkung nicht, denn die Frau schaute ihn auf einmal ängstlich mit großen Augen an. „Erinnert Ihr Euch an eine Familie mit dem Namen Griflet?“

Sofort war das Misstrauen wieder da. „Mag sein.“

„Könnt Ihr mir sagen, wo sie gelebt hat?“

„Warum wollt Ihr das wissen?“

„Bitte, es ist wichtig.“

Die alte Frau presste die Lippen zusammen, wodurch ihr Gesicht noch eingefallener aussah. Die harte Arbeit hatte ihren Körper ausgemergelt und den Rücken krumm werden lassen, doch ihre Augen waren wach und klar.

„Gwyn?“

Lancelot winkte seinen Knappen zu sich heran.

„Gib ihr das." Er drückte ihm einige Kupfermünzen in die Hand. „Du glaubst nicht, was dir die Leute alles erzählen, wenn du ihnen etwas Geld unter die Nase hältst."

Jetzt starrte ihn die Frau mit unverhohlener Neugier an. Gwyn nahm eine der Münzen zwischen Daumen und Zeigefinger.

„Die gehört Euch, wenn Ihr meine Fragen beantwortet."

Die Frau griff so schnell zu, dass Gwyn nicht reagieren konnte. „Ja, ich kannte die Griflets. Sie lebten in der Hütte dort drüben beim Dorfeingang. Aber sie sind schon lange fort." Sie kratzte sich an der Nase. „Dreizehn, vielleicht vierzehn Jahre ist das jetzt her."

„Erinnert Ihr Euch an den Tag, als hier eine Römerin auftauchte?"

Sie schielte auf die Hand, in der Gwyn die anderen Münzen hielt. Er gab ihr eine weitere.

„Natürlich erinnere ich mich an die römische Hexe. Kam hier auf einem Pferd angeritten, als sei sie eine Königin oder so was. Hat den Männern ganz schön den Kopf verdreht, obwohl sie kurz vor der Niederkunft war. Hat sich bei den Griflets eingenistet, wo sie ihr Balg bekommen hat. Starb bei der Geburt. Ich glaube, man hat sie jenseits des Flusses im Wald verscharrt."

„Wisst Ihr, wo sie herkam?", fragte Gwyn aufgeregt.

„Natürlich weiß ich das!"

Gwyn spürte, wie auf einmal seine Knie weich wurden und der Mund austrocknete. Er gab ihr mit zitternden Fingern die letzte Kupfermünze.

„Von der Burg kam sie“, sagte sie und zeigte auf Chulmleigh Keep. „Hat wohl um Aufnahme gebeten, aber man hat sie nicht hereingelassen, dieses liederliche Frauenzimmer mit dem Bastard in ihrem Bauch.“

„Sie war in Chulmleigh Keep?“, flüsterte Gwyn.

„Wenn ich es Euch doch sage! Unser Herr hat sie hochkant rausgeworfen. Ich erinnere mich noch deswegen so genau, weil kurz vor der Ankunft der Römerin Sir Gores Frau gestorben war. Die römische Hexe hatte den Tod verdient, nachdem sie die Griflets ins Verderben gestürzt hatte.“ Sie spuckte auf den Boden, dann warf sie die Tür zu und schob den Riegel vor.

„Gwyn!“ Lancelot sprang von seinem Pferd und lief zu ihm herüber. „Alles in Ordnung?“

Gwyn wischte sich mit dem Handrücken den Regen aus dem Gesicht. Er war wie benommen. „Sie war hier. Meine Mutter hat Sir Gore um Unterkunft gebeten, doch er hat sie wie einen Hund fortgeschickt“, flüsterte er.

„Dafür hat sich Do Griflet ihrer erbarmt. Eine mutige Tat.“

„… die eine ganze Familie zerstört hat.“ Gwyn musste daran denken, wie sein Stiefbruder Edwin ihm vorgeworfen hatte, Valeria sei schuld am Tod seiner Mutter gewesen und wie sehr Edwin ihn immer gehasst hatte.

Die Hütte der Griflets musste seit den Ereignissen jener Tage leer gestanden haben, denn sie war in einem noch schlimmeren Zustand als die anderen Katen. Das Dach war an einigen Stellen eingefallen und die morsche Tür hing schief in ihren Angeln. Gwyn stieß sie auf und trat ein.

Spinnweben hingen wie ein staubiger Schleier von den Balken. Der Boden war mit Schutt und Unrat bedeckt, nichts von Wert war noch da. Was Do Griflet nicht mitgenommen hatte, mussten die Dorfbewohner unter sich aufgeteilt haben. Gwyn sah sich um. Er wusste nicht, was er zu finden hoffte. Schließlich entdeckte er die Schlafstatt unter dem kleinen Fenster.

Es war ein in Holz gefasster niedriger Kasten, der mit Stroh aufgefüllt wurde und groß genug für eine vierköpfige Familie war. Gwyn ging in die Knie und strich mit der Hand über die roh behauenen Baumstämme.

„Hier bin ich geboren worden", flüsterte er. „Und hier ist meine Mutter gestorben." Er holte sein Medaillon hervor und strich mit dem Finger über das Einhorn. Schließlich konnte er die Tränen nicht mehr zurückhalten. Lancelot hockte sich neben ihn und legte einen Arm um seine Schulter. Im Angesicht dieses unermesslichen Unglücks versagte auch ihm die Stimme.

„Warum hat Sir Gore sie abgewiesen?", rief Gwyn wütend.

„Er mag seine Gründe gehabt haben."

„Welche Gründe sollten das schon sein?"

„Erinnere dich daran, was die alte Frau gesagt hat. Kurz vor der Ankunft deiner Mutter war seine Frau gestorben. Wer um einen geliebten Menschen trauert, tut die seltsamsten Dinge."

Gwyn schwieg. In der Tat, diese Überlegung war nicht von der Hand zu weisen. Er zog die Nase hoch und versuchte, seine Fassung wiederzuerlangen. Schließlich brachte er sogar ein dünnes Lächeln zustande. „Ich würde gerne das Grab meiner Mutter suchen“, sagte er. „Begleitet Ihr mich?“

Chulmleigh war in der Biegung einer Flussschleife errichtet worden, wobei der Hügel, auf dem die Festung thronte, wie ein Riegel das Dorf vom östlichen Hinterland abschnitt. Als Lancelot und Gwyn das nördliche Ende der Dorfstraße erreichten, sahen sie, dass das Wasser bereits weit über die Ufer getreten war und so die Furt unpassierbar machte. Die reißende Strömung hatte Teile der Böschung fortgerissen und einige alte Weiden entwurzelt, die nun wie umgestürzte Riesen im Wasser lagen. Selbst wenn die reißenden Wasser des Flusses den Pferden nur bis zum Bauch gereicht hätten, wäre eine Durchquerung zu gefährlich gewesen. Die schmutzig braunen Fluten führten zu viel Treibgut mit.

Sie hatten keine andere Wahl, als wieder umzukehren und es im Süden zu versuchen. Aber hier bot sich ein ähnliches Bild.

„Wir sitzen fest“, sagte Lancelot mit Blick auf die tosenden Strudel. „Solange es nicht aufhört zu regnen, können wir nicht weiterreisen. Verdammt!“

„Also sind wir weiter auf Sir Gores Gastfreundschaft angewiesen“, sagte Gwyn grimmig, der an seine Mutter dachte, die vergeblich auf Gores Burg um Schutz ersucht hatte.

„Oh ja, das sind wir.“ Er drehte sich in seinem Sattel zu Gwyn um. „Ich weiß, was in deinem Kopf vorgeht. Glaub mir, auch ich würde diesen Ort lieber heute als morgen verlassen. Also, lass uns freundlich zum Herrn von Chulmleigh sein und auf baldigen Sonnenschein hoffen."

Unverrichteter Dinge machten sie sich wieder auf den Rückweg.

Sir Gores finsteres Geheimnis

Als sie den verwunschenen, von Statuen gesäumten Pfad hinaufritten, musste Gwyn an seine Mutter denken. Was hatte sie ausgerechnet an diesen Ort geführt?

Die Flechten an den Bäumen zeugten von regnerischen Sommern und noch nasseren Wintern, Ackerbau war hier ein mühseliges Geschäft. Die Gärten im Dorf waren alle unbestellt. Wahrscheinlich hatte es auch wenig Sinn, Kohl oder Bohnen anzupflanzen, denn die jungen Triebe wären sofort von den Schnecken aufgefressen worden, die Gwyn hier überall an den Bäumen und auf den Wegen gesehen hatte. Viehzucht schien hier ebenfalls niemand zu betreiben, denn er hatte – außer in der Burg – keine Tiere entdeckt. Hätten die Bauern Kühe gehabt, die auf der anderen Seite des Flusses weideten, konnte sie bei diesem Wetter niemand melken und man hätte ihr Brüllen bis ins Dorf gehört. Es gab keine Schweine, keine Ziegen, keine Schafe und noch nicht einmal Hühner. Es war ein von Gott vergessener Ort, an dem die Menschen offenbar gerade genug Kraft hatten, von einem Tag auf den andern zu leben. Was also hatte Valeria dazu getrieben, von allen Dörfern in Dumnonia ausgerechnet dieses elende Kaff aufzusuchen?

Als Lancelot und Gwyn durch das offene Burgtor ritten, ließ der Regen gerade ein wenig nach. Tiefgraue, vom Regen schwere Wolken zogen über das abenddunkle Firmament. Gwyn spürte, dass es nur ein kurzes Atemholen war. In spätestens einer halben Stunde würde der Himmel seine Schleusen wieder öffnen.

Ausgemergelte Gestalten huschten umher, um hastig irgendwelche Aufgaben zu verrichten, die ihnen Mara aufgetragen hatte. Sir Gores Hofmeisterin stand beim überdachten Eingang des Herrenhauses und beaufsichtigte die Arbeiten. Ein verwachsener Mann, der vielleicht einen halben Kopf kleiner als Gwyn sein mochte, mühte sich mit einer schweren Kiste ab. Er hatte sie von einem Karren auf seine Schulter gehievt, um sie zu den Wirtschaftsgebäuden auf der anderen Seite des Hofes zu schleppen. Über die Schulter hatte er eine zerschlissene Decke gelegt, damit sich die Splitter des ungehobelten Holzes nicht in seine Haut bohrten. Eine Hand umklammerte den seitlich angebrachten Griff, den anderen Arm hielt er ausgestreckt von sich, um das Gleichgewicht zu halten. Als würde die Last Tonnen wiegen, setzte der Mann in kurzen, marionettenhaften Schritten einen Fuß vor den anderen. Sein Gesicht war blass und schmerzverzerrt.

Gwyn schaute sich um, doch niemand schien die Mühsal des Mannes zu rühren. Die Blicke der ausgemergelten Arbeiter, die unter Maras Aufsicht schufteten, waren leer und erschöpft.

Der stoßweise Atem des Mannes ging schwer. Immer wieder drohte die Kiste seinen Fingern zu entgleiten. Plötzlich entfuhr ihm ein lautes Stöhnen. Der Mann knickte ein und fiel in den Morast. Gwyn sprang aus dem Sattel.

„Warte, ich helfe dir!“, rief er, aber die dargebotene Hand wurde ausgeschlagen.

„Lasst mich, junger Herr“, keuchte die Gestalt, die nun über und über mit Schlamm bedeckt war. „Geht fort.“

„Einen Teufel werde ich tun“, sagte Gwyn und legte den Arm des Mannes um seine Schultern, um ihn hinüber zum Stall zu führen, wo es einigermaßen trocken war.

„Ihr tut mir keinen Gefallen damit, junger Herr“, flüsterte der Mann mit einem ängstlichen Blick auf Mara. „Wenn ich mein Soll nicht erfülle, wird meine Familie heute kein Brot bekommen.“

„Hör auf, mich junger Herr zu nennen“, knurrte Gwyn, der den rechten Fuß des Mannes vorsichtig hin und her bewegte. „Tut das weh?“

Der Mann biss die Zähne zusammen und nickte.

„An deiner Stelle würde ich für den Rest des Tages ruhen.“

Der Mann rang sich ein müdes Lächeln ab. „Das wird nicht gehen. Ich habe Sir Gore gegenüber meine Pflicht zu erfüllen.“

„Dann werde ich mit ihm reden“, sagte Gwyn entschlossen. „Wie heißt du eigentlich?“

„Tom.“ Er musterte Gwyn jetzt aufmerksam. „Ihr seid gekleidet wie ein edler Herr, dennoch achtet Ihr Menschen, die nicht Euresgleichen sind.“

Lancelot hatte von seinem Pferd aus alles beobachtet, ohne einzuschreiten. Auch als sich für einen kurzen Moment ihre Blicke trafen, konnte Gwyn in den Augen seines Herrn keine Regung erkennen. Wenn er das Verhalten seines Knappen nicht guthieß, behielt er seine Meinung für sich.

Überrascht musste Gwyn feststellen, dass die Kiste gut und gerne achtzig Pfund wiegen mochte. Er ging in die Knie und suchte nach einem sicheren Griff, dann richtete er sich langsam auf. Sein Rücken schien unter der Last zu brechen, die Augen traten aus den Höhlen und die Sehnen seiner Unterarme schmerzten.

Um Himmels willen, und diese Arbeit verrichtete dieser schmächtige Kerl jeden Tag!

Er spürte, dass ein Dutzend Augenpaare auf ihn gerichtet waren. Am liebsten hätte er die Kiste wieder abgestellt, doch diese Blöße wollte er sich nicht geben. Er biss die Zähne zusammen und trug die Last hinüber zu den Wirtschaftsgebäuden. Dabei versanken seine Stiefel bis zu den Knöcheln im Morast und machten beim Herausziehen ein schmatzendes Geräusch.

Schritt für Schritt kämpfte er sich weiter. Das Holz schnitt so tief in seine Finger, dass er kein Gefühl mehr in ihnen verspürte. Gwyn stöhnte laut auf, als er sich zurücklehnte und die Kiste noch ein Stück höher hob, um sie mit seinen Oberschenkeln abzustützen. Der Schweiß lief ihm in Strömen den Rücken hinab. Es bereitete Gwyn noch immer Schwierigkeiten, durch die Nase zu atmen, was die ganze Sache zusätzlich erschwerte. Ein roter Schleier senkte sich vor seine Augen, doch da hatte er die Schwelle erreicht. Mit einem hässlichen Splittern brach das Holz und der Inhalt polterte zu Boden. Es waren zwölf graue, zylindrisch geformte Metallstücke. Erschöpft sank Gwyn zu Boden und hob eines von ihnen hoch.

„Es sind Bleibarren", sagte Lancelot, der auf einmal hinter ihm stand. Gwyn holte keuchend Luft, als sein Herr ihm auf die Beine half.

„Ich weiß nicht, ob es besonders klug war, was du gerade getan hast. Du hast gegen das Gesetz der Gastfreundschaft verstoßen und dich um Sachen gekümmert, die dich nichts angehen."

Doch Gwyn hörte ihm nicht zu. Er schaute hinüber zum Portal des Haupthauses. Mara war nicht mehr da.

„Ich kann Euren Knappen verstehen, Sir Lancelot", sagte Sir Gore und schenkte seinem Gast Rotwein ein, bis dieser die Hand hob. „In seinem Alter hatte ich ein ebenso ausgeprägtes Gerechtigkeitsgefühl. Ich habe Mara schon so oft gebeten, sie soll im Umgang mit den Bauern mehr Milde walten lassen, doch sie hat ihre eigene Art mit ihnen umzugehen."

Er hob seinen Kelch und roch an der dunklen Flüssigkeit.

„Vor dreizehn Jahren ist es hier in dieser Gegend zu einer verheerenden Missernte gekommen. Das Vieh starb, viele Familien verhungerten. Also sorgte ich dafür, dass die überlebenden Bauern genug zu essen hatten. Damals war Chulmleigh Keep nur eine kleine Festung. Das Haus, das Euch beherbergt, war noch nicht errichtet, einzig der baufällige Turm, der schon vor über zweihundert Jahren von meinen Vorfahren gebaut worden war, stand hier auf dem Hügel. Ich habe einen großen Teil meiner Besitztümer verkauft, um uns alle zu retten. Es hat mich fast ruiniert. Und ich glaube, dass es nur gerecht ist, wenn man diese Last gleichmäßig auf möglichst viele Schultern verteilt. Also habe ich mit den Bewohnern von Chulmleigh einen Pakt geschlossen: Sie müssen diese Schuld bei mir abtragen. Deswegen gaben sie mir ihr Vieh und ihr Land, das sie nun für mich bewirtschaften, und zahlen durch ihre Arbeit ihre Schulden ab. Und diesen Zins entrichten sie heute noch, obwohl es vielen an der Einsicht für diese Schuld mangelt. Nun ja, irgendwann einmal werden sie ihre Schulden getilgt haben und das Land gehört wieder ihnen."

„Also sind die Bauern seit dieser Zeit von Eurer Gnade abhängig", sagte Gwyn anklagend.

„Gwyn!", fuhr ihn Lancelot an. „Das reicht!"

Doch Sir Gore schien Gwyns Empörung eher zu belustigen. „Genau, so wie auch ich von Arturs Gnade abhängig bin! Ich diene ihm so, wie meine Bauern mir dienen! Und ich habe ihn bisher noch nicht enttäuscht! Ich entrichte pünktlich meine Steuern und dafür erwarte ich von ihm dieselbe Fürsorge, die ich auch meinen Untertanen angedeihen lasse."

Gwyn sperrte überrascht den Mund auf. Hatte dieser Mann tatsächlich das Wort *Fürsorge* in den Mund genommen? Er wusste nicht, ob Sir Gore einen Witz gemacht hatte oder er sein Gerede wirklich ernst meinte.

„Bisher habe ich mich unter Arturs Regentschaft immer sicher gefühlt, doch seit einiger Zeit überlege ich mir ernsthaft, zum Schutz der Burg weitere Söldner anzuheuern. Das ist bis jetzt für mich nicht infrage gekommen, denn schließlich weiß man ja nie, welche Laus man sich in den Pelz setzt. Aber die Zeiten haben sich geändert. Man muss sehen, wo man bleibt. Alte Koalitionen zerfallen, neue Bündnisse werden geschmiedet. Ich jedenfalls habe nicht vor, beim nächsten Krieg zwischen den Fronten zerrieben zu werden."

„Gibt es einen Grund, an Arturs Treue zu zweifeln? Euer Land steht immer noch unter seinem Schutz!", sagte Lancelot scharf, der nun keinen Zweifel daran ließ, wem seine Treue galt.

„Aber, aber", fuhr Sir Gore beschwichtigend fort. „Doch gut, dann bin ich einmal der *Advocatus Diaboli* und frage: Ist Artur wirklich dieser gütige und gerechte Herrscher der alten Legenden?" Sir Gores Mund verzog sich zu einem dünnen Lächeln. „Nehmt doch zum Beispiel nur einmal die Sachsen, die sich nach der letzten Schlacht ihm angeschlossen haben. Ich habe mir sagen lassen, dass Camelot kurz vor einer Hungerrebellion steht. Wirtschaftet Artur so schlecht, dass er auf so etwas nicht vorbereitet ist? Oder interessieren ihn die Regierungsgeschäfte nicht mehr, weil ihn etwas anderes umtreibt?"

Gwyn ballte die Fäuste und wollte etwas erwidern, doch Lancelot kam ihm zuvor. „Es hat einige Fehleinschätzungen gegeben und ich müsste lügen, wenn ich sagte, es gäbe keine Schwierigkeiten."

„Ja, es stehen uns dunkle Zeiten bevor. Deswegen können wir froh sein, unter der Herrschaft solch eines weisen Königs zu leben“, sagte Sir Gore mit einem Anflug von Ironie. „Doch seien wir ehrlich: Artur ist ein alter Mann. Ich weiß nicht, wie es um seine Gesundheit bestellt ist, da seid Ihr besser unterrichtet als ich. Der Tag wird aber kommen, an dem Artur wie wir alle vor seinen Schöpfer tritt. Sehr bald sogar, schätze ich. Wer wird dann nach ihm den Thron besteigen? Ihr, Sir Lancelot? Seinen Sohn Mordred hat er ja verstoßen.“ Er sah Gwyn an. „Oder wirst du vielleicht der neue König von Britannien, mein junger, ungestümer Freund? Sag es mir, und ich beuge auf der Stelle mein Knie, um dir ewige Treue zu schwören.“

Als Sir Gore auf diese Frage keine Antwort erhielt, nickte er langsam und bedächtig. „Die Römer wussten, dass sich diese Insel nicht regieren lässt. Sie taten gut daran, sie zu verlassen. Und ich glaube, wenn hier alles in Blut und Schmerz und Leid versinkt, werde ich es ihnen gleichtun.“

„Und wohin wollt Ihr gehen?“, fragte Gwyn.

„Übers Meer nach Gallien.“ Sir Gore lachte. „Dort ist wenigstens das Wetter besser.“

„Das bringt mich zu einer Sache, die ich gerne mit Euch besprechen würde“, sagte Lancelot. „Wir haben lange genug Eure Gastfreundschaft in Anspruch genommen und würden gerne so bald wie möglich aufbrechen.“

„Dann werdet Ihr Euch gedulden müssen. Beide Furten sind unpassierbar.“

„Gibt es einen Weg über die Hügel?“, fragte Lancelot.

Sir Gore schüttelte den Kopf. „Zu Fuß vielleicht, jedoch nicht mit den Pferden. Aber macht Euch keine Gedanken: Seid so lange meine Gäste, wie es nötig ist. Ich bekomme nicht häufig Besuch, mit dem ich mich so angeregt unterhalten kann. Wisst Ihr, ich schätze Eure offene Art."

„Ich habe nicht sehr viel gesagt", entgegnete Lancelot.

„Ich weiß, dass Ihr ein Mann seid, der nicht zur Lüge fähig ist. Deswegen war Euer Schweigen mindestens genauso aufschlussreich. Doch verzeiht, wenn ich mich für heute zurückziehe. Es war ein harter Tag und ich muss morgen wieder früh aufstehen."

Nun erhoben sich auch Lancelot und Gwyn.

„Um Gottes willen, so behaltet doch bitte Platz", sagte Sir Gore. „Esst, trinkt. Mein Heim ist Euer Heim. Ich hoffe, dass ich morgen mehr Zeit für Euch haben werde." Er verneigte sich vor Lancelot, zwinkerte Gwyn zu und ließ die beiden dann alleine.

Gwyn kaute einen Moment auf seiner Unterlippe herum, dann schüttelte er den Kopf. „Er spielt ein falsches Spiel. Mag sein, dass er Artur die Treue hält und regelmäßig seinen Tribut entrichtet. Doch ich glaube nicht, dass er all die Schätze zusammenrafft, um das Andenken an untergegangene Reiche zu wahren. Auf mich macht er den Eindruck eines Mannes, der weiß, dass er sich auf einem sinkenden Schiff befindet."

Lancelot strich gedankenverloren mit der Hand über den Tisch. „Ja, du hast Recht. Und Sir Gore ist kein Narr, er schätzt die Lage richtig ein."

Gwyn fuhr hoch. „Also glaubt Ihr auch, dass Camelot dem Untergang geweiht ist?“

Lancelot stand auf und stützte sich auf die Lehne seines Stuhls. „Ja“, sagte er schließlich mit gesenktem Haupt. „Obwohl ich die Hoffnung nicht aufgeben will. Als man Artur zum König krönte, waren die Zeiten ähnlich verzweifelt wie jetzt, und der Sohn Uther Pendragons war weit von seiner jetzigen Größe entfernt. Genau genommen gab es nur einen, der an seine Fähigkeiten glaubte.“

„Merlin.“

Lancelot nickte nachdenklich. „Es gab keinen Fürsten, der nicht gegen Artur in den Krieg zog. Die ersten Jahre müssen furchtbar gewesen sein. Er war ein König, der sich sein Reich erst erobern musste.“

„Camelot existierte zu diesem Zeitpunkt nicht?“

„Wo denkst du hin?“ Lancelot lachte. „Ich war damals nicht dabei und kenne das meiste nur aus Erzählungen. Nur so viel ist sicher: Zu jener Zeit war das römische Londinium der Herrschersitz aller Könige. Merlin ahnte, dass Artur nicht lange auf dem Thron sitzen würde, wenn er diese Tradition fortsetzte. Also schlug er ihm vor, fernab von den Intrigen der Herzöge und Fürsten in Dumnonia eine Burg zu errichten. Dreihundert Jahre lang hatte auf dem Hügel in der Nähe von Cadbury ein Tempel der Göttin Diana gestanden. Man sagt, das Camelot auf den Fundamenten dieses Tempels steht, dessen größtes Heiligtum eine Quelle war, die aber irgendwann versiegt sein muss. Doch wie gesagt, das sind Geschichten, die ich nur aus dritter Hand kenne.“

Gwyn horchte auf. Als er sich während Mordreds Belagerung aus Camelot geschlichen hatte, war er auf einen unterirdischen Saal gestoßen, der Gwyn ein wenig an die römische Therme erinnerte, die er in Aquae Sulis besucht hatte. Konnte es sein, dass er die Überreste jenes alten Dianatempels entdeckt hatte, von dem Lancelot sprach?

„Camelot war zu Beginn nichts anderes als ein durch Holzpalisaden gesichertes Heerlager, in dem knapp hundert Söldner unter erbärmlichsten Bedingungen hausten, doch das sollte sich bald ändern", erzählte Lancelot weiter. „Während Artur von einem Feldzug zum anderen zog, kümmerte sich Merlin um den Ausbau der Festung. Und er erhielt jede Unterstützung, die er brauchte, denn Artur eroberte nicht nur die Landstriche der Umgebung, sondern auch die Herzen ihrer Bewohner. Die meisten Bauern hatten unter der Knute selbstsüchtiger adeliger Herren gelitten. Artur war der Erste, der diese geknechteten Menschen mit Würde und Respekt behandelte. Er sprach mit ihnen und, was noch viel wichtiger war, er hörte ihnen zu. In kürzester Zeit erblühte das Land. Niemand musste mehr hungern." Lancelot verfiel in ein bedeutungsvolles Schweigen. Er drehte den Kelch mit dem Wein in der Hand und nahm einen Schluck. „Es war alles zum Besten bestellt. Bis er Morgan traf und das Unglück begann."

„Die Blutschande", sagte Gwyn. „Ich habe die Geschichte schon einmal gehört."

„Aber kennst du auch die ganze Wahrheit? Artur wusste bis zu diesem Zeitpunkt nicht, dass er der Sohn von Uther

Pendragon und Ygerna war! Diese Tatsache hatte ihm Merlin lange Zeit verschwiegen. Stattdessen hatte er immer geglaubt, Sir Ector sei sein leiblicher Vater und Kay sein Bruder. Artur führte zu dieser Zeit Krieg gegen den König von Lothian. Als die Lage immer aussichtsloser für ihn wurde, schickte er Artur seine Frau, um Verhandlungen aufzunehmen. Nun, die beiden verliebten sich auf der Stelle ineinander und neun Monate später schenkte Morgan einem Jungen das Leben, dem sie den Namen Mordred gab."

„Artur beging zur Blutschande also auch noch Ehebruch", stellte Gwyn entsetzt fest.

Lancelot hob die Hände. „Es war die Frau seines Feindes und er und Morgan wussten nicht, dass sie Bruder und Schwester waren! Nein, Artur war nie ein König ohne Fehl und Tadel. Dazu machten ihn die Heldensänger erst viel später. Er ist ein Mensch, wie wir alle auch. Und Menschen begehen manchmal verhängnisvolle Fehler. Kurz nachdem Morgan abgereist war, plagten den König Albträume, so als ahnte er, dass er einen schrecklichen Fehler begangen hatte. Und erst jetzt enthüllte Merlin ihm das Geheimnis seiner Herkunft. Man erzählt sich, Merlin habe ihn mit Absicht im Unklaren gelassen und sogar noch nachgeholfen, dass Bruder und Schwester sich ineinander verliebten."

Gwyn lief ein kalter Schauer den Rücken hinab. Er konnte sich nur zu gut vorstellen, wie sich Artur in diesem Moment gefühlt haben musste. Das ganze vorangegangene Leben entpuppte sich schlagartig als eine einzige Lüge. Plötzlich sah man sich und alle Menschen, die einem nahestanden, in einem ganz anderen Licht. Erst als Gwyn erfahren hatte, dass Do Griflet nicht sein Vater war, hatte er Edwins Hass gegen ihn endlich verstehen können – was es für ihn natürlich nicht leichter gemacht hatte, damit umzugehen. Artur musste es ebenso ergangen sein, doch warum hatte er sich nicht von Merlin abgewandt, der ihn so hintergangen hatte? Vermutlich war das Verhältnis zu Kay nach dieser Enthüllung noch tiefer geworden. Oder etwa nicht?

Nach außen hin war Sir Kay immer loyal gewesen. Unverrückbar hatte er stets an Arturs Seite gestanden. Sir Kay hatte alle Hebel in Bewegung gesetzt, um seinen Sohn in den Stand eines Thronfolgers zu versetzen. Ohne Arturs Unterstützung und Segen wäre diese Mühe vergebens gewesen, doch dann hatten ihnen erst Aileen und dann Rowan einen Strich durch die Rechnung gemacht.

„Dir kommen die Geschichten um Arturs Abstammung bekannt vor, nicht wahr?", fragte Lancelot, der Gwyns Gedanken zu erraten schien. „Du bist als Geringster unter den Niedrigen aufgewachsen, obwohl es keinen Zweiten geben mag, der von ähnlich königlichem Blut ist wie du. Die Frage ist, wie gehst du mit diesem Schicksal um?"

„Merlin hat mir diese Frage auch gestellt. Verleugne ich meine Bestimmung oder folge ich dem mir vorgezeichneten Weg? Ich muss zugeben, dass mir die Antwort schwergefallen ist."

„Aber hattest du eine andere Wahl?"

„Nein", sagte Gwyn nachdenklich. „Die hatte ich wohl nicht. Obwohl ich nicht an Vorbestimmung glaube."

„Warum?“, fragte Lancelot überrascht.

„Die Vorstellung, nicht wirklich frei in meinen Entscheidungen zu sein, macht mir Angst. Welches Schicksal zeichnet den Weg vor, den ich zu gehen habe?“

„Nun, ich würde es nicht Schicksal nennen“, sagte Lancelot mit einem schiefen Grinsen.

„Merlin“, brummte Gwyn.

Lancelot nickte. „Das ist der Grund, warum ich glaube, dass man nicht zu vertraut mit ihm sein sollte. Er versteht es, Menschen geschickt in seinem Sinne zu beeinflussen, ohne die eigenen Ziele zu enthüllen.“

„Orlando sprach mir gegenüber einmal eine ähnliche Warnung aus“, sagte Gwyn.

„Ein kluger Bursche, unser hispanischer Prinz. Pflege die Freundschaft mit ihm, eines Tages wirst du auf treue Gefährten wie ihn angewiesen sein.“

Gwyn kniff die Augen zusammen. „Warum sagt Ihr das?“, fragte er beunruhigt, doch Lancelot schwieg. „Nun kommt, sprecht nicht weiter in Rätseln.“ Der Ton war unfreundlicher, als Gwyn es beabsichtigt hatte.

Aber Lancelot war nicht beleidigt. „Ich weiß nicht, wie ich es erklären soll“, sagte er und kratzte seinen grauen Bart. „Ein Sturm ist losgebrochen, der alles, was wir kennen und lieb gewonnen haben, hinwegfegen wird. Noch spürst du nichts von seiner Macht, weil du dich in seinem Auge befindest.“ Er beugte sich nach vorne und sah seinen Knappen ernst an. „Aber du wirst die entscheidende Rolle im Kampf um Britannien spielen, denn du bist der Schlüssel zum Gral.“

„Danke, dass Ihr mich daran erinnert“, sagte Gwyn bitter. „Wisst Ihr, manchmal gelingt es mir sogar, nicht daran zu denken.“

„Es ist eine Tatsache, der du ins Auge sehen musst. Auch Artur hatte dies lernen müssen.“

„Artur ist aber auch ein großer König!“

„Als er Excalibur aus dem Stein zog, war er nicht älter als du. Und wer sagt denn, dass du ihn nicht eines Tages an Größe übertreffen wirst?“

Gwyn starrte seinen Herrn an. Hatte er richtig gehört? Sah Lancelot wirklich den zukünftigen König Britanniens in ihm? Waren denn jetzt alle verrückt geworden?

„Niemals“, sagte Gwyn aufgebracht. „Ich bin nicht für den Thron geschaffen.“

Lancelot schloss müde die Augen. „Dann nenne mir einen anderen.“

Gwyn zuckte hilflos mit den Schultern. „Ich glaube immer noch, dass Rowan ein vorzüglicher Herrscher wäre.“

Lancelot schüttelte den Kopf. „Rowan ist schwach und er weiß es.“

„Ihr klingt wie die Prinzessin“, antwortete Gwyn aufgebracht.

Lancelot fuhr hoch . „Was hat Aileen damit zu tun?“

Gwyns Gesicht wurde blass.

Lancelot packte ihn beim Handgelenk. *„Was hat Aileen damit zu tun?“*

„Wusstet Ihr das nicht?“, fragte Gwyn langsam. „Sie hat ihre Verbindung mit Rowan gelöst.“

„Und hat stattdessen dich gefragt, ob du mit ihr den Thron besteigen willst?“

Gwyn schwieg.

„Rede!“, donnerte Lancelot

Er nickte.

„Wie war deine Antwort?“

„Ich habe natürlich abgelehnt“, sagte Gwyn und Entrüstung schwang in seiner Stimme mit. „Es wäre ein Verrat an Rowan gewesen.“

„War das der einzige Grund?“

Gwyn schüttelte kaum merklich den Kopf.

„Herrgott, nun lass dir doch nicht alles wie Würmer aus der Nase ziehen!“

„Ich glaube, sie ist in allem die Tochter ihres Vaters“, platzte es wütend aus Gwyn heraus. „Sie wird von der gleichen Herrschsucht und Rücksichtslosigkeit getrieben wie Mordred!“

„Weiß sie, wer du bist?“

„Um Himmels willen, nein!“

Lancelot stieß erleichtert die Luft aus. „Wir müssen sehen, dass wir so schnell wie möglich von hier fortkommen. Mich beschleicht ein ungutes Gefühl, wenn ich an Camelot denke.“ Lancelot stand auf. „Morgen werden wir noch einmal schauen, ob der Flusspegel gesunken ist. Bete zu Gott, dass wir die Furt passieren können.“

Draußen wütete noch immer unvermindert der Sturm und peitschte den Regen in Wellen gegen die geschlossenen hölzernen Fensterläden, die im Wind laut klapperten. Obwohl Gwyns Knochen schwer wie Blei waren, fand er in dieser Nacht keinen Schlaf.

Die Unterhaltung mit Lancelot ging ihm nicht aus dem Kopf. Warum nur sah jeder in ihm den kommenden König? Was Aileen von ihm erwartete, lag auf der Hand, doch welche Pläne hatte Merlin? Je mehr er darüber nachdachte, desto deutlicher wurde das Gefühl, die Figur in einem undurchsichtigen Spiel um Macht und Einfluss zu sein, bei dem der Gewinner als Preis die Herrschaft über Britannien erhalten würde: mit seiner Hilfe oder – was viel beängstigender war – durch seinen Tod. Wem würde Gwyn noch trauen können, wenn sein Geheimnis keines mehr wäre? Er war der letzte Gralshüter, der letzte Spross eines Geschlechts von Königen, die im Geheimen über Jahrhunderte den größten Schatz der Christenheit, vielleicht sogar der Menschheit, gehütet hatten, bis der Gral vor vierzehn Jahren unter bislang ungeklärten Umständen verschwunden war. Wie viel Blut war vergossen worden, wie viele Leben hatte die Suche nach ihm zerstört?

Gwyn zuckte zusammen, als die Läden an seinem Fenster durch eine plötzliche Windböe aufgerissen und mit einem lauten Knall gegen die Außenmauer geschleudert wurden, um dann wie wild hin und her zu schlagen. Gwyn sprang auf, um sie wieder zu schließen, als plötzlich etwas seinen Atem stocken ließ.

Im verlassenen Bergfried brannte Licht!

Aber das konnte nicht sein! Sir Gore hatte doch selbst gesagt, dass er bald abgerissen werden sollte, weil er völlig baufällig war!

Der Regen schlug ihm ins Gesicht und er kniff die Augen zu. Als er sie wieder öffnete, war das Licht erloschen. Verdutzt starrte Gwyn in die Dunkelheit. Hatte er sich alles nur eingebildet? Er wollte gerade das Fenster wieder schließen, als er sah, wie ein Schatten den kleinen Hügel, auf dem der Turm stand, hinablief und im Dunkeln verschwand.

Gwyn verriegelte die Läden und lief auf Zehenspitzen zur Tür, um sie leise zu öffnen. Vorsichtig lauschte er in die Dunkelheit. Er hörte Stimmen! Nicht laut, doch laut genug, dass der erregte Tonfall die Sprechenden verriet.

Es waren Mara und Sir Gore.

Leise tapste Gwyn zur Treppe und presste sich gegen die kalte Wand.

„Ich sagte, du sollst mich loslassen“, zischte Mara.

„Das tue ich erst, wenn du wieder zur Vernunft gekommen bist“, kam Sir Gores aufgebrachte Antwort. Obwohl er flüsterte, konnte Gwyn die Wut in seiner Stimme hören.

„Komme mir nicht mit Vernunft! Das ist alles ein kompletter Irrsinn!“

„Nicht so laut! Oder willst du, dass dieser Sir Lancelot und sein neunmalkluger Knappe alles hören?“, fuhr Sir Gore sie an.

„Das ist mir gleich. Irgendwann wird dein Geheimnis keines mehr sein. Und dann gnade dir Gott.“

„Du steckst in dieser Sache ebenso tief drin wie ich.“

„Aber nur, weil ich auf deine Versprechungen hereingefallen bin! Seit vierzehn Jahren versprichst du mir, mich zur Herrin von Chulmleigh zu machen, doch nun ist meine Geduld zu Ende. Hörst du? Zu Ende!“

„Willst du mir drohen, Mara?“

Die Antwort war seltsam erstickt, so als versuchte jemand, ihr den Mund zuzuhalten. Dann vernahm Gwyn ein Keuchen, gefolgt von einem lauten Klatschen.

„Oh, ich sehe, in deinem Herzen brennt noch immer ein Feuer für mich.“

„Fahr zur Hölle, Gore von Chulmleigh“, fauchte Mara, dann entfernten sich ihre Schritte eilig.

„Du liebst mich immer noch, Mara“, rief Sir Gore ihr hinterher. „Und solange dies sich nicht ändert, mache ich mir keine Sorgen.“ Eine Tür wurde zugeschlagen, dann kehrte wieder Stille ein.

Gwyn wartete mit angehaltenem Atem, bis das letzte Geräusch verklungen war, und holte erst dann Luft. Das Herz schlug ihm bis zum Hals. Wieso hatte in dem verlassenen Turm Licht gebrannt? Offensichtlich war Mara in dieser Nacht hinaufgestiegen, doch was hatte sie dort zu tun gehabt? Was versteckte Sir Gore dort oben? Was war das für ein Geheimnis, das die beiden hüteten?

Gwyn wagte es kaum, den Gedanken zu Ende zu denken, der plötzlich in seinem Kopf Gestalt annahm. Bevor Valeria in Chulmleigh aufgetaucht war, hatte sie die Burg aufgesucht. Was hatte sie hier gewollt?

Der Gral!

Konnte es sein, dass sie ihn nicht unterwegs versteckt hatte, sondern dass er sich hier befand? In dieser Burg? In diesem Turm? Seine Knie wurden weich. Natürlich, Sir Gore war im Besitz des geheimnisvollen Kelchs! Dies war der Schatz, nach dem er sein Leben lang gesucht hatte, die Krönung seiner Sammlung!

Gwyn wirbelte herum und hastete in sein Zimmer, um seine Stiefel zu holen. Er klemmte sie sich unter den Arm und schlich barfuß die Treppe hinunter. Erst als er den unteren Absatz erreichte, zog er sie mit zitternden Händen an und trat hinaus vor die Tür.

Draußen schaukelte unter dem Vordach eine Sturmlampe. In ihrem Schein konnte er den Regen sehen, der durch den heftigen Wind fast waagerecht in sein Gesicht gepeitscht wurde. Innerhalb kürzester Zeit war er nass bis auf die Haut, aber das störte ihn nicht weiter. Geduckt lief er um das Haus herum.

Ein Blitz zuckte auf und enthüllte für einen Sekundenbruchteil den alten Bergfried, der in seiner beeindruckenden dunklen Massigkeit den Elementen trotzte. Eigentlich, so dachte Gwyn, sah er ganz und gar nicht einsturzgefährdet aus. Vorsichtig erklomm er den Pfad, der die kleine Anhöhe hinaufführte. Die gesprungenen Wegplatten waren durch die Nässe glatt und schlüpfrig geworden. Der Donner polterte dumpf vom Tal herauf und brach sich an den Wänden der Feste. Immer wieder drehte Gwyn sich ängstlich um, doch er war allein. Nachdem er die dreizehn Stufen erklommen hatte, stand er endlich vor einer niedrigen Tür. Erneut flammte ein

Blitz auf und für einen kurzen Moment konnte Gwyn das Schlüsselloch erkennen. Er strich mit der Hand über das Holz und klopfte vorsichtig. Es klang, als würde er mit seinen Knöcheln auf Stein pochen. Die Tür war aus Eichenholz gezimmert und durch starke Eisenbänder gesichert.

Gwyn dachte fieberhaft nach. Er musste etwas finden, womit er dem Schloss auch ohne die Hilfe eines Schlüssels zu Leibe rücken konnte. Die Schmiede beim Stall, schoss es ihm durch den Kopf. Dort würde sich das eine oder andere nützliche Werkzeug finden lassen.

So schnell er konnte, lief er die Treppen hinab, überquerte den morastigen Burghof und steuerte den niedrigen Anbau neben den Stallungen an.

In der Esse glimmten noch einige Kohlenstücke vor sich hin. Vorsichtig entfachte Gwyn die Glut und entzündete eine kleine Öllampe. Er hielt schützend die Hand über die Flamme und suchte einen großen Tisch ab, auf dem einige halbfertige Werkstücke lagen. Schließlich fand er, wonach er suchte: eine Handvoll Ringe, die zu einem groben Kettenhemd verarbeitet werden sollten. Gwyn bog einen von ihnen mit aller Kraft so weit auf, bis er ein Stück Draht in Händen hielt, dessen Ende er mithilfe einer Zange abknickte. Mit diesem notdürftig zurechtgebogenen Dietrich lief er wieder zurück.

Vor der Eichentür ging er in die Knie und wischte sich mit dem Ärmel seines Rocks das regennasse Gesicht ab. Er hatte so etwas noch nie gemacht. Die einzigen Schlösser, die er kannte, sicherten das Lagerhaus und die Waffenkammer von Camelot. Die Schlüssel dazu waren im Besitz von Sir Kay gewesen und Gwyn hatte nur einmal gesehen, wie sie benutzt wurden. Die Schlüssel hatten natürlich komplizierter ausgesehen als dieses stümperhaft zurechtgebogene Drahtgebilde, doch Gwyn hoffte, dass es seinen Zweck erfüllen würde.

Vorsichtig führte er den Dietrich ein und stocherte in der Öffnung herum. Ohne Erfolg.

„Ganz ruhig“, murmelte Gwyn und schüttelte seine zitternden Finger aus, bevor er einen neuen Versuch wagte. Und diesmal schien er mehr Glück zu haben, denn der Draht hakte sich fest.

„Na also“, sagte Gwyn triumphierend und versuchte den Behelfsschlüssel zu drehen. Nichts rührte sich. Der Mechanismus des Schlosses schien wie festgefroren zu sein. Er versuchte es noch einmal, drehte mit aller Kraft – als der Draht auf einmal in der Mitte durchbrach.

„Oh nein“, stöhnte Gwyn und versuchte, das stecken gebliebene Ende herauszuziehen. Aber es rührte sich nicht. „Bitte, bitte! Tu mir das nicht an!“, flehte er. Mit spitzen Fingern griff er nach dem Draht, der vielleicht einen Fingerbreit hervorstand. Vergeblich.

Panik befiel Gwyn. Wenn Mara oder Sir Gore am nächsten Tag den Turm aufschließen wollten, würden sie merken, dass sich jemand an dem Schloss zu schaffen gemacht hatte. Und ihr Verdacht würde natürlich sofort auf ihn oder Sir Lancelot fallen.

Die Zange, schoss es ihm durch den Kopf. Mit ihr müsste es ihm gelingen, das verräterische Stück Metall zu entfernen. Erneut lief Gwyn zur Schmiede zurück, machte sich aber diesmal nicht die Mühe, die Lampe zu entzünden, da er wusste, wo er das Werkzeug hingelegt hatte. Er griff hastig danach und rannte zurück zum Bergfried.

Mittlerweile fror er erbärmlich. Die Feuchtigkeit hatte seinen Körper auskühlen lassen und er zitterte wie Espenlaub. Wie lange mochte er hier nun schon zugange sein? Eine Stunde bestimmt, vielleicht sogar länger. Gwyn konnte nur hoffen, dass niemand sein Verschwinden bemerkt hatte.

Er holte tief Luft. Vorsichtig umschloss er den Griff der Zange und drückte zu. Dann zog er. Mit einem hellen Klingen fiel das abgebrochene Stück Draht zu Boden. Hastig hob er es auf.

„Gwyn?", rief eine Stimme, die er nur zu gut kannte. Er fuhr erschrocken herum. Es war Sir Lancelot. Und neben ihm stand ein missmutig dreinschauender Sir Gore, der mit seiner rechten Hand eine Lampe umklammerte, während die linke einen nachlässig über die Schulter geworfenen Mantel festhielt, der im Sturmwind wie eine Fahne flatterte. „Gwyn, wo steckst du?"

Geduckt lief Gwyn den Hügel hinab und hoffte, dass die Dunkelheit ihn so lange wie möglich vor den Blicken der beiden Männer verbarg. Als er schließlich den Burghof erreicht hatte, gab er sich zu erkennen. „Ich bin hier."

Sir Lancelot und Sir Gore drehten sich zu ihm um. „Was tust du hier?", fragte Lancelot verärgert.

„Ich habe nach Pegasus geschaut. Er hatte sich losgerissen und ich habe ihn wieder zurück in den Stall gebracht", log Gwyn.

Sir Gore machte ein überraschtes Gesicht. „Ich denke, ich sollte mit den Stallburschen morgen einmal ein ernstes Wort reden. Sie vernachlässigen ihre Pflichten."

Lancelot schaute Gwyn lange und eindringlich mit einem Blick an, dem der Knappe nicht lange standhalten konnte.

„Ich denke, die Stallburschen tragen keine Schuld", sagte Lancelot leise. „Soviel ich weiß, war Gwyn am Abend selbst noch einmal bei Pegasus gewesen. Vermutlich war es seine eigene Nachlässigkeit. Nicht wahr, Gwyn?"

„Ganz bestimmt", beeilte sich Gwyn zu sagen. „Ich hatte ihn ein wenig bewegen wollen, musste aber einsehen, dass das bei dem Wetter wenig sinnvoll war, und dabei habe ich wohl vergessen, ihn richtig festzubinden."

„Ja, das Wetter", sagte Sir Gore und schaute zum Himmel empor. „Man könnte meinen, Gott der Herr habe seine Himmelsschleusen geöffnet, um uns arme Sünder alle hinfortzuspülen." Er nieste zweimal laut hintereinander. „Lasst uns hineingehen, sonst holen wir uns noch den Tod."

In der Eingangshalle wünschten Lancelot und Gwyn ihrem Gastgeber noch eine gute Nacht und stiegen dann die Treppe zu ihren Gemächern empor. Sir Lancelot sprach kein einziges Wort, aber Gwyn spürte, dass sein Herr außer sich vor Wut war. Und in der Tat, als er die Tür von Gwyns Zimmer geschlossen hatte, baute er sich zornig vor ihm auf.

„Nenne mir einen Grund, warum ich dich nicht auf der Stelle bestrafen soll! Mit deinem Benehmen verletzt du alle Gesetze der Gastfreundschaft!"

„Ich habe Licht im Turm gesehen."

Lancelot verschränkte die Arme vor seiner Brust. „Und das gibt dir das Recht, hier herumzuschnüffeln? Was verbirgst du hinter deinem Rücken?"

Gwyn seufzte und reichte ihm die Zange.

„Was hattest du damit vor?"

„Ich habe gehört, wie sich Mara und Sir Gore gestritten haben. Die beiden haben ein Geheimnis und ich glaube, es geht um …" Weiter kam er nicht.

„Was du glaubst, interessiert mich nicht", fuhr ihn Lancelot an. „Das einzige Geheimnis, das zwischen den beiden existiert, ist eines zwischen Mann und Frau. Und das geht uns nichts an. Hast du mich verstanden?"

„Ja", antwortete Gwyn kleinlaut.

Lancelot hielt die Zange hoch. „Die bringst du auf der Stelle wieder zurück. Neugier ist eine Sache, Diebstahl eine ganz andere. Was glaubst du, was morgen mit den armen Teufeln aus dem Dorf passiert, wenn ihr Fehlen entdeckt wird."

Gwyn nahm das Werkzeug wieder an sich und nickte. Ohne ein weiteres Wort drehte sich Lancelot um und ließ ihn stehen.

Der Plan

Der Regen begann nun, die Nerven aller Burgbewohner zu strapazieren. Es war der dritte Tag, den sie auf Chulmleigh Keep verbringen mussten, ohne dass eine Besserung in Sicht war. Die bleigrauen Wolken hingen schwer und dunkel über dem Land, sodass selbst bei Tag die Lampen entzündet werden mussten.

Es war um die Mittagszeit und Gwyn saß in der Halle bei einem Fenster. Er nutzte die Gelegenheit, um mithilfe von Sir Gores Büchern, die ihm ihr Gastgeber zur Verfügung gestellt hatte, an seinem Wörterbuch zu arbeiten, während Lancelot wie ein eingesperrtes Raubtier auf und ab lief. Immer wieder hielt er inne und schaute aus dem Fenster hinauf zum Himmel, um dann noch übellauniger seinen Weg fortzusetzen.

Schließlich gab Gwyn es auf. Er schlug die Bücher zu, rieb sich die Augen und erhob sich. Vielleicht würde er in seinem Zimmer mehr Ruhe finden.

Lancelot war wegen des nächtlichen Vorfalls noch immer wütend auf Gwyn. Den ganzen Tag hatten sie kein Wort miteinander gewechselt, was Gwyn im Grunde ganz recht war. Auch er war nicht in der Stimmung, sich mit seinem Herrn zu unterhalten.

Er trat hinaus in die Eingangshalle und wäre beinahe mit Tom zusammengestoßen.

„Entschuldigt, junger Herr“, murmelte dieser und wollte seinen Weg fortsetzen, als Gwyn ein Gedanke kam.

„Tom?“

Der Bursche drehte sich zu ihm um. „Ja?“

„Sag einmal, wie lange arbeitest du schon für Sir Gore?“

„Solange ich denken kann. Warum?“

Gwyn zögerte einen Moment. „Dieser Turm“, sagte er. „Was kannst du mir über ihn erzählen?“

„Nichts, außer dass niemand von uns ihn betreten darf. Er ist sehr alt und Sir Gore befürchtet, er könne eines Tages einstürzen.“ Er wandte sich zum Gehen.

„Aber wie kommt es dann, dass ich in der letzten Nacht ein Licht in einem der Fenster gesehen habe?“, fuhr Gwyn fort.

Toms Gesicht wurde auf einmal blass.

„Was verbirgt Sir Gore in diesem Turm?“, bohrte Gwyn weiter.

Der Bursche warf ängstlich einen Blick über seine Schulter, dann zog er den Knappen in eine dunkle Ecke.

„Die Leute erzählen sich Geschichten. Dass ein Fluch auf Chulmleigh Keep liegt“, flüsterte er.

„Und dieser Turm hat damit zu tun?“, fragte Gwyn ungläubig.

Tom nickte. „Es geht dort nicht mit rechten Dingen zu. Manche behaupten, sie hätten den Geist der Herrin von Chulmleigh gesehen, die vor vierzehn Jahren gestorben ist. Seit dieser Zeit ist die Burg ein verwunschener Ort. Wir alle sind heilfroh, wenn wir ihn bei Sonnenuntergang verlassen dürfen."

„Wie ist sie gestorben?", fragte Gwyn.

„Man sagt, an einem Fieber."

„Gibt es ein Grab?"

Auf diese Frage hin zuckte Tom bloß mit den Schultern. „Ich habe es nie gesehen."

Gwyn schob die Unterlippe vor. Er wusste nicht, was er mit dieser Geschichte anfangen sollte. „Würdest du mir dabei helfen, dieses Geheimnis zu lüften?"

Tom schaute Gwyn mit großen Augen an. Er schluckte, dann nickte er. „Sagt mir wie."

„Ich brauche einen Schlüssel."

„Soviel ich weiß, gibt es nur zwei. Einer ist im Besitz unseres Herrn. Wo er ihn verwahrt, weiß ich nicht. Den anderen trägt Mara an einem Bund bei sich. Sie würde sein Fehlen sofort bemerken. Wenn Ihr die Tür öffnen wollt, braucht Ihr einen eigenen Schlüssel. Der Schmied könnte vielleicht einen anfertigen."

„Aber dazu braucht er eine Vorlage. Und damit beißt sich die Katze in den Schwanz."

„Ich muss weitermachen", flüsterte Tom und schaute an Gwyn vorbei. Hastig eilte er davon. Gwyn drehte sich um und sah Mara am Treppenabsatz stehen, die ihn mit kalten

Augen musterte. Gwyn zwang sich zu einem Lächeln und nickte ihr zu. Ohne ihn eines weiteren Blickes zu würdigen, stolzierte sie an Gwyn vorbei und folgte Tom nach draußen.

Gwyn packte seine Sachen unter den Arm und stieg die Treppe zu seiner Kammer hinauf. Er warf die Bücher auf das Bett, schob den Türriegel von innen vor und öffnete die Fensterläden.

Der Wind hatte seit der letzten Nacht gedreht und kam nun kalt aus Norden. Es war Hochsommer, doch man konnte glauben, dass bereits der Herbst Einzug hielt. Der Regen hatte ein wenig nachgelassen und war nun in leichtes Nieseln übergegangen. Doch die nächsten Gewitterwolken ballten sich bereits am Horizont. Gwyn zog einen Schemel heran, setzte sich und starrte auf den viereckigen Turm. Seine Grundfläche mochte dreißig mal dreißig Fuß betragen, die Höhe schätzte Gwyn auf knapp sechzig Fuß, vielleicht weniger. Im Abstand von jeweils zehn Fuß waren in der Mitte der Außenmauern Fenster eingelassen, die so klein waren, dass sie auch einfach nur Schießscharten sein mochten. Auf der Nordseite befand sich zudem auf halber Höhe eine weitere kleine Öffnung, die auf einen Kamin schließen ließ, aus dem aber kein Rauch aufstieg. Das Mauerwerk war von außen glatt verfugt. Selbst ein geübter Kletterer würde keinen Halt an ihm finden. Wie Gwyn es auch drehte und wendete: Um in den Turm zu gelangen, musste er sich an die Hausdame halten, die so gerne Herrin von Chulmleigh wäre. Doch den Schlüssel einfach zu stehlen kam nicht infrage, Mara würde den Verlust sofort bemerken. Nein, er musste auf Toms Angebot eingehen und sich einen vom Schmied anfertigen lassen. Und er wusste auch schon, wie er an eine Vorlage kommen würde.

In der Küche, die sich bei den Wirtschaftsgebäuden befand, herrschte Hochbetrieb. Ein halbes Dutzend Männer und Frauen war damit beschäftigt, nicht nur das Abendessen für Sir Gore und seine Gäste zuzubereiten, sondern auch Brot für die Bewohner des Dorfes zu backen, das sie zusammen mit einem Eintopf aus Kohl und Möhren als Entlohnung für ihr Tagwerk essen durften.

Selbst Mara, die die Arbeiten beaufsichtigte, stand nicht müßig herum, sondern hatte die Ärmel hochgekrempelt und knetete mit Tom den Sauerteig, der seit dem Mittag in einem hölzernen Trog gegärt hatte.

„Was willst du?“, fragte sie, ohne von ihrer Arbeit aufzuschauen. Sie hatte über ihr kostbares Kleid einen Leinenkittel gezogen, um sich nicht mit Mehl zu beschmutzen. Der Schlüssel war nicht zu sehen. Er hing wohl darunter an ihrem Gürtel – das hoffte Gwyn zumindest.

„Es ist ein wenig eintönig, den ganzen Tag darauf zu warten, dass das Wetter besser wird, und da habe ich mir gedacht, ich könnte Euch ein wenig helfen.“

Mara wischte sich eine Strähne aus der Stirn. „Wasch dir zuerst deine Hände. Dann kannst du dich an den Tisch dort drüben setzen und das Gemüse putzen.“

Gwyn ging zu einem Eimer, der neben der Feuerstelle stand, und tat, wie ihm geheißen. Eine Frau saß auf einem Schemel und rupfte eine Ente, deren Kopf schlaff und leblos herabbaumelte. Er fragte sich, wann Tom und seine Leute wohl zum letzten Mal ein Stück Fleisch auf dem Teller gehabt hatten.

Eine alte Bäuerin mit gichtigen Händen rutschte auf einer Bank ein Stück beiseite, damit Gwyn sich setzen konnte. Er lächelte sie dankbar an, doch die Frau lächelte nicht zurück. Ihre Augen waren vor Erschöpfung stumpf und grau. Gwyn nahm sich ein kleines Messer, prüfte die Schärfe der Klingen mit dem Daumen und begann, an einem Kohl die welken Blätter zu entfernen. Den geputzten Kopf schnitt er klein, um ihn anschließend in einen großen mit Wasser gefüllten Topf zu werfen, während die Abfälle in einem Korb unter dem Tisch landeten.

Niemand sprach ein Wort. Keiner lachte. Jeder beschäftigte sich mit der ihm zugeteilten Arbeit und kümmerte sich nicht darum, was sein Nachbar tat.

Mara war mit dem Kneten fertig und formte jetzt mit beiden Händen runde Brotlaibe, die sie auf ein mit Mehl bestäubtes Brett legte. Vierzig Stück waren es für alle Familien – eine Menge, die Gwyn sehr gering erschien. Vor allen Dingen, da es keine Butter, keinen Käse und kein Schmalz gab, mit dem man die Scheiben bestreichen konnte. Ein Körper, der den ganzen Tag harte Arbeit verrichtet hatte, verlangte nach mehr! Kein Wunder, dass die Dorfbewohner aussahen, als hungerten sie seit Jahren.

Mara gab Tom ein Zeichen und gemeinsam trugen sie die Laibe zum Backhaus.

Gwyn begann, die hutzeligen Karotten klein zu schnippeln. Auch der Eintopf würde ohne Speck und Salz eher eine fade Suppe werden. Einzig Zwiebeln, Lauch und etwas Sellerie sorgten für ein wenig Geschmack. Als das letzte Gemüse verarbeitet war, stand die Frau, die die ganze Zeit stumm neben ihm gearbeitet hatte, auf und ergriff den Henkel des Kessels. Gwyn half ihr und gemeinsam schleppten sie ihn zur Feuerstelle, wo sie ihn an einen Haken hängten. Ohne sich bei Gwyn zu bedanken, drehte sich die Frau um und trug den flachen Weidenkorb mit den Küchenabfällen hinaus.

„Hier steckst du also, Gwyn“, sagte Sir Lancelot, der in der Tür stand und einen Schritt beiseite trat, damit die Frau an ihm vorbeikonnte. „Ich sehe, du machst dich nützlich. Hast du bereits nach den Pferden gesehen?“

„Ihnen geht es wie uns: Es fehlten sowohl die Bewegung als auch die Abwechslung. Die Tage im Stall tun ihnen nicht gut.“

Lancelot kratzte sich am Kopf. „Kann ich verstehen. Mit meiner Laune ist es auch nicht gerade zum Besten bestellt.“

Die Tür ging auf und Mara trat ein. Nach dem kurzen Gang über den Hof war sie völlig vom Regen durchnässt. Als sie Sir Lancelot erblickte, verneigte sie sich. „Ich grüße Euch.“

Lancelot lächelte sie freundlich an, doch ihre Miene blieb völlig ausdruckslos.

„Kann ich etwas für Euch tun?“, fragte sie.

„Nein, ich habe nur nach meinem Knappen geschaut. Benötigt Ihr seine Dienste noch?“

Mara schüttelte den Kopf und zog ihren nassen Kittel aus. Gwyns Herz schlug schneller, als er den Schlüssel an ihrem Gürtel sah.

Lancelot wandte sich zu Gwyn um. „Kommst du dann mit? Ich glaube, mir steht zur Abwechslung der Sinn nach einer Partie Schach. Du hast doch das Spiel dabei?“

Gwyn nickte. Auf einmal war sein Mund wie ausgetrocknet. Wenn er handeln wollte, dann jetzt. Er ging auf Lancelot zu und tat so, als sähe er den Eimer nicht, der vor ihm auf dem Boden stand, und stieß mit dem Fuß dagegen. Gwyn stolperte und fiel nach vorne. Im letzten Moment konnte er sich an Maras Kleid festhalten und gemeinsam stürzten sie zu Boden.

„Geh von mir herunter!“, keifte sie ihn an. „Augenblicklich!“ Als sei Gwyn ein gigantischer und äußerst widerwärtiger Käfer, versuchte sie ihn von sich zu stoßen. Doch dieser kurze Moment reichte aus.

Gwyn stand auf. Er hatte, was er wollte. Hastig verbarg er seine Rechte in der Rocktasche und reichte Mara die Linke, um ihr aufzuhelfen, doch sie schlug die Hand aus. Als sie wieder auf den Beinen war, schaute sie wutschnaubend an sich hinab. Ihr Kleid wies bei der Hüfte, ziemlich genau an der Stelle, an der der Schlüsselbund hing, einen nassen, schmutzigen Fleck auf.

„Nun sieh dir das an!“, schimpfte sie. „Ich dachte, du hättest dir die Hände gewaschen!“

Gwyn zuckte entschuldigend mit den Schultern. „Es tut mir leid", sagte er. „Die Kohlköpfe waren noch voller Erde."

Mara versuchte mit der Hand den Fleck wegzuwischen, machte aber dadurch alles noch schlimmer. Mit einem wütenden Aufschrei riss sie die Tür auf und verließ die Küche.

„Komm, Gwyn. Ich glaube wir sollten auch gehen", sagte Sir Lancelot stirnrunzelnd.

Gemeinsam traten sie hinaus.

„Ich kann verstehen, dass du Mara nicht leiden kannst", sagte Lancelot, als sie die Tür hinter sich geschlossen hatten. „Aber versuche in Zukunft, deine Abneigung nicht allzu offen zu zeigen."

„Ich werde es mir zu Herzen nehmen", sagte Gwyn und schaute sich um. Tom öffnete gerade die Tür des Backhauses und bückte sich nach dem Korb, in dem das frisch gebackene Brot gestapelt war. „Erlaubt Ihr mir, dass ich ihm beim Tragen helfe?"

„Natürlich", sagte Lancelot. „Ich warte so lange in der Halle auf dich."

Geduckt rannte Gwyn durch den Regen über den Burghof. Das Innere des Backhauses war wohltuend warm und trocken. Der Duft von frisch gebackenem Brot ließ Gwyn das Wasser im Mund zusammenlaufen, doch er riss sich zusammen. Er war nicht hier, um den Dorfbewohnern das kärgliche Abendessen streitig zu machen. Er hatte anderes im Sinn.

„Hattet Ihr Erfolg, junger Herr?", fragte Tom aufgeregt.

„Auf der ganzen Linie." Gwyn holte aus seiner Rocktasche einen flachen, etwa faustgroßen Klumpen Ton. „Der Abdruck ist perfekt. Euer Schmied sollte keine Schwierigkeiten haben, mit seiner Hilfe einen Nachschlüssel anzufertigen."

Tom hob einen Lumpen vom Boden auf und hielt ihn unter ein Wasserrinnsal, das vom Dach des Backhauses plätscherte. Dann schlug er den Tonklumpen in das feuchte Tuch ein und verbarg ihn unter dem Brot. „Heute wird er nicht mehr damit beginnen können, doch morgen wird es das Erste sein, was er erledigt." Ein Lächeln umspielte seine Augen. „Ich danke Euch, junger Herr. Vielleicht gelingt es uns ja mit Eurer Hilfe, den Fluch von diesem Ort zu nehmen."

„Und ich danke euch. Ich hoffe, dass die Dinge sich für alle zum Guten wenden. Wenn wir zurück in Camelot sind, werden wir dem König von den Vorfällen hier berichten."

Tom starrte überrascht auf die dargebotene Hand, die er nach einigem Zögern vorsichtig ergriff. „Wer seid Ihr?", fragte er schließlich.

„Wer ich bin?", fragte Gwyn verwirrt. „Ich bin ein Knappe, Diener meines Herrn Sir Lancelot."

„Seid Ihr königlicher Abstammung?"

Gwyn war überrascht. „Was lässt dich das denken?"

„Es ist Eure ganze Art, wie Ihr mit einfachen Burschen wie mir sprecht. Ihr behandelt mich wie einen Menschen und nicht wie ein Stück Vieh. Ihr sorgt Euch um mein Los und das meiner Leidensgenossen. Nicht jeder, der über Untertanen herrscht und sich Herzog oder Fürst nennt, hat Euren Edelmut."

Gwyn spürte, wie sein Gesicht errötete. Er gab Tom einen etwas linkischen Klaps auf die Schulter. „Ich werde morgen

Mittag in die Schmiede kommen und schauen, wie kunstvoll euer Schmied sein Handwerk beherrscht." Dann eilte er hinüber zum Haupthaus.

Die wenigen Stunden, die ihnen bis zum Abendessen blieben, verbrachte Gwyn mit Sir Lancelot bei mehreren Partien Schach. Nur einmal hatte Gwyn es gewagt, seinen Herrn herauszufordern. Das war am Nachmittag vor dem Turnier mit Sir Kay gewesen und Lancelot hatte sich nicht auf das Spiel konzentriert, sodass er gnadenlos gegen seinen Knappen verloren hatte.

Doch heute war es anders. Lancelot, der sich ebenso wie Gwyn langweilte, hungerte geradezu danach, seinen eingerosteten Verstand zu schärfen, und ließ Gwyn kaum eine Chance, vernünftig ins Spiel zu kommen. So war die erste Partie schon nach einer halben Stunde beendet und Gwyn war so vernichtend geschlagen worden, dass er im ersten Moment erschrocken auf das Brett starrte. Lancelot bot ihm eine Revanche an, die Gwyn sofort annahm. Doch auch die zweite Runde ging nicht viel besser für ihn aus. Die dritte war eine komplette Katastrophe. Enttäuscht sank er mit verschränkten Armen in seinem Stuhl zusammen und funkelte Lancelot böse an.

„Ihr führt mich hier vor!"

„Käme mir nie in den Sinn", gluckste Lancelot und baute die Figuren wieder auf. Seine Stimmung hatte sich in der Tat ein wenig aufgehellt, obwohl es ihn eine gewaltige Anstrengung kosten musste, seinen Tatendrang im Zaum zu halten. Lancelot drehte das Brett so, dass Gwyn mit den weißen Figuren spielen konnte, als die Tür aufging und Sir Gore die Halle betrat. Sir Lancelot und Gwyn standen auf, um ihren Gastgeber zu begrüßen.

Sir Gore stutzte einen Moment. „Ist es das, wovon ich glaube, dass es das ist?", fragte er neugierig. „Ein Schachspiel?" Plötzlich war er ganz aufgeregt.

Gwyn trat beiseite und bot ihm seinen Stuhl an. „Ihr könnt für mich einspringen."

„Der Stolz meines Knappen hat während der letzten Runden ein wenig gelitten", sagte Lancelot und grinste breit.

„Darf ich?", fragte Sir Gore mit kindlicher Freude in der Stimme.

„Es wäre mir eine Ehre. Ihr beginnt."

Gwyn holte sich einen Hocker und setzte sich so, dass er das Brett mit den vierundsechzig Feldern von der Seite betrachten konnte. Sir Gore rieb sich die Hände und ließ die Finger knacken. Dann tat er den ersten Zug.

Es stellte sich sehr bald heraus, dass Sir Gore ein gewiefter Taktiker war, der seine Züge weit im Voraus bedachte. Gwyn, der mittlerweile einiges vom Wesen des Schachspiels verstand, sah mit Erstaunen, wie er scheinbar sinnlose, fast selbstmörderische Attacken ausführte, die sich im Nachhinein als geschickt gestellte Fallen entpuppten, in die Lancelot nur zu bereitwillig tappte. Es war ein Gemetzel, nur dass es diesmal Gwyns Herr war, der den Kürzeren zog.

Das Essen wurde aufgetragen, doch die beiden Kampfhähne ließen nicht voneinander ab. Mittlerweile hatte Lancelot sich der Spielweise seines Gegenübers angepasst und die zweite Partie gewonnen. Die dritte Partie wurde mit einer Verbissenheit geführt, wie Gwyn sie noch nie erlebt hatte. Alleine durch das Zuschauen lernte er viel über den Charakter der beiden Spieler. Sir Gore schien sehr darauf bedacht zu sein, sich in eine Position der Stärke zu bringen, aus der er das komplette Brett beherrschte. Er griff die Reihen des Feindes von verschiedenen Seiten an, wobei die mittleren Felder durch je einen Turm, Läufer und Springer abgeriegelt wurden. Sir Lancelot hingegen ließ den Gegner auf sich zukommen und wartete, bis sich in der Deckung ein Loch auftat, um dann schnell und präzise zuzuschlagen.

Der Entenbraten war längst kalt geworden, als das dritte Spiel mit einem Remis endete. Sir Gore blies die Backen auf und rieb sich müde die Augen. Mitternacht musste längst vorbei sein. „Ihr seid ein erstaunlicher Kämpfer, Sir Lancelot. Sehr anpassungsfähig und kaltblütig. Ich bin froh, dass sich unsere Klingen noch nie auf einem Schlachtfeld gekreuzt haben. Vermutlich würde ich nicht lange überleben."

Sir Lancelot erwiderte nichts auf dieses Kompliment, sondern verneigte sich nur. Gwyn warf die Figuren in ihr Ledersäckchen und klappte das Brett zusammen, um es beiseite zu räumen.

„Ich weiß nicht, wie es mit Euch ist, aber ich habe die Partien mit Euch sehr genossen. Ich hoffe nur, Euer Knappe hat sich nicht zu sehr gelangweilt."

„Ganz und gar nicht", antwortete Gwyn und begann den Tisch zu decken. „Es war eine Bereicherung, zwei Meistern Eures Schlages zuschauen zu dürfen."

Sir Gore stand auf und holte aus einem Regal zwei Silberpokale. „Ein Schluck Wein, Sir Lancelot?"

„Gerne."

Sir Gore nahm eine Karaffe vom Tisch und füllte die Becher mit einer rubinroten Flüssigkeit. „Für Euren Knappen steht ein Krug mit gesüßtem Cidre bereit. Bedien dich selbst, mein Junge." Er setzte sich und prostete seinen Gästen zu. „Auf die Zukunft."

„Die Zukunft", entgegnete Lancelot mit erhobenem Kelch.

Gwyn begann, den Entenbraten zu zerlegen, wobei er darauf achtete, Sir Gore das helle Brustfleisch zuzuteilen.

„Ich sehe Eurer Abreise mit Bedauern entgegen", sagte Sir Gore. „Es verirrt sich nur selten Besuch nach Chulmleigh. Vor zwei Monaten habe ich einen Mann beherbergt, der das königliche Spiel geradezu meisterhaft beherrschte. Vielleicht kennt Ihr ihn? Sein Name war Sir Urfin."

Gwyn ließ erschrocken das Besteck fallen. „Sir Urfin war hier?", fragte er atemlos.

„Oh, Ihr kennt ihn?" Sir Gore hob überrascht die Augenbrauen.

„Gwyn war sein Knappe, bevor er in meine Dienste trat", erklärte Sir Lancelot.

„Also war Urfin auch ein Ritter der Tafelrunde?"

„Für eine sehr lange Zeit, ja", antwortete Lancelot. Er schien auf einmal den Appetit verloren zu haben.

„Ging es ihm gut?“, fragte Gwyn.

„Er schien ein wenig verwahrlost, aber sonst erfreute er sich bester Gesundheit. Er war froh, für einige Tage ein Dach über dem Kopf zu haben. Ein beeindruckender Mann, dieser Urfin. Erkannte sofort den Wert meiner Sammlung. Selten habe ich einen beleseneren Mann kennengelernt. Ich hätte ihn gerne in meine Dienste gestellt, aber er hat abgelehnt. Sagte, er sei nur auf der Durchreise.“

„Hat er gesagt, wo er hinwill?“, fragte Lancelot scheinbar beiläufig.

Sir Gore schüttelte den Kopf und wischte seinen Teller mit einem Stück Brot aus. „Er wirkte gehetzt. Ich weiß nicht, ob er vor jemandem auf der Flucht war oder etwas suchte. Vielleicht war es beides, ich kann es nicht sagen. Jedenfalls bat er um Erlaubnis, meine Bibliothek benutzen zu dürfen. Anhand der Bücher und Handschriften, die er las, vermute ich, dass er hinter dem Gral her war. Aber wer ist das heutzutage nicht.“

Gwyn nahm sich noch ein Stück Ente. „Würde der Gral denn nicht gut in Eure Sammlung passen?“, fragte er harmlos.

Sir Gore lachte. „Natürlich. Er wäre ihr Prunkstück. Das heißt, wenn es ihn tatsächlich gäbe.“

Lancelot setzte überrascht seinen Becher ab. „Ihr glaubt nicht an seine Existenz?“

Sir Gore zuckte abfällig mit den Schultern. „Er ist eine Legende, nichts weiter. Was denkt Ihr, wie oft mir Stücke vom echten Kreuz Christi angeboten wurden. Mit ihnen hätte ich ganz Chulmleigh Keep ein ganzes Jahr lang beheizen können. Wieso sollte ausgerechnet solch eine Reliquie den weiten Weg aus dem Morgenland hierher ins kalte Britannien gefunden haben? Glaubt mir, wenn es den Gral gäbe, hätte ich ihn schon längst."

„Würdet Ihr ihn denn erkennen, wenn Ihr den Gral in Händen hieltet?", fragte Gwyn.

„Das ist in der Tat die Frage. Aber gut, gehen wir einmal davon aus, dass es den Kelch des letzten Abendmahls tatsächlich gibt. Wie würde er aussehen?"

„Vielleicht wie dieser Pokal, aus dem ich meinen Wein trinke?", fragte Lancelot.

„Aus Silber, vielleicht aus Gold? Womöglich mit Edelsteinen besetzt? Jesus war der Sohn eines Zimmermannes und bestimmt nicht reich, vergesst das nicht. Wenn er und seine Jünger gemeinsam aus einem Becher getrunken haben, dann war es einer aus Holz oder gebranntem Ton. Nein, er wäre sicherlich so unscheinbar, dass man seinen Wert nicht erkennen könnte."

Gwyn fiel wieder ein, was Merlin ihm über den Gral gesagt hatte. Es würde nichts nützen, in seinem Besitz zu sein, man benötigte das Buch des Joseph von Arimathäa, um ihn zu erkennen.

„Versteht mich nicht falsch", sagte Sir Gore. „Ich glaube, man sollte den Gral eher als ein Symbol für das Streben nach Vollkommenheit betrachten. Und dieses Streben nach Vollkommenheit ist fürwahr eine ritterliche Aufgabe, denn letzten Endes weiß man, dass sie nie zu erreichen ist."

„Ja, wahrscheinlich habt Ihr Recht“, sagte Sir Lancelot und schob den halb vollen Teller von sich weg. „Ich möchte nicht unhöflich erscheinen, aber ich glaube, ich werde mich jetzt zurückziehen.“ Er stand auf und verneigte sich. „Sir Gore.“

Bevor sein Gastgeber sich erheben konnte, hatte sich Lancelot umgedreht und war gegangen.

„Aber was hat er denn?“, fragte Sir Gore verwundert. „Habe ich ihn irgendwie beleidigt?“

„Nein“, antwortete Gwyn. „Aber vielleicht habt Ihr ihm gerade vor Augen geführt, dass er sein Leben womöglich der falschen Aufgabe gewidmet hat.“

Im Vorhof der Hölle

Es war so ein ungewöhnlicher Anblick, dass Gwyn einen Moment brauchte, bis er ihn vollständig erfasst hatte. Der Regen hatte aufgehört und durch die Ritzen seiner Fensterläden fielen goldene Sonnenstrahlen. Zum ersten Mal seit Tagen hatte er durchgeschlafen und kein Donner hatte ihn aus seinen schweren Träumen gerissen. Sofort war er auf den Beinen, lief zum Fenster und riss die Verschläge auf.

Draußen war es so hell, dass er geblendet die Augen schließen musste. Als er sie wieder öffnete, blickte er in einen makellos blauen Himmel. Mit einem Freudenschrei wirbelte er herum, zog sich, so schnell er konnte, an und rannte die Treppe hinunter.

Lancelot stand in der geöffneten Tür und atmete tief die würzige Luft ein. „Endlich“, sagte er nur und strahlte Gwyn an. „Lass uns die Pferde satteln und nachschauen, ob die Furt passierbar ist.“

Es schien, als ob mit dem Versiegen des Dauerregens auch endlich die Farben zurückgekehrt waren. Die Bäume erstrahlten in einem satten Grün und vereinzelt leuchteten

Blumen gelb oder rosa auf. Mit der Sonne war auch die sommerliche Wärme wiedergekehrt.

Tom stand in der Schmiede und betätigte den Blasebalg. Als er Gwyn entdeckte, nickte er ihm zu. Der Schlüssel war fertig.

Welch Ironie. Die ganze Zeit hatten sie Chulmleigh verlassen wollen und jetzt hoffte Gwyn, dass die Furt immer noch nicht passierbar wäre.

Die Pferde wieherten aufgeregt, als wüssten sie, dass sich das Wetter gebessert hatte und nun ein Ausritt bevorstand. Besonders Dondar, dem die lange Zeit im Stall überhaupt nicht gefallen hatte, zerrte mit aller Macht an der Kette und ließ sich problemlos aufsatteln.

Als sie durch das Tor ritten, sah Gwyn, wie eine Taube aufflatterte und nach Osten flog. Er drehte sich um und bemerkte Mara, die abseits bei den Wirtschaftshäusern stand und dem Vogel mit einem seltsamen Ausdruck im Gesicht nachschaute. Sie zuckte zusammen, als sie Gwyns Blick bemerkte, schloss die Tür eines kleinen hölzernen Käfigs, klemmte ihn unter den Arm und lief zum Haupthaus zurück.

„Gwyn!“ Lancelot hatte sich in seinem Sattel umgedreht und winkte seinem Knappen ungeduldig zu.

„Ich komme.“ Er schaute Sir Gores Hausdame noch einen Moment nachdenklich hinterher, dann schloss er zu Lancelot auf und gemeinsam ritten sie den Weg hinunter ins Dorf. Die Regengüsse der vergangenen Tage hatten einige der Statuen so weit unterspült, dass sie vornübergekippt waren und zerbrochen am Boden lagen.

Es stellte sich heraus, dass der Fluss zwar bedeutend weniger Wasser führte, doch immer noch zu tief war, um unbeschadet auf die andere Seite zu gelangen. Sie würden ihre Abreise noch um einen weiteren Tag verschieben müssen.

„Nun gut, sei es, wie es ist", sagte Lancelot, als er missmutig in die Fluten starrte. „Das werden wir auch noch überstehen. Lass uns umkehren und packen, dann können wir morgen nach Sonnenaufgang aufbrechen. Aber vorher verschaffen wir uns und den Pferden noch ein wenig Bewegung."

Am frühen Nachmittag kehrten sie wieder zurück. Sie striegelten die Pferde und nutzten das gute Wetter, um das Zaumzeug und die Sättel auszubessern. Pegasus' Trense war gebrochen und damit hatte Gwyn einen Grund, in der Schmiede vorbeizuschauen, wo Tom noch immer aushalf. Als er Gwyn bemerkte, winkte er ihn zu sich.

„Es war ein hartes Stück Arbeit, aber ich glaube, sie hat sich gelohnt." Er schaute sich verstohlen um und tastete mit der Hand die Oberseite eines Balkens ab. Schließlich fand Tom, was er gesucht hatte, und steckte Gwyn den Schlüssel zu.

„Das Wasser steht noch immer zu hoch. Wir werden erst morgen abreisen können."

„Dann muss es also in dieser Nacht sein", flüsterte Tom und hustete.

„Ich hoffe, Mara macht mir keinen Strich durch die Rechnung", sagte Gwyn und ließ den Schlüssel in seine Rocktasche gleiten.

Tom nickte und hustete weiter. Es war ein trockenes, bellendes Geräusch. Und es klang nicht gesund. Gwyn holte einen Schemel, damit er sich setzen konnte. „Um Himmels willen, du glühst ja vor Fieber."

„Viele von uns sind krank geworden", sagte Tom und seufzte. „Die Feuchtigkeit hat das Stroh zum Schimmeln gebracht, dazu die Kälte und das Ungeziefer ... Heute Nacht ist eines meiner Kinder von einer Ratte angefallen worden. Aber es ist ihr nicht gut bekommen. Ich habe sie erwischt und sie ist in den Kochtopf gewandert."

Gwyn drehte sich der Magen um. Er hatte zwar selbst bis vor Kurzem auf einem Bauernhof gelebt, doch so schlimm war es in Redruth nie gekommen, dass sie Ratten essen mussten. Die Abneigung, die er gegen Sir Gore hegte, verwandelte sich schlagartig in Hass. Wie konnte jemand seine Untertanen hungern lassen, wenn das Haus voller Schätze war! Es mochte Schicksal sein, wenn die Ernte in einem Jahr schlecht ausfiel und eine Hungersnot drohte. Doch wie nannte man es, wenn die Bewohner Chulmleighs Not litten, obwohl sich in der Burg die Reichtümer stapelten? Einfältigkeit? Oder mörderischer Vorsatz? Sir Gore konnte froh sein, dass die Bauern so schwach und schicksalsergeben waren, sonst wäre es schon längst zu einem Aufstand gekommen.

Menschen wie Tom wurden von derselben Denkweise geprägt, die auch sein Stiefvater Do Griflet verinnerlicht hatte: Jeder hatte an dem Platz zu bleiben, den Gott ihm zugewiesen hatte. Für diese Menschen war die Welt ein Ort, der sich noch nicht einmal in tausend Jahren ändern würde. Dafür sorgten schon die, die ein Interesse an solchen Zuständen hatten. Leute wie Sir Gore oder Mara. Niemand stellte sich ungestraft gegen die Ordnung der Dinge. Nägel, die hervorstehen, werden eingeschlagen. Das war auch eine von Do Griflets bildhaften Weisheiten gewesen, die Gwyn noch immer prägten. Manchmal hatte er das Gefühl, dass in Camelots Waffenrock noch immer ein kleiner, unbedeutender Schweinehirte steckte, der Angst davor hatte, etwas Besonderes zu sein. Und er fühlte auf einmal eine innige Verbundenheit mit diesem Mann, der jeden Tag um das Überleben seiner Familie kämpfte.

Gwyn tastete nach dem Schlüssel in seiner Rocktasche und umschloss ihn mit der Hand. Er ballte sie zur Faust und ging ins Haus.

Sir Gore hatte zum Abschied noch einmal ein Festessen auffahren lassen, doch irgendwie wollte an diesem Abend keine rechte Stimmung aufkommen.

Gäste sind wie Fische: Spätestens nach drei Tagen fangen sie an zu stinken. Vielleicht stimmte diese Redensart ja, dachte Gwyn, der bei Sir Gores Anblick an Toms Kind denken musste. Auch Sir Lancelot schien die Unterhaltung des vorangegangenen Abends nicht vergessen zu haben, denn er beschränkte sich im Gespräch mit Sir Gore auf höfliche Allgemeinplätze. Und so rührte man den Wein nicht an und wünschte sich stattdessen früh eine gute Nacht.

Aber Gwyn dachte nicht an Schlaf, sondern saß am Fenster, wo er auf einen günstigen Moment wartete, um den nachgemachten Schlüssel auszuprobieren. Der Mond war gerade aufgegangen, als ihn ein Geräusch aufschrecken ließ. Mara, eingehüllt in einen langen Umhang und beladen mit einem kleinen Korb, huschte die Stufen zur Anhöhe hinauf. Sie schaute sich kurz um, dann öffnete sie die Tür und verschwand im Turm. Gwyn sah, wie auf einmal ein matter Lichtschein durch die schmalen Fensteröffnungen fiel und langsam nach oben wanderte, im obersten Stock kurz verharrte, nur um sich dann wieder nach unten zu bewegen, wo er erlosch. Schließlich öffnete sich erneut die Tür und Mara erschien. Sie verriegelte das Schloss und eilte zurück ins Haus.

Gwyn wartete noch eine Stunde, bis er sicher sein konnte, dass Mara tatsächlich schlief. Dann machte er sich auf den Weg.

Der Turm wirkte im Mondlicht noch bedrohlicher als in den Sturmnächten, in denen man seine Umrisse nur hatte erahnen können. Nun baute sich dieses mächtige Bollwerk vor ihm auf, als wollte es ihn warnen.

Komm nicht näher, wenn dir dein Leben lieb ist.

Geh fort von hier.

Vorsichtig erklomm Gwyn den Hügel. Dabei zwang er sich, nicht nach oben zu schauen, sondern den Blick starr auf die kleine Tür zu richten. Der Schlüssel lag kalt und schwer in seiner Hand. Wenn er ehrlich war, hoffte ein kleiner Teil von ihm, dass er nicht passen würde. Doch diesen Gedanken wischte er schnell wieder fort, als er sich problemlos umdrehen ließ. Die Tür schwang lautlos nach innen auf. Wie das Schloss waren auch die Angeln erst in letzter Zeit geölt worden. Gwyn entdeckte auf einer Truhe zwei Feuersteine, etwas Zunder und eine Lampe, die noch warm war.

Gwyn holte tief Luft, doch der Schlag seines Herzens ließ sich einfach nicht beruhigen. Mit schweißnassen Händen tastete er nach den Feuersteinen und schlug sie gegeneinander. Der Zunder fing sofort Feuer und er entzündete die Öllampe.

Eine hölzerne Stiege führte hinauf in den ersten Stock. Verdammt, was tat er hier überhaupt, dachte Gwyn, als er langsam nach oben stieg. Er hatte hier eigentlich nichts verloren. Einzig der vage Verdacht, dass es eine Verbindung zwischen seiner Mutter und Sir Gore gab, hatte ihn hierher geführt.

Dieser Verdacht und seine kreuzverdammte Neugier.

Wenn man ihn hier entdeckte, steckte er in ziemlichen Schwierigkeiten. Sir Gore würde sie mit Schimpf und Schande davonjagen. Doch das war nichts im Vergleich zu dem, was ihm von Sir Lancelot blühen würde.

Der erste Stock war leer. Kein Möbelstück, keine Kiste oder irgendetwas von Interesse war zu sehen. Nur Staub und Spinnweben schwebten in der Luft. Gwyn hielt die Lampe hoch und entdeckte auf der anderen Seite des Raumes eine steile Holztreppe.

Je weiter Gwyn hinaufstieg, desto strenger wurde der Geruch, der ihm in die Nase stieg. Anfangs hatte er an verdorbene Milch erinnert, doch nun wurde er schärfer, unangenehmer. Im dritten Stock war er fast unerträglich.

Der Turm war leer. Nichts trieb sich hier herum. Kein Geist, kein Ungeheuer. Doch was hatte Mara dann hier oben verloren?

Plötzlich hörte er über sich ein Scharren. Gwyn zuckte zusammen und schaute nach oben. In der Decke war eine Luke eingelassen, die durch einen Drehbalken gesichert war.

Jemand – oder etwas – war dort oben!

Gwyn entdeckte eine Leiter, die unter einem der Fenster auf dem Boden lag. Er stellte die Lampe ab. Obwohl das Holz vom Alter grau und rissig war, schienen die Sprossen stabil genug zu sein, um sein Gewicht zu tragen. Er hob sie auf und lehnte sie gegen einen der schweren Deckenbalken, sodass er zu der Luke hinaufklettern konnte. Dann nahm er die Lampe und machte sich an den Aufstieg.

Es war eine recht wackelige Angelegenheit. Mit jedem Schritt wippte und federte die Leiter, als könnte sie jeden Augenblick zusammenbrechen. Er war fast oben angelangt, als er wieder das Scharren hörte. Kein Zweifel, das Geräusch war direkt über ihm. Allem Anschein nach war der Turm doch nicht so verlassen, wie er zunächst gedacht hatte.

Gwyn hängte die Lampe an einen Nagel, der in den Balken eingeschlagen war. Endlich hatte er wieder beide Hände frei. Er drehte den Riegel so, dass sich die Luke öffnen ließ. Mit einem lauten Quietschen schlug sie um und polterte auf die Dielen. Eine dichte Staubwolke wirbelte auf und Gwyn musste husten.

Der Übelkeit erregende Gestank, der ihm entgegenschlug, erinnerte ihn an Camelots Latrine und war nun so bestialisch, dass er würgen musste. Jeder Muskel seines Körpers wehrte sich dagegen, durch dieses Loch zu steigen. Mit aller Macht unterdrückte er seine lähmende Angst. Er nahm die Lampe vom Haken, stellte sie über sich auf die Kante und zog sich hinauf.

Ein Schwarm dicker, grün schillernder Fliegen erhob sich brummend und umschwirrte das Licht, dessen Schein auf eine Szene fiel, die so erschreckend war, dass Gwyn nur mit Mühe einen Schrei unterdrücken konnte. Wenn es einen Ort auf Erden gab, der einem Vorhof zur Hölle glich, so befand er sich hier oben in diesem Turm.

Die Wände mussten einst weiß gekalkt gewesen sein, doch war davon kaum noch etwas zu sehen, so gründlich waren sie über und über mit schrecklichen Szenen übermalt worden, die im Licht der flackernden Lampe zu geisterhaftem Leben erwachten.

Die Bilder zeigten ein gewaltiges Schlachtfeld in solch einem realistischen Detailreichtum, dass Gwyn für einen kurzen Moment die Augen schließen musste, nur um sie kurz darauf wieder zu öffnen, so sehr fesselte ihn die Darstellung von Tod und Verwüstung. Er erkannte sofort, was es darstellte: die Schlacht aller Schlachten. Der Untergang Camelots. Die Erfüllung der Prophezeiung.

Da war Camelot mit seinen drei Türmen, von denen zwei eingestürzt waren, während der mittlere lichterloh brannte. Die Mauern wiesen tiefe Breschen auf, durch die der Feind nun hereinstürmte und ein schreckliches Blutbad anrichtete. Gwyn erkannte die Ritter, die zur Verteidigung zurückgeblieben waren, an ihren Wappen.

Sie waren alle tot.

Gawain lag von einem halben Dutzend Pfeilen niedergestreckt am Boden, seine Brüder Gareth und Gaheris baumelten an einem Galgen wie zwei gewöhnliche Verbrecher.

Im Wald in der Ebene vor Camelot wehrte sich Sir Pelleus, der aus zahlreichen tödlichen Wunden blutete, verzweifelt gegen eine Übermacht dunkel gekleideter Männer, die ihn mit ihren gezückten Schwertern umzingelt hatten.

Parcival, von allen verlassen und im brennenden Cadbury gefangen, kniete vor einem Mann, der seinen Schopf ergriffen hatte und das Schwert zum tödlichen Streich erhob.

Als Gwyn mit zitternder Hand die Lampe höher hielt, um den Rest des Gemäldes in Augenschein zu nehmen, spürte er, wie ihm das Blut in den Adern gefror. Auf einer Brücke standen zwei Drachen einander gegenüber. Und zwischen ihnen erkannte Gwyn ein springendes Einhorn, über dem ein Kelch zu schweben schien!

Das war *er*, das *musste* er sein! Obwohl das Bild unvollendet war, ahnte er, dass sich ihm hier ein Blick auf seine Zukunft bot. Doch wer hatte es gemalt? Und vor allen Dingen, womit? Noch bevor seine ausgestreckten Finger die Wand berührten, wurde es ihm klar.

Es war Blut!

Ein Geräusch ließ ihn herumfahren. Erst jetzt bemerkte er die Gestalt, die zusammengekauert in einer dunklen Ecke saß. Gwyn stieß einen Schrei aus, trat einen Schritt zurück und stolperte über einen Schemel, der zerbrochen am Boden lag. Die Frau hob den Kopf und wandte ihn in seine Richtung. Schwarze, verfilzte Haare fielen in ihr Gesicht. Hinter den Strähnen sah er zwei aufgerissene Augen, die ihn voller Angst anstarrten.

Sie hob abwehrend eine schmutzige Hand und stieß einen verzweifelten, schrillen Laut aus, der Gwyn einen eiskalten Schauer über den Rücken jagte. Hastig rutschte er noch ein Stück zurück.

Der Schrei ebbte zu einem klagenden Wimmern ab, das in Gwyns Ohren nicht minder schrecklich war. Dann verstummte die Gestalt und sackte wieder in sich zusammen, um mit dem Oberkörper vor- und zurückzuwippen.

Wie versteinert starrte Gwyn sie an. Schließlich nahm er all seinen Mut zusammen. „Wer seid Ihr?“, fragte er mit rauer Stimme, doch die Frau schien ihn nicht zu hören.

Vorsichtig stand er auf und machte einen Schritt auf sie zu. Auch wenn dieses Wesen mehr tot als lebendig war, war kein Geist, sondern ein gequälter, zutiefst bemitleidenswerter Mensch!

Gwyn stellte die Lampe auf den Boden und kroch näher heran. Der Gestank, der von der Frau ausging, war unbeschreiblich. Gwyn überwand seinen Ekel und strich ihr die Haare aus dem schmutzigen Gesicht. Ein Paar weit aufgerissene Augen starrten ihn an und der ausgetrocknete Mund bebte, als suchte er nach Worten, die ihm schon lange abhandengekommen waren.

„Wer seid Ihr?“, wiederholte er seine Frage, doch er bekam keine Antwort. Er legte die Hand auf seine Brust. „Ich heiße Gwydion“, sagte er lächelnd.

Die Frau öffnete den Mund, brachte aber außer einem leisen Krächzen kein Wort heraus. Gwyn schaute sich um und fand einen mit Wasser gefüllten Krug. Er roch daran. Es schien frisch zu sein.

„Trinkt.“

Gwyn half ihr, den Krug an die Lippen zu führen und sie nahm einige Schlucke.

„Geht es besser?“, fragte er, aber sie antwortete noch immer nicht. Die Panik in ihren Augen war jetzt einem ängstlichen Misstrauen gewichen.

Wer war diese Frau? Toms Worte kamen ihm wieder in den Sinn. Und mit einem Mal begriff er.

„Ihr seid Sir Gores Gemahlin, die Herrin von Chulmleigh!“, entfuhr es ihm. „Deswegen hat nie jemand euer Grab gesehen! Weil Ihr noch lebt und nicht von einem Fieber dahingerafft worden seid!“

Die Frau zuckte erschrocken zusammen und umklammerte ihre Beine.

Plötzlich erfasste Gwyn das ganze Martyrium dieser Frau. „Vierzehn Jahre“, wisperte er atemlos. „Seit vierzehn Jahren seid Ihr hier oben eingesperrt!“ All die Tage und Nächte in hoffnungsloser Einsamkeit, die nur durch die Mahlzeiten unterbrochen wurden, die Mara ihr des Nachts brachte, damit sie niemand beobachten konnte. „Warum?“, fragte er sie. „Warum tut Sir Gore Euch das an?“

Die Frau presste die Lippen zusammen und schwieg.

„Ich bin gekommen, um Euch zu helfen!"

Sie wandte den Kopf ab und begann leise zu summen.

„Ihr könnt mir vertrauen", sagte Gwyn und folgte einer plötzlichen Eingebung, als er hinzufügte: „Ich bin Valerias Sohn."

Das Summen erstarb. Die Frau drehte sich langsam zu ihm um und musterte den Jungen mit einer Mischung aus Hoffnung und Argwohn. Plötzlich bewegten sich ihre rissigen Lippen. „Beweise es", flüsterte sie mit brüchiger Stimme.

Gwyn öffnete sein Hemd und holte das Medaillon hervor. Ihr Atem ging schneller, als Gwyn die Kette über den Kopf zog und es ihr gab. Sie starrte es lange an. Dann senkte sie den Kopf und begann leise zu weinen.

„Habt Ihr sie gekannt?", fragte Gwyn.

Die Frau verbarg das Gesicht in ihren Händen und nickte. Sie schien nach Worten zu ringen und es dauerte einen Moment, bis sie sich wieder gefasst hatte.

„Mein Name ist Agrippina", sagte sie mit tränenerstickter Stimme. Und fügte dann leise hinzu: „Valeria war meine Schwester."

Es dauerte einen Moment, bis Gwyn begriff, was diese Frau soeben zu ihm gesagt hatte. Sie war die Schwester seiner Mutter! Er hatte das Gefühl, als würde etwas tief im Herzen nach langer Zeit an seinen richtigen Platz rutschen. Eine nie gefühlte Wärme breitete sich in ihm aus und Tränen brannten in seinen Augen. Agrippina ergriff seine Hand und drückte sie.

„Ist meine Mutter damals wegen Euch nach Chulmleigh gekommen?", fragte Gwyn.

Agrippina starrte ihn an. „Sie war hier?"

„Ja, kurz vor meiner Geburt. Aber Sir Gore hat sie abgewiesen."

Agrippina schwieg und die Tränen liefen ihr über das Gesicht. Dann schüttelte sie langsam den Kopf. „Er wusste nicht, wer sie war."

„Das verstehe ich nicht", sagte Gwyn verwirrt.

„Ich war zu diesem Zeitpunkt vermutlich bereits hier eingesperrt. Valeria muss bemerkt haben, dass etwas nicht stimmte, und gab sich ihm deshalb wohl nicht zu erkennen. Wenn er gewusst hätte, dass Valeria im Besitz des Heiligen Grals war, hätte er sie niemals gehen lassen."

Gwyns Herz schlug schneller. „Also hatte sie ihn bei sich gehabt, als sie nach Chulmleigh kam?"

Agrippina schloss die Augen und schüttelte den Kopf. „Das glaube ich nicht. Sie war bestimmt so klug gewesen, ihn vorher in sichere Hände zu geben." Sie holte tief Luft. „Die Geschichte des Grals ist eng verbunden mit einem anderen Schatz, der mindestens genauso viel Macht in sich birgt wie dieser Kelch. Diesen Schatz hüte ich noch immer, obwohl Gore seit vierzehn Jahren versucht, mir dieses Geheimnis zu entreißen. Dieser Mensch ist geradezu besessen von der Idee, den Gral und die Lanze des Longinus in seinen Besitz zu bringen."

„Die Lanze des Longinus?", fragte Gwyn. „Davon habe ich noch nie gehört."

„Longinus ist der Name des römischen Hauptmanns, der Jesus mit einem Speer die Seite öffnete, um sich so seines Todes zu vergewissern. Der Gral verspricht Unsterblichkeit. Die Lanze des Longinus hingegen macht ihren Träger unbesiegbar! Gore ist auf der Suche nach beidem, denn er weiß: Wer im Besitz dieser Reliquien ist, vereint eine Macht in seinen Händen, die kein irdischer Herrscher zu brechen vermag. Er wäre der Herr der Welt, für alle Zeiten."

„Ihr habt gesagt, dass der Gral in sicheren Händen sei. Wo ist er jetzt?"

„Ich weiß es nicht. Valeria muss ihn jemandem übergeben haben, dem sie absolutes Vertrauen entgegenbrachte. Zu dieser Zeit stand ein Ritter in ihren Diensten ..."

„Ich kenne ihn", sagte Gwyn. „Sein Name war Humbert von Llanwick, doch der hatte ihn nicht, dessen bin ich mir sicher." Er seufzte. „Also sind wir alle so klug wie zuvor. Irgendwo auf dem Weg von Dinas Emrys nach Chulmleigh ist der Gral verloren gegangen."

Agrippina sah überrascht auf. „Du hast die Gralsburg gefunden?"

Gwyn nickte. „Nun, sagen wir lieber, sie hat mich gefunden. Es war ein Zufall, bei dem allerdings eine Heilerin namens Cundrie nachgeholfen hat."

„Cundrie?", sagte Agrippina mit einem Lächeln. „Es freut mich zu hören, dass sie noch lebt."

Nun war es an Gwyn, überrascht zu sein. „Ihr kennt sie?"

„Wir sind uns einmal begegnet und haben festgestellt, dass wir sehr viel gemeinsam haben. Valeria und ich waren beide der Diana geweihte Priesterinnen. Wir huldigten der Erde, der Natur, dem Leben. Genauso wie es Cundrie auch tut." Dabei ließ sie es bewenden. Sie sah Gwyn nachdenklich an. „Was wirst du jetzt tun?", fragte sie unvermittelt.

„Ich werde Euch befreien", antwortete Gwyn mit einem Schulterzucken. „Jetzt und auf der Stelle."

„Das wird nicht gehen", antwortete Agrippina. „Ich bin kaum in der Lage, mich auf den Beinen zu halten, geschweige denn, die Leiter hinabzuklettern."

„Dann werde ich Sir Lancelot um Hilfe bitten", antwortete Gwyn leichtfertig.

„Unterschätze Gore nicht. Um an ihm vorbeizukommen, muss dein Herr ihn töten, und das wird ihm nicht so einfach gelingen."

„Irgendeinen Weg werden wir finden, das verspreche ich Euch", sagte Gwyn und schaute der Frau lange in die Augen. „Ihr seid meine Familie. Nun, zumindest das, was mir von ihr geblieben ist. Ich werde Euch niemals im Stich lassen." Er umarmte Agrippina und stand auf. Einen Moment blieb er noch vor dem Wandbild stehen. „Wann habt Ihr das angefertigt?"

„Das ist lange her."

„Warum habt Ihr es nicht zu Ende gebracht?"

„Es hätte mich meine letzte Kraft gekostet."

„Aber Ihr habt die Bilder noch im Kopf?", fragte Gwyn zögerlich.

Agrippina lachte trocken. „Sie verfolgen mich jeden Tag und jede Nacht. Seit vierzehn langen Jahren."

„Dann wisst Ihr, wie diese Schlacht ausgeht?“

„Ja“, antwortete Agrippina und Gwyn hörte die Angst in ihrer Stimme. „Mit dem Untergang unserer Welt.“

Die Grabstätte

Lancelot hörte schweigend zu, als ihm sein Knappe von der Gefangenen erzählte. Gwyn hatte seinen Herrn sofort geweckt, um ihm zu beichten, dass er trotz des Verbotes den Turm betreten hatte. Doch die Neuigkeiten, die Gwyn zu berichten hatte, duldeten keinen Aufschub.

„Ich weiß, dass ich Euch gegenüber ungehorsam war“, sagte Gwyn aufgeregt. „Aber mein Verdacht hat sich bestätigt: Sir Gore ist ein Lügner! In all den Jahren war er nicht nur auf der Suche nach dem Gral gewesen, sondern wollte außerdem in den Besitz dieser Lanze gelangen.“

Lancelot, der – aus tiefem Schlaf gerissen – zunächst nicht verstanden hatte, wovon Gwyn überhaupt redete, lief nun hellwach in der Kammer auf und ab. Dabei blieb er immer wieder stehen und schaute auf seinen Knappen herab, der auf dem Bett saß und nervös seine Hände knetete. Gwyn wusste, dass Lancelot ihn für diesen Ungehorsam eigentlich bestrafen musste.

„Du weißt, dass ich meine Gründe hatte, dir jede weitere Nachforschung in dieser Sache zu untersagen“, brummte er.

„Ja, Herr“, kam die kleinlaute Antwort.

Lancelot kratzte sich den Bart und machte ein finsteres Gesicht. Schließlich holte er seufzend Luft, zog einen Stuhl heran und setzte sich Gwyn gegenüber.

„Wie geht es der Frau?“

„Schlecht. Es ist ein Wunder, dass sie die Gefangenschaft bis zu diesem Tag überlebt hat. Sie ist so schwach, dass sie weder aufstehen, geschweige denn gehen kann.“

„Und sie behauptet tatsächlich, die Schwester deiner Mutter zu sein?“

Gwyn nickte.

„Das ist die abenteuerlichste Geschichte, die mir jemals zu Ohren gekommen ist“, sagte Lancelot.

„Glaubt Ihr mir etwa nicht?“, fragte Gwyn bestürzt.

„Doch“, antwortete Lancelot mit fester Stimme. „Ich frage mich nur, ob ich dieser Frau glauben soll.“

„Sie ist in jedem Fall die Frau von Sir Gore!“

„Das bezweifle ich ja auch nicht. Aber …“ Sir Lancelot rang nach den richtigen Worten. „Sie war vierzehn Jahre lang eingesperrt.“

„Ihr glaubt, dass sie in dieser Zeit ihren Verstand verloren hat. Ist es nicht so?“, fragte Gwyn.

„Niemand, der gesunden Geistes ist, malt mit seinem eigenen Blut ein solches Bild, wie du es mir beschrieben hast!“

„Aber vielleicht hat ja gerade das Agrippina vor dem Wahnsinn bewahrt“, antwortete Gwyn. „Sie musste sich mit irgendetwas beschäftigen, und sehr viele Mittel standen ihr nicht zur Verfügung.“

Lancelot sah ihn nachdenklich an. „Wenn es wahr ist, was sie sagt, hast du endlich deine Familie wiedergefunden."

„Ja", sagte Gwyn und seine Augen begannen zu leuchten. „Ihr glaubt nicht, was mir das bedeutet."

„Doch, mein Junge", antwortete Lancelot leise.

Beide verfielen in Schweigen. Dann blickte Gwyn auf. „Diese Lanze des Longinus, kennt Ihr sie? Habt Ihr schon einmal etwas von ihr gehört?"

„Geschichten. Legenden. Nicht mehr. Doch auf der anderen Seite: Den Heiligen Gral hat auch noch niemand zu Gesicht bekommen, und dennoch existiert er. Wieso dann nicht auch diese Waffe?" Lancelot zupfte sich nachdenklich am Ohrläppchen. „In der Tat, wer diese Reliquien besitzt, ist wahrlich der Herr dieser Welt. Unbesiegbar und unverwundbar. So viel Macht in einer Hand wäre nicht gut."

„Und ich sage Euch: Sir Gore ist zu allem bereit, um diese Macht zu erlangen."

„Wahrscheinlich hast du Recht ..."

Gwyn sprang auf. „Worauf warten wir dann noch? Lasst uns Agrippina befreien und von hier verschwinden."

Lancelot sah seinen Knappen überrascht an. „Wie stellst du dir das vor?"

„Wir beide haben ein Schwert!"

„Du meinst also, wir gehen einfach so zu Gore, setzen ihm die Klinge auf die Brust und fordern die Herausgabe seiner Frau?"

„Nun ... Ja! Ihr seid ein Ritter der Tafelrunde, Euer Titel wird Euch schützen."

„Gwyn, ich kann verstehen, dass du sie um jeden Preis retten willst, doch bevor du zum Schwert greifst, solltest du erst einmal deinen Verstand benutzen. Wenn Gore skrupellos genug ist, seiner eigenen Frau etwas Derartiges anzutun, dann wird er nicht zögern, jeden, der ihm bei der Suche nach dem Gral und der Lanze im Weg steht, umzubringen. Du vergisst, wir sind allein und er hat seine Soldaten. Es mögen zwar nicht viele sein, doch werden sie spielend mit einem alten Mann und einem halbwüchsigen Jungen fertig."

Gwyn riss die Augen auf. „Ihr wollt einfach die Hände in den Schoß legen?"

„Natürlich nicht", entfuhr es Lancelot. „Aber es bedarf mehr als der Kühnheit der Jugend, um diese Sache zu einem glücklichen Ende zu bringen." Er hob den Zeigefinger. „Zunächst einmal musst du schweigen, auch wenn es dir schwerfallen wird. Sir Gore darf auf keinen Fall erfahren, dass wir sein kleines Geheimnis kennen."

„Und dann?"

„Dann reisen wir ab." Lancelot hob die Hand, als Gwyn etwas sagen wollte. „Und kehren mit einigen Rittern wieder zurück, um die Herrin von Chulmleigh zu befreien."

Gwyn schnaubte verächtlich. „Ein vorzüglicher Plan."

„Herrgott noch mal", rief Sir Lancelot und warf verzweifelt die Arme in die Luft. „Alleine werden wir nun einmal keinen Erfolg haben!"

Gwyn lächelte seinen Herrn verschmitzt an. „Wer sagt, dass wir alleine sind?"

Der Tag versprach heiß zu werden. Die Sonne war noch weit davon entfernt, den Zenit zu erreichen, und schon lag eine dunstige Schwüle über dem Land, die durch den Regen der letzten Tage genährt wurde. Lancelot und Gwyn hatten nach einem leichten Frühstück begonnen, ihre Sachen zu packen, und machten sich nun auf den Weg zum Stall, um nach den Pferden zu sehen. Sir Gore hatte den beiden an diesem Morgen Gesellschaft geleistet und im Gegensatz zur sommerlichen Stimmung waren die Höflichkeiten, die sie ausgetauscht hatten, ziemlich kühl gewesen.

Mara hatte alles für ihre bevorstehende Reise in den Norden vorbereitet und die Proviantbeutel ebenso wie die Wasserflaschen gefüllt. Nun stand sie abseits bei der Küche und beobachtete, wie die Pferde gesattelt wurden.

Gwyn, der bemerkt hatte, dass die Hofmeisterin sie nicht aus den Augen ließ, tat so, als hätte er einen Schaden am Sattel bemerkt, und ging nun hinüber zur Schmiede, wo Tom den Blasebalg betätigte.

„Junger Herr, da seid Ihr ja!“, flüsterte er aufgeregt. „War Euer Unternehmen in der letzten Nacht von Erfolg gekrönt?“

„Oh ja, das war es in der Tat. Im Turm haust tatsächlich jemand, doch ist es kein Geist, wie ihr stets befürchtet habt. Die Herrin von Chulmleigh lebt.“

Tom war von dieser Nachricht so schockiert, dass er die beiden Hebel losließ.

„Wenn du nicht willst, dass Mara etwas bemerkt, dann fahre mit deiner Arbeit fort!“, raunte ihm Gwyn zu.

„Also ist doch etwas an den Geschichten dran, die man sich erzählt. Aber warum hat sie Sir Gore all die Jahre eingesperrt?"

„Das erzähle ich dir, wenn wir Zeit dazu haben. Hör zu: Mein Herr und ich planen, sie zu befreien. Und dazu brauchen wir eure Hilfe!"

„Sagt, was können wir tun?"

„Alleine werden wir die Söldner, die in Gores Diensten stehen, nicht überwältigen können. Wir müssen einen Plan entwickeln, wie wir die Männer entwaffnen, um so euren Herrn zur Herausgabe seiner Frau zu zwingen!"

Tom starrte Gwyn entgeistert an. „Ihr wollt, dass wir einen Aufstand gegen unseren Herrn anzetteln? Darauf steht der Galgen!"

„Ihr wendet euch nicht gegen die Obrigkeit, wenn es das ist, was ihr befürchtet!", sagte Gwyn ärgerlich. „Ihr steht noch immer unter dem Schutz von König Artur."

Bei diesen Worten runzelte Tom die Stirn.

„Außerdem bin ich sicher, dass euch Agrippina diesen Beweis der Treue reich belohnen wird", fuhr Gwyn fort. „Ihr seid freie Menschen, die sich gegen eine erzwungene Leibeigenschaft wehren. Was habt ihr zu verlieren?", fragte Gwyn herausfordernd.

„Unser Leben. Was nützt uns die Freiheit, wenn wir alle tot sind", sagte Tom ängstlich.

„Aber was ist ein Leben wert, wenn es mit Füßen getreten wird, wie das eure? Denkt an eure Kinder!"

Diese Worte verfehlten ihre Wirkung nicht.

„Also gut, ich werde mit den anderen reden. Aber versprecht Euch nicht zu viel. Wer nur wenig hat, kann viel verlieren. Kommt nach Sonnenuntergang nach Chulmleigh, dann werden wir alles Weitere bereden."

Gwyn lächelte erleichtert. „Ich danke dir, Tom." Er gab dem klein gewachsenen Mann einen Klaps auf die Schulter und ging zurück zum Stall.

„Und was sagt er?", wollte Lancelot wissen.

„Er wird versuchen, sie zu überzeugen."

Lancelot zog mit einem Ruck den Sattelgurt straff. „Wer hätte gedacht, dass ich einmal einen Bauernaufstand anführen werde."

Gwyn musterte Lancelot mit zusammengekniffenen Augen. „Es sind hart arbeitende Leute, die um die Früchte ihrer ehrlichen Arbeit gebracht werden. Sagt Ihr nicht selbst, dass der Starke den Schwachen schützen muss, selbst wenn es bedeutet, sich mit Bauern verbünden zu müssen? Habt Ihr vergessen, dass ich selbst einer von ihnen war?"

Lancelot hielt inne und starrte Gwyn erst verblüfft, dann beschämt an. „In was für seltsamen Zeiten wir doch leben, in denen die Jungen weiser als die Alten sind. Vielleicht ist es wirklich an der Zeit, dass Männer wie ich abtreten."

„In irgendeinem von Katlyns Büchern habe ich gelesen, dass wir nur deswegen so groß sind, weil wir alle die Welt von den Schultern eines Riesen aus betrachten. Ich bitte Euch, tragt mich noch ein Stück weiter."

„Ein Riese? Ich?" Lancelot lachte leise. „Du verstehst es wirklich, einem Kerl wie mir Honig ums Maul zu schmieren." Er warf seine Satteltasche auf Dondars Rücken. „Gut. Was hat Tom gesagt?"

„Dass wir ihn nach Sonnenuntergang in Chulmleigh treffen sollen. Dann wird er uns berichten, wie erfolgreich er bei dem Versuch war, die anderen Bauern für unsere Sache zu gewinnen."

Als die Pferde reisefertig waren, gingen sie zurück zum Haupthaus, um sich von Sir Gore zu verabschieden. Mara führte sie in einen Saal, wo der Herr von Chulmleigh an einem Tisch saß und einige Tontafeln studierte. Als er seine Gäste bemerkte, schob er missmutig die Arbeit von sich fort.

„Ich hasse diese Buchführung", sagte er mürrisch und schnippte mit den Fingern gegen die Kugeln eines Abakus. „Zahlen, Listen und Register. Ich kann sie nicht mehr sehen. Am liebsten würde ich bei diesem Wetter mit Euch auf die Jagd gehen. Doch wir alle haben unsere Pflichten, nicht wahr?"

„Ja", sagte Sir Lancelot.

Sir Gore stand auf und ging um den Tisch herum auf sie zu. „Ihr seid zum Aufbruch bereit?"

Der Ritter nickte. „Wir möchten Euch noch einmal für die erwiesene Gastfreundschaft bedanken."

Sir Gore machte eine lässige Handbewegung. „Nicht der Rede wert. Ich muss mich bei Euch bedanken. Es ist schon eine halbe Ewigkeit her, dass ich mich so geistreich unterhalten habe. Wenn Ihr zurück auf Camelot seid, entbietet Artur meinen Gruß."

„Das werde ich tun", sagte Lancelot.

„Dann“, sagte Sir Gore und streckte seine Hand aus, „bleibt mir nur, Euch Leb wohl zu sagen.“

Sir Lancelot zögerte einen winzigen Moment, ehe er sie ergriff. „Euch auch die besten Wünsche.“

Gore nickte dem Knappen zu. „Junger Gwyn.“

Gwyn erwiderte den Gruß mit einer leichten Verbeugung. Dann drehten sie sich um und gingen.

Als sie den Burghof betraten, wurden sie von Mara schon erwartet. Erneut fiel Gwyn auf, wie spurlos die Jahre an dieser Frau vorübergegangen zu sein schienen. Keine Falten waren in ihrem Gesicht zu sehen. Nichts wies darauf hin, ob sie ihr Leben in Sorge oder Freude verbrachte. Einzig die altersfleckigen Hände, die sie die meiste Zeit in den Ärmeln ihres Kleides versteckte, ließen ahnen, dass sie weit im Herbst ihres Lebens stand. Man sah in ihre Augen und hatte das Gefühl, eine jener leblosen Marmorstatuen vor sich zu haben, die Sir Gore links und rechts des Weges aufgestellt hatte, der hinauf nach Chulmleigh Keep führte.

„Auch ich wollte Euch eine gute Reise wünschen“, sagte sie pflichtschuldig.

„Habt Dank für die herzliche Aufnahme“, entgegnete Sir Lancelot.

Ohne Gwyn auch nur eines Blickes zu würdigen, gab sie der Wache ein Zeichen, die darauf das Tor öffnete. Sie stiegen in ihre Sättel. Gwyn warf noch einen letzten Blick auf den Turm, dann ritten sie los.

Tatsächlich war der Pegel des Flusses so weit gesunken, dass sie unbeschadet auf die andere Seite gelangten. Zwar war der Ufersaum an manchen Stellen weggebrochen und es schwamm noch immer Treibgut in der Strömung, doch waren es nur noch kleinere Äste und keine ganzen Bäume mehr, wie noch an den Tagen zuvor.

Lancelot zügelte Dondar und stützte sich auf seinen Sattelknauf. Dann drehte er sich zu Gwyn um, der abgestiegen war.

„Der Weg ist frei", sagte Lancelot.

Pegasus schüttelte den Kopf, um die Mücken zu vertreiben, die in dichten Schwärmen um seine Ohren tanzten, und begann, in aller Ruhe zu grasen. Gwyn tätschelte gedankenverloren seine Flanke und starrte hinüber auf die andere Seite des Flusses.

„Dann lasst uns hinüberreiten", sagte er.

„Du willst das Grab deiner Mutter suchen", stellte Lancelot fest. „Weißt du, wo es sich befindet?"

Gwyn schüttelte den Kopf. „Aber Do Griflet hat es mit einem Steinhaufen markiert. Es kann nicht weit sein."

Er drehte sich um und schwang sich in den Sattel. Dann gab er Pegasus ein Zeichen, der sich daraufhin langsam in Bewegung setzte. Lancelot folgte ihm.

Mit geradezu schlafwandlerischer Sicherheit setzte Gwyns Schimmel einen Huf vor den anderen, obwohl ihm das Wasser an manchen Stellen bis an den Bauch reichte. Dondar, der fast doppelt so schwer war, hatte ebenfalls keine Probleme bei der Flussüberquerung. Ohne erkennbare Angst durchpflügte das gewaltige Schlachtross den Fluss. Schließlich hatten sie das andere Ufer sicher erreicht, wenn auch mit nassen Stiefeln.

Auf dieser Seite schien das Unterholz dichter zu sein. Sie mussten ein ganzes Stück in nördlicher Richtung reiten, bis sie im dornigen Strauchwerk eine Lücke fanden, die groß genug war, um die Pferde durchzulassen.

In welche Richtung sollten sie sich wenden? Gwyn beschattete mit einer Hand seine Augen und schaute sich um. Jeder Weg konnte der richtige sein.

Plötzlich stand ein Reh vor ihnen und schaute sie mit braunen Augen furchtlos an. Es war nicht sonderlich groß und hatte auf dem Rücken noch schemenhaft die charakteristischen Flecken eines Jungtieres. Das linke Geweih war abgebrochen oder von Natur aus verkümmert. Dafür wuchs das rechte wie ein Dorn senkrecht in die Höhe – fast wie bei einem Einhorn.

Der Anblick berührte Gwyn auf seltsame Weise tief in seinem Herzen und bewegte ihn so sehr, dass er langsam aus seinem Sattel kletterte. Vorsichtig ging er einige Schritte auf das Tier zu. Es wich nicht zurück. Gwyn kniete nieder und streckte seine Hand aus. Da kam das Reh auf ihn zu und beschnupperte ihn.

Freudestrahlend drehte sich Gwyn zu Lancelot um, der wie angewurzelt auf seinem Pferd saß und seinen Augen nicht zu trauen schien. Schließlich erwachte der Ritter aus seiner Erstarrung und öffnete den Mund, um etwas zu sagen, doch Gwyn legte einen Finger an die Lippen. Dann richtete er sich langsam auf.

Das anmutige Tier drehte sich um und ging, blieb aber bei einer Buche stehen, als würde es auf ihn warten. Gwyn ergriff Pegasus' Zügel und stieg auf.

Sie folgten dem Reh durch einen dichten Wald, vorbei an umgestürzten Bäumen und schmalen Bachläufen. Dann stießen sie auf einen schmalen Pfad, der auf eine kleine, sonnenbeschienene Anhöhe führte, die von einer weit ausladenden Eiche beherrscht wurde. Unter dem Baum entdeckte Gwyn einen mit Moos bewachsenen Steinhaufen.

Die Mücken tanzten im Licht der Sonnenstrahlen, die durch das grüne Blätterdach fielen. Bienen summten und die Vögel sangen, während irgendwo eine Quelle plätscherte. Gwyn hatte das Grab seiner Mutter gefunden.

Er glitt von Pegasus' Rücken und lief auf den Baum zu. Vor dem Steinhaufen sank er auf die Knie. Die Zeit stand still und für einen kurzen, magischen Moment fühlte er sich seiner Mutter so nahe wie nie zuvor in seinem Leben. Tränen liefen seine Wangen hinab. Hier an dieser Stelle schloss sich der Kreis. Seine Mutter hatte ihm das Leben geschenkt und war dabei gestorben. Er konnte sich nicht an sie erinnern, und dennoch hatte er das Gefühl, als würde sie neben ihm stehen und ihn mit ihren Armen umfangen.

Endlich wusste Gwyn, dass er nicht alleine war.

Lancelot stand neben ihm und legte eine Hand auf seine Schulter. „Man mag von diesem Do Griflet halten, was man will, aber er schien deine Mutter wirklich geliebt zu haben, sonst hätte er nicht diesen Ort als letzte Ruhestätte ausgewählt." Er warf einen Blick auf das Reh, das in aller Seelenruhe abseits an einigen Grasbüscheln knabberte. „Merlin hatte Recht: Du bist wahrlich der Sohn des Einhorns."

Plötzlich schreckte das Tier hoch und spitzte die Ohren.

„Was war das?", fragte Gwyn erschrocken.

Wieder dieses Geräusch. Das Reh zuckte zusammen und verschwand mit einem Satz in den Büschen.

„Da unten", zischte Lancelot und zog Gwyn hinter den Stamm der Eiche. Am Fuß der Anhöhe sahen sie einen Trupp von vielleicht zwanzig Reitern, die alle in Schwarz gekleidet waren und denen noch einmal doppelt so viele in einiger Entfernung folgten. Beim Anblick ihres Anführers befiel Gwyn eine tödliche Kälte. An seinem Sattel hatte er einen Schild befestigt, der den grünen Drachen zeigte.

„Mordred!" keuchte er. „Aber … Sir Gore hat doch gesagt, dass er sich weiter im Norden herumtreibt!"

„Offensichtlich hat er sich geirrt. Verdammt, wir müssen ihn warnen."

Sie hörten hinter sich ein lautes Schnauben. Dondar, der die Nähe seines alten Herrn zu spüren schien, scharrte unruhig mit den Hufen. Er würde sie noch alle verraten.

Lancelot kroch zu Dondar zurück und versuchte, ihn zu beruhigen. „Wir dürfen nicht länger hierbleiben." Er schwang sich in den Sattel. Das Schlachtross stampfte widerwillig auf, doch Lancelots Wille war stärker. „Was ist? Wo bleibst du?", rief er seinem Knappen beschwörend zu.

Gwyn riss seinen Blick von dem Grab und es brach ihm fast das Herz, seine Mutter zurückzulassen. Dann gab er sich einen Ruck und sprang in den Sattel.

So schnell sie konnten, ritten sie die Anhöhe hinab, mussten aber einen Umweg nehmen, damit sie dem Feind nicht in die Arme liefen.

„Wir werden es nicht mehr rechtzeitig schaffen", rief Gwyn verzweifelt. „Mara! Ich könnte wetten, dass sie mit Mordred unter einer Decke steckt. Ich habe gestern gesehen, wie sie eine Taube losgeschickt hat. Wahrscheinlich hat sie ihm die Nachricht zukommen lassen, dass die Furt wieder passierbar ist."

„Aber warum sollte sie sich ausgerechnet mit diesem Wahnsinnigen verbünden?", fragte Lancelot.

„Ich hatte Euch doch erzählt, dass ich Zeuge einer Auseinandersetzung zwischen Gore und Mara gewesen bin. Gore hat seine Hofmeisterin vierzehn Jahre lang mit einem Heiratsversprechen hingehalten. Sie will Herrin von Chulmleigh werden, obwohl Agrippina noch lebt. Hatte Gore nicht gesagt, dass Mordred keine Rückzugsmöglichkeit hat und von den Fürsten des Nordens gejagt wird?"

„Du meinst, Mara hat sich mit diesem Teufel eingelassen, damit er ihr den Gefallen tut, Gore aus dem Weg zu räumen?" Lancelot lachte trocken. „Fürstin von Mordreds Gnaden. Der Plan wird nicht aufgehen. Sie ist jetzt schon so gut wie tot! Aber eine Sache ist viel schlimmer: Mara wird Mordred die Burg mit all ihren Schätzen in die Hände spielen. Mit ihnen kann er ein Heer aufstellen, wie es Britannien noch nicht gesehen hat."

„Agrippina!", entfuhr es Gwyn. „Sie ist immer noch in dem Turm gefangen."

Lancelots Miene verdüsterte sich. „Mordred ist bei Weitem skrupelloser als Gore. Unter seiner Folter hat bis jetzt noch jeder geredet. Wenn er in den Besitz der Lanze kommt, ist Camelots Schicksal endgültig besiegelt.“ Er stieß einen wütenden Fluch aus und gab Dondar die Sporen.

Sie kamen zu spät. Als sie den Fluss erreichten, sahen sie Mordreds Männer bereits durch das Dorf reiten. Gwyn und Lancelot hatten keine andere Möglichkeit, als sich und die Pferde so lange in einer Scheune zu verstecken, bis Tom zurückkam. *Wenn* er kommen würde, dachte Gwyn ängstlich. Er wusste, dass Mordred vollkommen unberechenbar war und Menschen aus purer Lust am Töten umbrachte.

Der Mond stand schon hoch am Himmel, als die Bewohner ins Dorf zurückkehrten. Einige der Frauen weinten, während den anderen der Schreck zu sehr in den Knochen saß, als dass sie ein Wort sprechen konnten. Gwyn passte Tom ab, der zusammen mit dem Schmied die Nachhut bildete.

„Gott sei Dank, du lebst noch!“, rief Gwyn, als er ihn hinter eine Hausecke zog.

„Ihr müsst sofort von hier verschwinden!“, keuchte Tom. „Mordred weiß, dass Ihr hier gewesen seid!“

Er führte ihn und Lancelot in eine der ärmlichen Katen. Drinnen saßen um ein Feuer sechs Kinder und eine Frau, die beim Anblick ihres Mannes weinend aufsprang und ihn in die Arme schloss. Die Kinder, von denen das jüngste zwei, das älteste vielleicht fünfzehn Jahre alt war, schauten eingeschüchtert zu Lancelot auf, der versuchte, ihnen mit einem Lächeln die Angst zu nehmen.

„Was ist geschehen?", fragte Gwyn.

„Als Mordred mit seinen Männern vor der Burg stand, hat Mara die Wachen angewiesen, das Tor zu öffnen. Bis zu diesem Zeitpunkt wussten wir noch nicht, wen uns der Teufel geschickt hatte", sagte Tom, der vor Angst noch immer am ganzen Körper zitterte. „Gores Männer legten auf Maras Anweisung die Waffen nieder und wurden augenblicklich getötet. Dann zerrten sie Gore vor Mordred." Er wischte sich fahrig den Schweiß von der Stirn und brach in Tränen aus. „Ich habe noch nie gesehen, wie ein Mensch so viehisch abgeschlachtet worden ist."

„Was ist mit Mara?", fragte Lancelot grimmig.

„Die Verräterin ist die neue Herrin von Chulmleigh", sagte Tom mit einem vom Ekel verzerrten Gesicht. „Aber wahrscheinlich nur so lange, wie sie dieser Bestie nützlich ist. Spätestens seit sie gesehen hat, wie Gore gestorben ist, muss sie wissen, dass sie einen schrecklichen Fehler begangen hat."

„Und Agrippina?", fragte Gwyn ängstlich.

„Sie ist immer noch im Turm. Ich kann nicht sagen, ob Mordred von ihr weiß. Sie wird ihm aber auch egal sein. Wahrscheinlich wird er sie dort oben verhungern lassen."

„Nicht, wenn er erst einmal erfahren hat, wer sie in Wirklichkeit ist", sagte Gwyn. „Wir müssen sie in jedem Fall befreien. Habt ihr euch denn nicht gefragt, warum sie Gore all die Jahre eingesperrt hat?"

„Nein“, antwortete Tom überrascht.

„Sie ist die Hüterin eines Geheimnisses, von dem unser aller Leben abhängt. Und außerdem ist sie die Schwester meiner Mutter.“

„Was …“, stammelte Tom.

„Gwyn, bist du verrückt geworden?“, entfuhr es Lancelot.

Gwyn funkelte Lancelot zornig an. „Wir sind auf die Hilfe dieser Menschen angewiesen! Wenn sie schon dabei sterben, sollen sie auch wissen, wofür! Es steht zu viel auf dem Spiel.“

Und so berichtete er Tom vom Heiligen Gral und der Lanze des Longinus, die von zwei Schwestern gehütet wurden, von denen eine seine Mutter war. Als er geendet hatte, sank Tom vor ihm auf die Knie.

„Ich wusste es! Also seid Ihr doch ein König. Größer und mächtiger als alle anderen, die jemals über Britannien geherrscht haben!“

„Um Himmels willen, steh auf!“, rief Gwyn und riss Tom auf die Beine. „Ich bin kein König, wie oft soll ich dir das noch sagen! Ich regiere weder über ein Reich noch befehlige ich ein Heer!“

„Aber Ihr führt!“, sagte Tom nachdrücklich. „Ihr stellt Euch in den Dienst einer höheren Sache und Ihr kämpft für sie. Ihr macht keinen Unterschied zwischen Arm und Reich. Ihr bemesst einen Menschen nach seinen Taten und nicht nach seiner Herkunft. Und Ihr nährt die Hoffnung auf bessere Zeiten. Sagt selbst, könnt Ihr Euch einen besseren Herrscher vorstellen als den, der nach diesen Maßstäben handelt?“

Gwyn wusste nicht, was er darauf sagen sollte.

„Jeder hat seinen von Gott zugewiesenen Platz im Leben", fuhr Tom fort. „Diese Verantwortung ist kein Geschenk, das man leichtfertig ausschlagen kann. Ein Mensch mit Euren Gaben hat die Pflicht, sich ihr zu stellen. Ihr müsst erkennen, was Eure Bestimmung ist."

Gwyn suchte verunsichert Lancelots Blick, doch der schien durch ihn hindurchzuschauen. Schließlich wandte sich der Ritter Tom zu. „Wie können wir unentdeckt in die Burg eindringen?"

„Nur, indem Ihr Euch als Bauern verkleidet."

„Dann werden wir keine Waffen mitnehmen können. Sie würden uns verraten." Gwyn seufzte.

„Wir werden euch morgen begleiten, damit wir uns selber ein Bild von der Lage machen können", sagte Lancelot zu Tom. „Erst danach werden wir Agrippina befreien. Alles andere ist zu gefährlich."

Die neue Herrin von Chulmleigh

Am anderen Morgen standen sie noch vor dem ersten Hahnenschrei auf.

Gwyn und Lancelot sattelten die Pferde und bereiteten alles für eine Flucht vor. Lancelot hatte darauf bestanden, auf das Schlimmste vorbereitet zu sein, und verlangt, Agrippina notfalls zurückzulassen. Gwyn musste schließlich zugeben, dass es unklug gewesen wäre, ein Scheitern des Befreiungsversuches nicht in Betracht zu ziehen, und stimmte schweren Herzens zu.

Tom hatte ihnen einige Kleidungsstücke gegeben, die sie gegen Camelots Waffenröcke eintauschten. Gwyn hatte keine Schwierigkeiten, etwas Passendes zu finden, aber Lancelot war so hochgewachsen, dass er in seinen Lumpen wie eine Vogelscheuche aussah. Sie trugen Kapuzen aus Wolle, die sie sich tief ins Gesicht zogen.

Als die Sonne über die Baumwipfel stieg, versammelten sich mit Ausnahme der Alten, die zu gebrechlich für die harte Arbeit waren, und der ganz kleinen Kinder Chulmleighs Bewohner auf der Dorfstraße. Tom gab ein Zeichen und gemeinsam marschierten sie, einer Sklavenprozession nicht unähnlich, mit gesenkten Häuptern los.

Das Tor der Burg war schwer bewacht. Einer nach dem anderen wurde von einem grimmig dreinschauenden Mann durchsucht, der auf seiner Brust Mordreds grünen Drachen trug. Er machte seine Arbeit sehr sorgfältig und war besonders bei den Frauen nicht zimperlich. Nach einer halben Stunde war Lancelot an der Reihe. Die Wache schaute ihn misstrauisch an, da er die anderen Bauern fast um Hauptes-länge überragte, und tastete seinen Körper besonders gründlich ab. Lancelot ließ die erniedrigende Prozedur, ohne mit der Wimper zu zucken, über sich ergehen, dann ging auch er weiter.

Gwyn wurde ganz schlecht vor Angst. Er trug noch immer das Medaillon. Obwohl die Wache es bestimmt nicht als das erkennen würde, was es war, stellte es ein Schmuckstück von beträchtlichem Wert dar. Außerdem hing an der Kette der Schlüssel zum Turm.

Es waren nur noch drei alte Frauen vor ihm. Wenn Gwyn die Kette verschwinden lassen wollte, musste er es jetzt tun. Doch wohin damit?

Gwyn suchte mit seinem Blick Lancelot in der Gruppe der Bauern, die bereits durchgelassen worden waren, aber er konnte ihn nirgendwo entdecken. Ohne viel Aufhebens wurden die drei Alten durchgewinkt, dann war Gwyn an der Reihe. Er schluckte und trat einen Schritt vor.

„Arme in die Höhe", brummte der Mann gelangweilt. Schweißperlen standen auf Gwyns Stirn, als er dem Befehl

Folge leistete. Arme, Seiten und Beine wurden abgetastet, dann musste Gwyn eine Vierteldrehung vollziehen, damit Brust und Rücken untersucht werden konnten. Der Mann stutzte, als er etwas unter dem Hemd fühlte. Mit einem Ruck riss er es auf.

„Sieh an, sieh an. Was haben wir denn da? Gores Schätze haben wohl einen unwiderstehlichen Reiz auf dich ausgeübt, du dreckiger, kleiner Dieb." Er schaute Gwyn verächtlich an.

„Weshalb sollte ich mir die Mühe machen, etwas zu stehlen, um es dann wieder hierherzubringen? Es gehört mir!"

Die Ohrfeige, die er für diese Antwort erhielt, war so heftig, dass er zu Boden stürzte.

Der Soldat baute sich breitbeinig über ihm auf, riss ihm das Medaillon vom Hals und steckte es ein. Auf den Schlüssel, der dabei zu Boden fiel, achtete er nicht.

„Der Nächste!"

„Das ist Diebstahl", rief Gwyn wütend.

Der Mann erstarrte für einen Moment, dann drehte er sich langsam zu Gwyn um. „Ich glaube, ich habe dich nicht richtig verstanden", sagte er freundlich, doch seine Augen funkelten gefährlich und seine Hand wanderte zu seinem Schwertgriff.

„Ich sagte …"

Weiter kam er nicht, denn jemand packte ihn am Ohr und zog ihn unsanft hoch. „Da bist du ja!", donnerte Tom. „Machst du schon wieder Schwierigkeiten, du nichtsnutzige Missgeburt?"

Gwyn sah ihn verblüfft an.

„Entschuldigt, Herr“, sagte Tom jetzt zur Wache. „Aber mein Neffe ist die Schande unserer Familie. Ungehorsam wie ein junger Hund und so diebisch, dass selbst eine Elster vor Neid erblassen würde.“ Er gab Gwyn einen kräftigen Schlag in den Nacken. „Ihr tätet mir einen großen Gefallen, wenn Ihr ihm einmal den Kopf zurechtrücken würdet. Ich selber weiß nicht mehr, was ich mit diesem verfluchten Bengel machen soll.“

„Was gehen mich deine Familienverhältnisse an, Bauer! Sieh zu, dass du weiterkommst.“ Er gab Gwyn einen Tritt in den Hintern. „Der Nächste, gottverdammt! Macht gefälligst schneller!“

„Es tut mir leid, dass ich ein wenig rüde zu Euch sein musste, junger Herr“, wisperte Tom, als er ihn unsanft durch das Tor zerrte. „Aber Euer Leben war in Gefahr.“

„Nein, es ist schon gut“, antwortete Gwyn. „Ich bin es, der sich bei dir bedanken muss.“

„Was ist?“, fragte Lancelot, der plötzlich neben ihnen stand. „Ich habe gesehen, dass es Ärger mit der Wache gegeben hat.“

„Der Kerl hat mein Medaillon“, sagte Gwyn nur.

„Und wird es wohl auch als persönliches Beutestück behalten“, sagte Tom bedauernd. „Ihr werdet es jedenfalls nicht wiedersehen.“

„Was ist mit dem Schlüssel?“, fragte Lancelot.

„Ist ebenfalls fort“, sagte Tom.

„Hätte ich das Medaillon doch nur zu den anderen Sachen in die Satteltasche gepackt“, zischte Gwyn wütend.

„Für Selbstvorwürfe ist es jetzt zu spät“, sagte Lancelot. „Wir müssen eine günstige Gelegenheit abwarten, um es dem Kerl wieder abzunehmen.“

Im Inneren der Burg ging es zu wie in einem Ameisenhaufen. Die alte Ordnung schien noch nicht wieder eingekehrt zu sein. Jeder war bemüht, den Wachen aus dem Weg zu gehen.

Die Wachen. Gwyn schaute sich um. Auf den Zinnen patrouillierten Mordreds Gefolgsleute. Gwyn zählte sie durch. Gore hatte wohl Recht gehabt. Seine Armee schien auf knapp einhundert Mann geschrumpft zu sein. Ein Drittel von ihnen sicherte die Burg. Gwyn überlegte. Niemand konnte vierundzwanzig Stunden Wache schieben, also mussten die anderen wohl ruhen.

Ein Schlag auf den Kopf riss ihn aus seinen Gedanken. Wütend drehte er sich um und blickte dem Mann in die Augen, der ihm das Medaillon abgenommen hatte.

„Worauf wartest du?“, fuhr ihn der Soldat an. „Auf besseres Wetter? Du bist zum Arbeiten hier.“

Gwyn verkniff sich die passende Antwort. Er verneigte sich knapp und wollte sich umdrehen, doch die Wache hielt ihn fest. „He, he, he! Nicht so eilig! Wo willst du hin?“

„Ich muss in die Küche. Dort war ich bisher stets als Hilfe eingeteilt.“

„Ich habe etwas viel Besseres für dich. Komm mit.“ Dabei grinste er hämisch. Er führte Gwyn zum Brunnen, wo ein Eimer voll Wasser stand. Ein schmutziger Lumpen lag daneben. „Die ganze Burg ist ein Schweinestall und das stört meinen Herrn.“

„Und wo soll ich anfangen?“, fragte Gwyn möglichst unschuldig.

Die Wache grinste schmierig. „Da, wo der meiste Dreck ist.“ Er nickte Richtung Haupthaus. „Ich wäre heute Morgen beinahe auf der Treppe ausgerutscht. Mach sie sauber. Wenn du fertig bist, meldest du dich wieder bei mir.“

Gwyn verneigte sich erneut, nahm den Eimer und ging davon. Verstohlen schaute er sich um. Lancelot stand mit Tom in der Schmiede, wo sie mit der Reparatur von Waffen, Schilden und gebrochenem Zaumzeug beschäftigt waren. Der blonde Mann mit dem dichten Bart, der sie dabei bewachte, machte einen erschöpften Eindruck.

Hundert Dorfbewohner gegen hundert Soldaten! Gwyn war sofort klar, dass jeder Aufstand gegen diese gut ausgebildeten Söldner von vorneherein zum Scheitern verurteilt war, zumal Mordreds Männer das Töten gewöhnt waren.

Gwyn hatte die Treppe zum Haupthaus erreicht, als er innehielt und auf die riesige Lache einer teilweise geronnenen rotbraunen Flüssigkeit starrte, die die Stufen hinabgeflossen war.

Es konnte keinen Zweifel geben: Hier hatte Sir Gore den Tod gefunden. Gwyn stieg der metallische Geruch des Blutes in die Nase. Sein Magen drehte sich um.

Langsam ging er in die Knie, wrang den Lumpen aus und machte sich an die schreckliche Arbeit. Bereits nach kurzer Zeit war er über und über mit Blut besudelt. Immer wieder fiel dabei sein Blick auf den Turm, dessen Tür noch immer verschlossen war. Doch das musste nicht heißen, dass Mara

Sir Gores finsteres Geheimnis nicht bereits an Mordred verraten hatte.

Er wollte gerade frisches Wasser holen gehen, als er hinter sich eine Stimme hörte, die er unter Tausenden wiedererkannt hätte, obwohl er dem Mann, dem sie gehörte, nur zweimal begegnet war. Es war Mordred. Sofort ging Gwyn wieder in die Knie und versuchte sich so klein wie möglich zu machen.

„Ihr seid in der Tat eine unglaubliche Frau, Lady Mara. Und ich freue mich, dass Ihr Euch auf meine Seite geschlagen habt. Es war eine weise Entscheidung, glaubt mir."

„Wie weise sie ist, wird sich noch herausstellen", sagte Mara kühl, obwohl Gwyn deutlich das Zittern in ihrer Stimme bemerkte.

„Bitte", erwiderte Mordred in gespielter Entrüstung. „Immerhin habe ich einen Ruf zu verlieren. Wenn ich jeden umbrächte, der sich mit mir verbündet, stünde ich sehr schnell alleine da und hätte rein gar nichts gewonnen. Glaubt mir, die Geschichten, die man sich erzählt, sind falsch."

„Alle?", fragte Mara.

„Nun ja, alle vielleicht nicht. Untreue und Verrat bestrafe ich hart und unbarmherzig, doch ich bin mir sicher, dass Ihr zu solch verwerflichen Regungen gar nicht fähig seid."

Mara antwortete nicht.

„Sir Gore war in der Tat ein eifriger Sammler", fuhr Mordred fort, der die Unterhaltung offensichtlich in eine andere Richtung lenken wollte. „Doch die beiden größten Schätze befinden sich nicht in seinem Besitz oder täusche ich mich?"

„Hätte ich Euch dann gerufen?“

Mordred lachte laut und eine Spur zu schrill auf. „Nein, natürlich nicht. Hm, ich frage mich, was geschieht, wenn man einen Schluck aus dem Gral nimmt und dann von dieser Lanze des Longinus durchbohrt wird. Ich meine, eigentlich ist einem ja ein ewiges Leben beschieden, aber dennoch soll diese Waffe absolut tödlich sein. Lebt man? Ist man tot? Oder ist es irgendwas dazwischen? Eine interessante Frage, findet Ihr nicht auch?“

„Auf die Ihr bestimmt irgendwann eine Antwort finden werdet“, sagte Mara.

„Mit Euch an meiner Seite? Dessen bin ich mir sicher, Lady Mara. Wie sieht es aus, sollen wir Lady Agrippina einmal einen Besuch abstatten und ihr die traurige Nachricht überbringen, dass sie seit heute Nacht Witwe ist?“

Die Schritte entfernten sich. Erst jetzt wagte es Gwyn, aufzuschauen. Mara und Mordred strebten in der Tat geradewegs auf den Turm zu, wobei Arturs Sohn galant ihre Hand hielt. *Lady* Mara gemeinsam mit Mordred auf dem Thron? Eher wuchsen Schweinen Flügel.

Er leerte den Kübel aus und ging zum Brunnen zurück, um neues Wasser zu schöpfen. Plötzlich stand Lancelot neben ihm, um einen Schluck zu trinken.

„Es scheint, als würde uns die Zeit davonlaufen. Hast du belauschen können, was sie sich zu sagen hatten?“, fragte er leise und spritzte sich Wasser ins Gesicht.

„Mordred will Mara zur Königin machen.“

Lancelot schnaubte. „Und sie glaubt diesen Unsinn?“

„Vielleicht", sagte Gwyn. „Vielleicht denkt sie aber auch, Mordred im passenden Moment aus dem Weg räumen zu können."

„Am Ende wird er es sein, der sie töten wird, doch das soll nicht unsere Sorge sein", sagte Lancelot. „Ich habe ganz andere Befürchtungen. Wenn Agrippina in Mordreds Händen ist, wird es nur eine Frage der Zeit sein, bis sie ihm ihr Geheimnis verrät."

„Sie hat vierzehn Jahre unter den schrecklichsten Bedingungen dahinvegetiert, da wird sie Mordred nicht schrecken. Eher zieht sie den eigenen Tod vor", sagte Gwyn tonlos.

„Du unterschätzt ihn", antwortete Lancelot. „Mordred ist nicht nur ein Mann der Gewalt. Schau dir Mara an. Ich glaube, er hat die unheilvolle Gabe, die Schwächen und Ängste eines jeden Menschen auf den ersten Blick zu erkennen und für sich auszunutzen. Zunächst wird er es mit Worten versuchen, die er wie Gift in die Ohren seiner Opfer träufelt. Was das angeht, hat er eine geradezu unmenschliche Geduld."

„Und wenn sie doch einmal erschöpft sein sollte?"

„Dann versucht er es mit anderen Mitteln. Kräuter, Tinkturen und Tränke, zubereitet aus Mohn, Johanniskraut und Tollkirsche. Leider ist es schwierig, die richtige Menge zu berechnen. Es kommt häufig vor, dass der Befragte dabei einfach stirbt, weil das Herz stehen bleibt oder der Atem gelähmt wird. Aber ich vermute, bei Agrippina wird er anders vorgehen."

„Er wird keinen Erfolg haben. Sie hat nichts zu verlieren."

„Dann wird er dafür sorgen, dass sich das ändert, glaube mir."

Gwyn schauderte, als er daran dachte, dass Lancelot einmal selbst in der Gewalt Mordreds gewesen war. Was mochte er dort durchgemacht haben?

„He, was ist mit euch beiden?", rief die Wache wütend herüber. „Macht, dass ihr wieder an die Arbeit kommt."

„Wir sehen uns nachher", flüsterte Lancelot hastig. „Es gibt noch andere wichtige Dinge zu bereden." Dann eilte er davon.

Gwyn hob den schweren Eimer auf und ging wieder zurück, um weiter die Überreste Sir Gores zu beseitigen.

Sir Lancelot sollte Recht behalten. Es dauerte nicht lange, bis die kleine Tür geöffnet wurde und Mordred gemeinsam mit Mara den Turm verließ. Stille trat ein. Alle Bauern hielten mit der Arbeit inne und starrten die beiden an, denn sie waren nicht allein. Mordred hielt ein Bündel in den Armen, das nur entfernt an einen Menschen erinnerte. Sie hatten Agrippina zum Schutz vor dem hellen Tageslicht eine Augenbinde angelegt und trugen sie nun hinüber zum Haupthaus.

Was um Himmels willen hatte Mordred vor, fragte sich Gwyn. Am Nachmittag sollte er es erfahren.

Sie hatten Agrippina gewaschen, neu eingekleidet und im Schatten eines Baumes auf eine Liege gelegt, von wo aus sie dem Treiben im Burghof zuschauen konnte. Sie sah das Tageslicht, sie war nicht mehr allein, bekam frisches Obst, Fleisch und Gemüse zu essen. Nach vierzehn Jahren in diesem Verlies erlebte sie endlich wieder, was es hieß, zu leben.

Und nun erkannte Gwyn Mordreds teuflischen Plan. Oben im Turm hatte Agrippina tatsächlich nichts zu verlieren gehabt, außer ihrem kümmerlichen Leben, das diese Bezeichnung schon lange nicht mehr verdiente. Jetzt führte er ihr wieder vor Augen, wie schön es sein konnte.

Zum ersten Mal konnte Gwyn in den Gesichtern der Bauern eine Reaktion erkennen. Sie wussten, dass die Zeiten, die vorher schon schlimm genug waren, nicht besser werden würden. Einige von ihnen hatten Agrippina noch als gütige Herrin gekannt, die ein offenes Ohr für ihre Sorgen und Nöte gehabt hatte, sich um die Kranken gekümmert und den Kindern zu essen gegeben hatte. Bis zu dem Tag, an dem sie einfach verschwand. Nun lag sie unter einem Baum, hilflos, abgemagert auf das Gewicht eines jungen Mädchens und nicht mehr in der Lage, ohne fremde Hilfe zu gehen.

Als die Sonne unterging, steckte man Agrippina auf einen Wink Mordreds hin wieder in ihre stinkenden Lumpen. Sie versuchte sich schreiend und wimmernd dagegen zu wehren, doch natürlich fehlte ihr die Kraft. Man trug sie hinauf in den Turm, die kleine Tür fiel wieder ins Schloss und es war, als schöbe man einen Stein über eine Gruft.

Der Aufstand der Bauern

Haferbrei explodiert nicht. Mara und Gore hatten sich darauf verlassen können, dass die angeborene Schicksalsergebenheit der Dorfbewohner jede Rebellion verhinderte. Doch nun begann es unter dem Deckel zu kochen und zu brodeln.

Als sie sich nach dem elenden Tagwerk zurück nach Chulmleigh schleppten, war der Unmut so groß, dass zum ersten Mal nach langer Zeit im alten Gemeinschaftshaus eine Dorfversammlung einberufen wurde. Alle kamen. Lancelot setzte sich zusammen mit seinem Knappen in die letzte Reihe und gemeinsam warteten sie gespannt darauf, was nun geschehen würde. Es war Tom, der schließlich das Wort ergriff.

„Freunde …“, stotterte er und räusperte sich. „Ihr wisst, ich bin kein Mensch, der gerne redet. Und es muss schon sehr viel geschehen, bevor ich mich vor euch hinstelle, um zu euch zu sprechen.“ Tom schluckte und lächelte nervös, als er in die gespannten Gesichter blickte. „All die Jahre haben wir ohne jede Hoffnung auf ein besseres Leben unser Dasein gefristet. Doch dann führte vor einigen Tagen das Schicksal zwei Männer nach Chulmleigh, die bereit sind, sich für unsere Sache einzusetzen. Ihr kennt sie. Sie waren Sir Gores Gäste und sitzen nun unter uns."

Er wies mit der Hand auf Gwyn und Lancelot. Überrascht drehte sich die Versammlung zu ihnen um. Gwyn wusste nicht, was er sagen sollte. Noch nie hatte man ihn als Mann bezeichnet. Da er nicht wusste, was er tun sollte, stand er einfach auf und verneigte sich vor den Bauern. Ein vielstimmiges Gemurmel erhob sich. Gwyn konnte aus den Augenwinkeln sehen, dass Lancelot auf seinem Platz geblieben war und ihn erneut mit diesem sonderbaren ausdruckslosen Blick anstarrte, mit dem er Gwyn auch bedacht hatte, als Tom ihn als den künftigen König Britanniens bezeichnet hatte.

„Ihr wollt uns also aus unserer Not befreien", sagte der Dorfschmied. „Sagt mir, wie alt seid Ihr?"

„Vierzehn Jahre", antwortete Gwyn kleinlaut. Ein Raunen hob an, das aber sofort wieder verebbte, als der Schmied fortfuhr.

„Glaubt Ihr nicht, dass dies eher eine Aufgabe für Euren Herrn ist?"

Zustimmendes Gemurmel erfüllte den niedrigen Raum.

„Nein, ist es nicht." Lancelot war jetzt aufgestanden und augenblicklich trat Stille ein. Alle Blicke waren auf den Ritter gerichtet, der trotz seines Alters noch immer eine beeindruckende Erscheinung war. „Gwydion Desert hat Mordred bereits schon einmal besiegt und Camelot vor einer vernichtenden Niederlage bewahrt. Wenn Euch jemand anführen kann, dann er." Mit diesen Worten nahm er wieder Platz.

Gwyn starrte seinen Herren mit offenem Mund an. „Sir Lancelot, was ist in Euch gefahren?“, flüsterte er aufgebracht, doch er bekam keine Antwort.

„Dann tretet vor, Gwydion Desert“, sagte Tom und setzte sich neben seine Frau, die ihr jüngstes Kind auf dem Schoß wiegte, während die älteren Söhne und Töchter ihr zu Füßen saßen.

Gwydion Desert! Ihm war ganz schwindelig. Es war das erste Mal gewesen, dass Gwyn öffentlich mit seinem wahren Namen gerufen worden war. Er nahm Toms Platz vor der Versammlung ein und schaute in die Runde. Obwohl er kaum einen der Anwesenden kannte, waren die Menschen ihm seltsam vertraut. Sie erinnerten ihn an Do Griflet und all die anderen Bauern, die die Höfe rund um Redruth bewirtschafteten. Die Last der Arbeit hatte tiefe Spuren in ihren Gesichtern hinterlassen. Er wusste, wie sie lebten, was sie dachten und wovon sie träumten. Denn er war einer von ihnen gewesen.

Oder hatte er in Wirklichkeit nie dazugehört?

Er holte tief Luft. „Der Preis für eure Freiheit wird sehr hoch sein. Mordreds Männer sind euch in der Zahl ebenbürtig, doch im Kampf zehnfach überlegen. Sie sind das Töten gewöhnt und haben vielleicht sogar eine gewisse Freude am Blutvergießen gewonnen. Ihr hingegen seid ausgehungert, unbewaffnet und mit dem Kriegshandwerk nicht vertraut. Wenn ihr unterliegt, wird seine Rache fürchterlich sein, das ist gewiss. Niemand wird überleben, dafür wird er eigenhändig sorgen.“

Bei diesen Worten nahmen die Mütter ihre Kinder sogleich fester in den Arm und einige der Männer sahen betreten zu Boden.

„Wenn ihr nicht kämpfen wollt, weil euch euer Leben und das eurer Familien wichtiger ist, dann werde ich diese Entscheidung achten."

„Dann greifen wir nicht zur Waffe. Noch nie hat sich ein Bauer gegen seinen Herrn erhoben", sagte eine kleine Frau mit vor der Brust verschränkten, tätowierten Armen.

„Weder Mordred noch Mara sind die rechtmäßigen Herren von Chulmleigh. Nicht, solange Lady Agrippina noch lebt!", sagte Tom aufgebracht. „Und es ist unsere Pflicht, ihr das zurückzugeben, was ihr gehört."

„Alles schön und gut. Doch was haben wir davon?", rief die Frau.

„Das Ende eures Sklavendaseins", sagte Gwyn. „Wenn Lady Agrippina wieder die rechtmäßige Herrin von Chulmleigh ist, werdet ihr euer Land wieder zurückerhalten und als freie Bauern das eigene Feld bestellen. So aber wird euch Mara oder vielmehr Mordred härter denn je schuften lassen. Sir Gore war ein selbstsüchtiger, gewissenloser Herr, der selbst nicht davor zurückschreckte, seine eigene Frau bei lebendigem Leib in einem finsteren Turm zu begraben. Aber nach allem, was ich weiß, war er kein Mörder. Doch von diesem Tag an ist keiner mehr seines Lebens sicher."

„Wie könnt Ihr versprechen, dass uns Lady Agrippina die Freiheit schenken wird? Wer seid Ihr, dass Ihr solche Zusagen in ihrem Namen machen könnt?"

„Weil ich der Sohn ihrer Schwester bin", sagte Gwyn. „Manche von euch kennen sie. Ihr Name war Valeria. Sie starb vor vierzehn Jahren bei meiner Geburt hier in Chulmleigh. Mein Name ist Gwydion Desert, aber aufgewachsen bin ich als Gwyn Griflet."

Jedes Geräusch erstarb und Gwyn meinte zu bemerken, wie sich einige Gesichter verschlossen.

„Valeria war auf der Flucht vor Mordred gewesen und hatte gehofft, bei ihrer Schwester hier in Chulmleigh Aufnahme zu finden. Doch Sir Gore wies sie ab. Do Griflet war der Einzige, der Erbarmen …"

Weiter kam er nicht, denn die Frau mit der Tätowierung sprang mit hochrotem Kopf auf. „Du bist dieser Bastard? Wie kannst du es wagen, hierher zurückzukehren?"

Gwyn hatte mit jeder möglichen Reaktion gerechnet, doch der Hass, der ihm entgegenschlug, war so überwältigend, dass er sie nur fassungslos anstarren konnte. Schließlich fand er die Sprache wieder. „Ich verstehe nicht …"

„Was soll das heißen, du verstehst nicht? Weißt du etwa nicht, was mit Do Griflets Frau geschehen ist, nachdem du geboren wurdest?", keifte die Alte.

„Eine Krankheit soll sie dahingerafft haben", sagte Gwyn unsicher.

„Eine Krankheit? Dass ich nicht lache!", schrie sie mit sich überschlagender Stimme. „Ada hat die Schande nicht ertragen, dass diese römische Hure ihrem Mann den Kopf verdreht hatte, und sich am nächsten Baum aufgeknüpft! Und alles wegen dir, du Bastard!"

Gwyn spürte, wie auf einmal seine Beine nachgaben und er sich setzen musste. Die Frau stand auf. „Ich verfluche dich, Gwydion Desert oder wie immer du auch heißen magst", schrie sie. „Ich verfluche dich und dein Geschlecht für die nächsten tausend Jahre. Von diesem Tag an soll das Unglück dein ständiger Begleiter sein. Alles, was du anfasst, soll in Blut, Tränen und Asche untergehen." Sie spuckte ihm ins Gesicht, schlug über seinem Kopf ein Zeichen und verließ zitternd vor Wut die Versammlung. Einige andere alte Frauen folgten ihr, doch die Mehrheit verharrte auf ihrem Platz. Einige kicherten sogar. Mit einem Satz war Tom bei ihm.

„Alles in Ordnung mit Euch?"

Gwyn wischte sich das Gesicht ab und nickte. „Um Himmels willen, wer war diese Frau?"

„Nicht nur deine Mutter hatte eine Schwester, sondern auch Do Griflets Frau Ada", sagte Tom mit betretener Miene. „Maud hat Ada damals entdeckt und seit dieser Zeit ist sie ein wenig … verwirrt. Kaum einer hört auf sie. Die meisten kennen die alten Geschichten nicht, man redet im Dorf nicht über solche Dinge."

Doch Gwyn schien nicht zuzuhören. „Warum hast du mir nichts davon gesagt?"

„Aber das habe ich!", erwiderte Tom bestürzt. „Euer Herr wusste es."

Gwyns Kopf ruckte hoch und sah zu Lancelot hinüber. Ihre Blicke trafen sich, doch der Ritter verzog keine Miene. Langsam stand Gwyn auf und ging zu ihm hinüber. Sein

Körper fühlte sich ganz taub an. Wie im Traum machte er einen Schritt vor den anderen, bis er vor seinem Herrn stand.

„Wieso habt Ihr mich so kaltblütig ins offene Messer laufen lassen?“, flüsterte er leise.

„Betrachte es als eine Lektion“, sagte Lancelot freundlich.

„Aber ich habe Euch vertraut!“

„Du musst lernen, dass du niemandem vertrauen darfst, nicht einmal mir. Dein Verhalten als Knappe war tadellos, doch ist diese Ergebenheit jetzt nicht mehr angebracht.“

„Was soll das heißen?“, fragte Gwyn bestürzt.

„Weil ich Euch entlassen muss, Gwydion Desert“, sagte Lancelot leise. „Noch nie hat ein König einem Ritter gedient. Es würde die Ordnung der Dinge auf den Kopf stellen.“

„Aber ich bin kein …“

„Doch, das seid Ihr! In dem Moment, als Ihr vor die Versammlung getreten seid, um diese Menschen in den Kampf gegen Mordred zu führen, habt Ihr Euer Schicksal akzeptiert. Ihr stellt Euch endlich Eurer Verantwortung, und mit Verlaub, es wurde Zeit.“

Ein seltsames Gefühl überkam Gwyn. Erstaunlicherweise war es ihm, als hätte ihm Lancelot auf einmal eine zentnerschwere Last von den Schultern genommen. Er hatte Merlin versprochen, sich seiner Bestimmung zu stellen. Die Worte waren ihm damals leicht über die Lippen gekommen, doch erst jetzt wusste er, was sie wirklich bedeuteten. Gwyn hatte endlich das Gefühl, sein altes Leben abgeschüttelt zu haben. Doch wusste er auch, dass er sich den neuen Herausforderungen nicht alleine stellen konnte.

„Also gut“, sagte er schließlich. „Aber eine Bitte habe ich. Wenn Ihr schon nicht mehr mein Herr seid, so möchte ich Euch gerne meinen Freund und Ratgeber nennen dürfen.“

Lancelot nickte. „Es wäre mir eine Ehre, Gwydion Desert. Doch denkt an das, was ich sagte …“

„Ich werde Euch dennoch weiter vertrauen“, schnitt ihm Gwyn das Wort ab.

„Mein Treueid gilt immer noch Artur und nicht Euch, vergesst das nicht. Erst wenn er mich von ihm entbunden hat, werde ich Euch ganz und gar dienen können.“

„Wie ich bereits sagte: Eure Freundschaft genügt mir.“

„Wie Ihr wünscht.“

Gwyn rollte mit den Augen. „Darf ich Euch als König etwas befehlen?“

„Solange es sich nicht gegen Camelot und die Tafelrunde richtet.“

„Kein *Ihr* und kein *Euch* mehr. Bitte.“

„Einverstanden“, sagte Lancelot grinsend.

„Sehr gut“, sagte Gwyn und seufzte. „Dann sollten wir uns mit Tom und den anderen zusammensetzen, um alles für den morgigen Tag vorzubereiten.“

„Es hat keinen Zweck, zunächst die Wachen ausschalten zu wollen. Der Kampf wäre beendet, bevor er überhaupt begonnen hat“, sagte Gwyn. „Wir haben nur eine Möglichkeit, der Sache ein schnelles Ende zu bereiten.“

Die Bauern, es mochten sechzig von ihnen sein, die sich um ihn geschart hatten, schauten ihn erwartungsvoll an. Es war Tom, der es als Erster aussprach.

„Jemand muss Mordred töten."

„Ja. Ist der Kopf der Schlange abgeschlagen worden, wird sich der Rest nicht mehr wehren", sagte Gwyn langsam.

„Hoffen wir es", murmelte der Schmied.

„Es ist der einzige Weg", sagte Gwyn. „Wenn Mordred fällt, werden wir das Tor öffnen und seinen Männern die Möglichkeit zur Flucht bieten. Ihr werdet einen Riegel bilden, der die Frauen und Kinder schützt."

„Und wer wird die Tat verüben?", fragte Tom.

„Kein Mann wird sich Mordred weniger als zehn Schritte nähern können. Also nehme ich das selber in die Hand", sagte Gwyn und versuchte dabei, seine Stimme so fest wie möglich klingen zu lassen. „Sie werden denken, dass von einem Jungen wie mir keine Gefahr ausgeht."

Bedrücktes Schweigen war die Antwort.

„Wie schmuggeln wir die Waffe in die Burg?", fragte schließlich Tom.

„Für einen Meuchelmord bedarf es keiner großen Umstände", sagte der Schmied. „Ein einfacher langer Nagel reicht aus. Unter dem Rippenbogen angesetzt und nach oben gestoßen, trifft er immer das Herz."

„Ach ja?", kam es von seinem Nebenmann. „Und was tust du, wenn dieser Mordred einen Lederpanzer trägt?"

„Dann wählst du den direkten Weg", entgegnete der Schmied und zeigte auf sein rechtes Auge. Gwyn spürte, wie sich auf einmal ein flaues Gefühl in seiner Magengegend breitmachte.

„Du klingst, als hättest du Erfahrungen in diesem Geschäft", sagte Lancelot.

Der Schmied zuckte mit den Schultern. „Man muss sich zu wehren wissen."

„Und Ihr fühlt Euch dieser Aufgabe tatsächlich gewachsen, junger Herr?", fragte Tom.

Gwyn lachte nervös. „Nein, eigentlich nicht. Ich habe noch nie jemanden getötet und hatte gehofft, niemals in eine solche Situation zu kommen."

„Das könnte sich als Problem erweisen", gab Lancelot zu bedenken. „Du wirst wahrscheinlich im falschen Moment zögern."

„Das Risiko werde ich eingehen müssen. Glaubt mir, wenn es eine andere Möglichkeit gäbe, Mordred aus dem Weg zu räumen, wäre ich sehr dankbar. Aber wir dürfen keine Zeit verlieren. Ich weiß nicht, wie lange Lady Agrippina diese Behandlung erträgt. Doch wir haben noch ein anderes Problem. Mir sind einige Dinge abhandengekommen, die ich unbedingt wiederhaben muss."

„Euer Medaillon und der Schlüssel", sagte Tom.

„Wenn Mordred sich morgen entscheiden sollte, Agrippina im Turm zu lassen, werden wir den Schlüssel brauchen. Doch das Medaillon ist mindestens genauso wichtig. Ich werde Chulmleigh auf keinen Fall ohne dieses Schmuckstück verlassen."

„Wer hat die Sachen?", fragte der Schmied.

„Den Schlüssel habe ich an mich nehmen können. Die Wache, die uns heute Morgen am Tor durchsucht hat, ist im Besitz des Medaillons.“

„Ich werde mich darum kümmern. Wenn der Kerl die Sachen noch bei sich trägt, wird er nicht viel Freude an ihnen haben“, sagte der grobschlächtige Mann grimmig.

„Ihr dürft aber auf keinen Fall vor mir zuschlagen“, sagte Gwyn eindringlich. „Sucht die Nähe dieses Kerls und wartet auf mein Zeichen.“

„Wird gemacht.“

Damit war die Versammlung beendet und die Männer gingen heim zu ihren Familien, wo sie wahrscheinlich wie Gwyn in dieser Nacht kein Auge zutun würden. Er trat hinaus in die kühle Abendluft und atmete tief durch.

„Angst?“, fragte Sir Lancelot.

Gwyn lachte trocken und nickte.

„Vor dem Ausgang des morgigen Tages?“

„Nein. Ich habe Angst davor, einen Menschen töten zu müssen, auch wenn er solch ein Ungeheuer wie Mordred ist.“ Er schaute Lancelot an. In der Dunkelheit waren nur die Umrisse seines Schattens zu sehen. „Wie ist es? Wie fühlt es sich an, jemandem das Leben zu nehmen?“

„Schrecklich.“

„Wie viele … ich meine …“

„Ich habe sie nicht gezählt“, entgegnete Lancelot kurz angebunden.

Gwyn wollte nicht weiter nachbohren und zog es vor zu schweigen.

„Beim ersten Mal ist es am schlimmsten“, sagte Lancelot schließlich mit belegter Stimme. „Man erfährt sehr viel über sich selbst, wenn man einen Menschen getötet hat. Viele sagen, dass etwas in einem zerbricht, aber das ist nicht wahr. Der Blick verändert sich. Der Blick auf die Welt und die Menschen, die in ihr leben. Man ist für das normale Leben verdorben. Ich habe Männer gekannt, die das nicht ertragen haben. Sie fanden sich danach einfach nicht mehr zurecht. Mir ging es zunächst ähnlich, bis ich die Gesellschaft derer gesucht habe, die auch getötet haben. So bin ich Ritter geworden. Aber sei beruhigt, beim zweiten Mal ist es nicht mehr ganz so schlimm, beim dritten Mal kümmert es dich nicht mehr und ab dem vierten Mal hörst du auf zu zählen.“ Er packte Gwyn beim Arm. „Glaub ja nicht, dass mit Mordred Schluss ist. Es kommen andere, die vielleicht nicht ganz so schlimm wie Arturs Sohn sind, doch sie werden in dir eine Herausforderung sehen. Morgen schlägst du die erste Schlacht eines Krieges, der erst mit deinem eigenen Tod beendet sein wird. Die Macht wird dich verändern. Zunächst versuchst du dich dagegen zu wehren, doch dann wirst du feststellen, wie bequem es ist, sich mit Leuten zu umgeben, die dein Handeln nicht infrage stellen. Du wirst deine Wichtigkeit überschätzen und ständig aus gutem Grund Angst davor haben, verraten zu werden. Am Ende misstraust du selbst deinen Kindern. Das ist der Grund, warum ich bis heute eine so große Hochachtung vor Artur habe. Er war stets standhaft, ritterlich und gerecht. Selbst die größten Schicksalsschläge haben ihn nie an seiner Aufgabe zweifeln lassen. Wenn du nicht so werden willst wie Vortigern oder Uther Pendragon, musst du den Weg fortsetzen, den Artur eingeschlagen hat. Höre auf die Meinung anderer, auch wenn sie unbequem sein sollte, und misstraue schmeichelhaften Einflüsterungen. Gründe deine eigene Tafelrunde, hole Frauen wie Katlyn an deinen Hof. Oder noch bessere: Heirate sie."

„Katlyn?", fragte Gwyn peinlich berührt.

„Sie ist ein wunderbarer Mensch. Klug und voller Humor. Leider gibt es nicht viele wie sie. Auch wenn du in einem Alter bist, in dem man noch nicht an die Ehe denkt, solltest du ihr sagen, wie viel sie dir bedeutet. Warte nicht zu lange, sonst wirst du wie ich eines Tages feststellen, dass die Zeit abgelaufen ist."

Sie schwiegen eine Zeit lang. Schließlich begann Lancelot ein Lied zu summen, dessen Schwermut Gwyn zu Herzen ging. Und mit einem Mal spürte er, dass die unerfüllte Liebe, die dieser Mann für Königin Guinevra empfand, in der Tat sehr tief gehen musste. Der Preis, den er für diese Anbetung zu zahlen hatte, war eine schreckliche Einsamkeit. Für Arturs ersten Ritter war Guinevra so wertvoll wie der Gral, wunderschön, doch ebenso unerreichbar.

Verrat!

Die Stimmung war gespannt, als der Zug der Dorfbewohner im Morgengrauen den Hügel zur Burg hinaufstieg. Niemand sprach ein Wort. Gwyn fühlte sich ganz krank beim Gedanken an das, was ihm bevorstand. Lancelot sah ihn besorgt an. Das Gesicht war aschfahl. Der kalte Schweiß verklebte seine Haare und die Finger zitterten so sehr, dass der Ritter beruhigend seine Hand auf Gwyns Arm legte.

An diesem Morgen wiederholte sich die Prozedur, die sie bereits am Tag zuvor über sich hatten ergehen lassen müssen. Nach und nach wurden die Bauern durch das Tor gewunken. Als Gwyn an der Reihe war, stellte er fest, dass heute ein anderer von Mordreds Männern die Bauern durchsuchte.

Er hob die Hand.

„Was ist mit dir, Bursche?“, fragte er misstrauisch. „Bist du etwa krank? Ich sage dir, wenn du etwas Ansteckendes hast, kannst du gleich wieder umkehren.“

„Er ist nicht krank“, knurrte Lancelot, der Gwyns Arm noch immer umklammert hielt.

„Wer hat dich gefragt, alter Mann? Tritt zurück!“

Doch Lancelot ließ sich nicht beirren. „Wenn Ihr uns nur etwas mehr zu essen geben würdet, könnten wir auch besser arbeiten."

„Ich sagte, du sollst zurücktreten!", herrschte ihn der Wächter an und umklammerte den Griff seines Schwertes.

„Ist schon in Ordnung", sagte Gwyn. Er befreite sich aus Lancelots Griff, atmete tief durch und zwang sich zu einem Lächeln. „Mein Großvater ist harmlos. Er hat heute Nacht nicht gut geschlafen, das ist alles."

Der gedrungene Mann mit dem grünen Drachen auf der Brust funkelte Lancelot finster an, der diesen Blick ebenso bedrohlich erwiderte. Gwyn stieß ihm vorsichtig den Ellbogen in die Seite. Lancelot verstand die Warnung und seine Gesichtszüge entspannten sich ein wenig.

„Entschuldigt, Herr", sagte er mit rauer Stimme

Plötzlich trat ein Ritter zu der Wache und flüsterte ihr etwas ins Ohr. Sie hob daraufhin die Augenbrauen und nickte.

„Los, macht euch an die Arbeit, bevor ich es mir anders überlege." Die Wache trat beiseite und machte den Weg frei.

„*Mein Großvater?*", knurrte Lancelot verdrießlich, als sie weitergingen. „Ich fühle mich noch lange nicht so alt, wie mein Aussehen vermuten lässt."

„Es tut mir leid, aber in der Eile fiel mir keine bessere Ausrede ein", sagte Gwyn. Er schaute sich um. Der Schmied stand bereits am Amboss, wo er auf ein Stück Eisen einschlug. Er nickte ihm zu. Gwyns Herz, das ohnehin schon heftig schlug, pochte noch einmal schneller. Die Waffe, die Mordred vom Leben in den Tod befördern sollte, war bereits fertig.

Bei den Wirtschaftshäusern diskutierte Tom mit einigen Frauen. Als er Gwyn sah, unterbrach er die Unterhaltung und eilte zu ihm herüber.

„Mara ist nicht da", flüsterte er.

„Was heißt das, sie ist nicht da?", fragte Gwyn.

„Mordred hat sich heute nur in Begleitung seiner Leibwache blicken lassen. Mara war nicht bei ihm."

„Vielleicht ist sie noch im Haus", vermutete Gwyn.

„Da hat sie auch niemand gesehen", entgegnete Tom.

„Beeinträchtigt ihr Verschwinden unsere Pläne?"

„Nein", sagte Tom. „Nicht dass ich wüsste."

„Dann lasst die Sache auf sich beruhen. Unser vornehmlichstes Ziel ist Mordred. Um Mara können wir uns später kümmern. Wer teilt die Arbeiten ein?"

„Derselbe Kerl wie gestern."

Gwyn drehte sich um und sah die Wache, die ihm das Medaillon abgenommen hatte, beim Backhaus stehen. Der Schmied schien zu wissen, um wen er sich zu kümmern hatte, denn er ließ den Mann nicht aus den Augen.

„Hier, das soll ich dir geben." Tom trat näher an Gwyn heran und drückte ihm den Nagel in die Hand. Er fühlte sich erstaunlich warm und leicht an. Gwyn fuhr mit dem Daumen über die zugeschliffene Spitze, dann schob er sich die Waffe hinter ein Lederband, dass er sich um das linke Handgelenk gebunden hatte.

Der neue Hofmeister, einer von Mordreds Männern, blickte von seiner Tontafel auf, steckte sich den Holzstift hinter das rechte Ohr und stieß einen lauten Pfiff aus.

„Los, kommt alle her. Na wird's bald!", rief er ungeduldig. Als sich alle um ihn herum versammelt hatten und er sicher sein konnte, ihre ungeteilte Aufmerksamkeit zu haben, richtete er das Wort an sie.

„Also, falls ihr es noch nicht wisst: Es weht ein neuer Wind auf Chulmleigh Keep. Ihr könnt froh sein, denn er hat euch von Gore und seiner grenzenlosen Habgier befreit. Diesen Tag …" Er machte eine Pause und schaute in die Runde, als wolle er jedem Einzelnen in die Augen blicken. „Diesen Tag werdet ihr wie eure Wiedergeburt feiern. Es ist der Tag, an dem Sir Mordred, der künftige König Britanniens, euch die Freiheit schenkt."

Überraschtes Gemurmel hob an.

„Doch das ist nicht alles, denn wie viel ist die Freiheit wert, wenn eure Kinder hungern müssen. Deswegen werdet ihr heute euer Land zurückerhalten, das seit Generationen im Besitz eurer Familien war."

Gwyn glaubte seinen Ohren nicht zu trauen.

„Wer nicht mehr als Bauer arbeiten will, kann in Mordreds Dienste treten. Doch nicht für einen Laib Brot und eine Schale dünne Kohlsuppe. Er wird euch bezahlen. Alle anderen bestellen ihr Land. Sie erhalten das Saatgut und das nötige Vieh – geschenkt!"

Ein Mann hob zaghaft die Hand. „Und was müssen wir dafür tun?"

„Lebt und arbeitet als freie Bauern, auf dass Chulmleigh ein würdiger Herrschaftssitz des neuen Königs von Britannien wird."

Der Unglauben der versammelten Menschen verwandelte sich in helle Aufregung. Frauen fielen ihren Männern um den Hals. Gwyn hingegen hatte es die Sprache verschlagen. Es war, als befände er sich in einem bösen Traum.

Der Mann hob die Arme und lächelte. „Dankt nicht mir. Dankt ihm!"

Die Menge drehte sich zum Haupthaus um. Eingerahmt von seiner Leibwache stand Mordred auf der obersten Stufe und nickte freundlich, als er den Jubel vernahm.

„Wir stehen am Beginn einer neuen Epoche", rief er den Bauern zu. „Die Zeiten, in denen Artur ein Land regiert, das ihm fremd geworden ist, sind vorbei. Schaut euch um! Was hat der alte König für euch getan? Nichts. Für ihn habt ihr nicht existiert. Stattdessen ließ er viele Jahre lang einen Fürsten walten, der zwar regelmäßig seinen Tribut an ihn entrichtete, dabei aber seine Untertanen in Sklaverei hielt! Ich frage euch: Kann dies ein gerechter König sein, der so etwas zulässt?" Mordred machte eine bedeutungsvolle Pause. „Der seine Spione ausschickt, um die alte, verkommene Ordnung zu bewahren? Um mich zu töten?"

Gwyn lief ein kalter Schauer den Rücken hinab. Er suchte Lancelots Blick, dessen Gesicht auf einmal grau und wie versteinert war. Die Bauern wichen vor ihnen zurück, sodass sie auf einmal alleine dastanden. Nur eine Frau rührte sich nicht. Es war Maud, die Schwester von Do Griflets verstorbener Frau, die Gwyn triumphierend angrinste.

Voller Hass zog er den langen Nagel hervor und rannte auf Mordred zu, der mit federndem Schritt die Treppe hinunterkam. Er wollte zustechen, doch Mordred wich mit einer beleidigend langsamen Bewegung aus und packte ihn beim Handgelenk. Dann zückte er schnell seinen Dolch und hielt ihn nach hinten, sodass Lancelot, der Gwyn zu Hilfe eilen wollte, beinahe in die Klinge gelaufen wäre. Sofort waren die Männer von Mordreds Leibwache bei ihm und warfen ihn zu Boden.

„Sei gegrüßt, Gwydion Desert", flüsterte er und steckte die Waffe wieder weg. „Ich freue mich, dass wir uns wiedersehen. Und ich freue mich, endlich zu wissen, mit wem ich es zu tun habe."

Gwyn spuckte ihm ins Gesicht und für einen Moment flackerte rasende Wut in Mordreds Augen, doch er hatte sich schnell wieder in der Gewalt. Er steckte den Dolch zurück und entwand Gwyn den Nagel. „Wir beide sollten einmal miteinander reden", presste Mordred zwischen den Zähnen hervor. „Allein."

Er gab seinen Männern ein Zeichen. Sie rissen Lancelot hoch und führten ihn ab.

„Wo bringt ihr ihn hin? Ich sage euch, wenn ihr Lancelot auch nur ein Haar krümmt..."

Mordred legte seinen Arm kameradschaftlich um Gwyns Schulter. „Mein Sohn, glaubst du wirklich, dass du mir in deiner Situation drohen kannst?", flüsterte er ihm zu. „Schau dich um. Deine kleine Revolte ist im Keim erstickt. Niemand wird auch nur eine Hand erheben, um euer Leben zu retten." Er lachte laut auf und gab Gwyn einen solch heftigen Stoß, dass er die Treppen hinauf zum Haupthaus stolperte.

Mordred hatte in den vergangenen zwei Tagen ganze Arbeit geleistet. Seine Männer hatten auf der Suche nach Gold und Silber wie die Vandalen gehaust. Alles andere – Bücher, Manuskripte, Gläser und Skulpturen – lag zerrissen oder zerbrochen auf dem Boden, wo jeder achtlos darauf herumtrampelte. Obwohl Gwyn Sir Gore verabscheut hatte, tat ihm dieser Anblick in der Seele weh.

Mordred führte ihn in die große Halle, wo sie noch vor ein paar Tagen so formvollendet bewirtet worden waren. Die Tür wurde zugeworfen und zwei Wachen bezogen mit grimmigen Gesichtern links und rechts Stellung.

„Setz dich", befahl ihm Mordred und nahm am Kopfende der Tafel Platz. Gwyn blieb einfach stehen und dachte nicht daran, seinem Befehl Folge zu leisten. Mordred seufzte, als hätte er es mit einem besonders halsstarrigen Kind zu tun. „Du wirst nicht von oben herab zu mir reden. Also: Setz dich." Er betonte die beiden letzten Worte so, dass sie wie eine tödliche Drohung klangen.

„Ihr werdet mich sowieso umbringen", antwortete Gwyn, der versuchte, sich seine Angst nicht anmerken zu lassen. „Also bringt es hinter Euch. Ich werde mich jedenfalls nicht von Euch herumkommandieren lassen."

Gwyn hörte, wie hinter ihm ein Schwert gezogen wurde, und spürte, wie sich dessen Klinge spitz zwischen beide Schulterblätter bohrte.

„Ach, Gwydion Desert. Sag mir, was ich mit dir machen soll?" Mordred beugte sich nach vorne, stützte den Kopf auf die Hände und lächelte ihn milde an. In diesem Moment sah er wie das perfekte jüngere Ebenbild seines Vaters aus, wäre da nicht das fehlende Stück Schädelplatte unter der wulstigen Narbe gewesen, die sich quer über den kurz geschorenen Schädel zog.

„Das ist ganz einfach: Lasst Sir Lancelot und mich gehen."

„Du weißt doch, dass ich das nicht tun kann", sagte Mordred in sanftem Ton, als würde er mit einem Kind sprechen. „Das Einhorn wird den Drachen töten. Weiß mein Vater eigentlich, wen er da so bereitwillig in Camelot aufgenommen hat?"

Gwyn antwortete nicht.

„Dachte ich es mir doch. Denn wenn er es erfährt, ist dein Leben keinen Pfifferling mehr wert. Wie geht es ihm denn, meinem geliebten Vater? Ich habe gehört, dass er nicht mehr ganz auf der Höhe sein soll. Die Suche nach dem Gral scheint ihn langsam um den Verstand zu bringen. Und jetzt, wo sein ruhmreicher Hofmeister das Opfer eines feigen Attentats geworden ist, hat er niemanden mehr, der ihm den Rücken freihält."

Mordred grinste breit, als er Gwyns Reaktion beobachtete. „Woher ich das alles weiß? Nachrichten verbreiten sich dieser Tage schnell im Land. Ja, es sieht so aus, als würde über Camelot bald das Totenglöcklein läuten. Und alles nur wegen dieses verdammten Grals. Du weißt nicht zufälligerweise, wo deine Mutter ihn versteckt hat?"

Der Schmerz in seinem Rücken wurde schneidender und Gwyn spürte, wie Blut aus der Wunde sickerte. Er biss die Zähne zusammen und schloss die Augen.

„Sir Gore hat ihn auch gesucht. Mara war eine zuverlässige Spionin. Nicht unbedingt mit einer strahlenden Schönheit gesegnet, aber von einem Ehrgeiz beseelt, der ihren Mangel an körperlichen Qualitäten ausglich. Der Herr von Chulmleigh Keep hätte sie besser zu seiner Gemahlin gemacht, dann würde er heute noch leben." Mordred hielt inne und kratzte sich am Kinn. „Oder auch nicht. Wer weiß, was sie mit ihm angestellt hätte, wenn sie erst einmal ihr Ziel erreicht hätte. Aber er konnte sie nicht ehelichen, da seine Frau ja noch lebte. Da kann man wieder einmal sehen: Skrupel zahlen sich nicht aus. Entweder mache ich etwas ganz oder gar nicht. Nicht so, wie soll ich sagen ..." Mordred rührte mit der Hand in der Luft herum. Er drückte sich aus dem Stuhl und verschränkte die Hände hinter seinem Rücken.

„Aber was war das auch für ein Dilemma, in dem er steckte. Als er erfuhr, dass ausgerechnet die liebreizende Agrippina die Hüterin eines über die Maßen wertvollen Schatzes war, konnte er sie natürlich nicht töten, nicht wahr? Denn dann hätte sie ihm das Versteck nicht mehr verraten können. Ich weiß nicht, ob er persönlich versucht hat, sie zum Sprechen zu bringen. Nun – ich glaube es nicht. Nach allem, was ich über Sir Gore gehört habe, war er ein Feingeist und verabscheute schmutzige Tätigkeiten. Vielleicht konnte er auch einfach nur kein Blut sehen. Also dachte er, die Zeit würde das Problem für ihn lösen. Er sperrte sie in den Turm, erklärte aller Welt, dass sein Weib an einem Fieber gestorben sei, und spielte die Rolle des trauernden Witwers. Zu dumm, dass die Rechnung nicht aufging, denn es stellte sich heraus, dass deine Tante ein zähes kleines Luder ist. Ich meine: vierzehn Jahre! Ich bitte dich! Andere hätten schon nach vierzehn Tagen die eigene Mutter verraten."

„Warum erzählt Ihr mir das alles?", presste Gwyn unter Schmerzen hervor.

„Weil ich herausfinden muss, was das alles miteinander zu tun hat: die Prophezeiung, der Gral, die Lanze. Du bist der Schlüssel, mein lieber Gwydion. Alles weist auf dich. Und das ist der einzige Grund, warum dich das Schwert in deinem Rücken noch nicht durchbohrt hat." Mordred streckte die Hand aus. „Gib mir das Medaillon."

Gwyn rührte sich nicht. Auf sein Gesicht schlich sich der Anflug eines dünnen Lächelns. Mordred machte einen Schritt auf ihn zu und riss das Hemd auf. Einen Moment schien er fassungslos zu sein, dann packte er Gwyn am Kragen und zog ihn zu sich heran.

„Wo ist es?", presste er hervor.

Jetzt musste Gwyn lachen. Erst leise. Dann, als er die Ironie dieses Augenblicks in all seinem Irrsinn erfasste, so laut, dass ihm die Tränen die Wangen hinabliefen. „Ich habe es nicht mehr", brachte er schließlich hervor.

„Halte mich nicht zum Narren!", brüllte Mordred.

„Einer Eurer Männer hat es mir abgenommen."

„Du lügst!"

„Wie Ihr meint. Aber es ist die Wahrheit."

Mordred ließ Gwyn los. „Findet ihre Pferde", schrie er die Wachen an. „Und wenn das Medaillon nicht da ist, durchsucht das Dorf. Lasst keinen Stein auf dem anderen."

„Wollt Ihr das Vertrauen, das Euch die Bewohner Chulmleighs seit Neuestem entgegenbringen, tatsächlich so leichtfertig aufs Spiel setzen? Was sollen sie von Euch denken, wenn ihr wie eine Horde Sachsen ihr Dorf vernichtet? Aber ich verrate Euch etwas: Unsere Pferde stehen bei der leeren Kate am Ortseingang. Durchsucht sie. Ihr werdet nichts finden. Es wird Euch vielleicht freuen, wieder in den Besitz Eures alten Schlachtrosses Dondar zu gelangen, das ich Euch unter dem Hintern weggestohlen habe."

Mordred zog sein Schwert aus der Scheide, packte den Griff mit beiden Händen und zielte auf Gwyns Kehle. „Wo ist das Medaillon?", schrie er außer sich vor Wut.

„Aber das sagte ich doch bereits, einer Eurer Männer hat es mir …"

Mordred trat den Stuhl um, auf dem er vorhin noch gesessen hatte, und hieb ihn mit einem Schwertstreich entzwei. „Schafft mir diesen Hundesohn von Lancelot herbei!" Einer der Wachen verschwand, um kurz darauf mit dem Ritter zu erscheinen. Er sah schrecklich aus und blutete aus zahlreichen Wunden. Man hatte ihm die Hände in einer schmerzhaften Stellung auf den Rücken gebunden, sodass er sich kaum rühren konnte. Mordred trat Lancelot in die Kniekehlen und mit einem Stöhnen sank dieser zu Boden.

„Ich zähle bis drei, und wenn du bis dahin nicht mit der Wahrheit herausrückst, wird er vor deinen Augen sterben." Er nickte einer Wache zu, die sich mit gezücktem Schwert hinter Lancelot stellte.

„Eins!"

Gwyns Herz begann zu rasen. Er wusste: Wenn Mordred im Besitz des Medaillons war, würden sie ohnehin alle sterben. „Ich habe es nicht!"

„Zwei!"

Lancelot verzog keine Miene. In seinen Augen funkelte nur kalte Verachtung.

„Drei!"

Die Wache hob das Schwert und holte zum tödlichen Schlag aus. Der Mann wollte das Schwert gerade niedersausen lassen, als Mordred ihn am Arm packte. Gwyn starrte ihn überrascht an.

„Gut. Ich glaube dir."

„Was?", stotterte Gwyn, der meinte, sich verhört zu haben.

„Steckt die beiden zu der Lady in den Turm", sagte Mordred zu dem Mann, der beinahe Lancelots Henker geworden wäre.

„Ja, Herr." Er hob den Ritter auf die Beine.

„Und wenn die Bewohner wieder in ihrem Dorf sind, will ich alle Männer im Burghof versammelt sehen!"

Maras Opfer

Die Bodenluke schloss sich mit einem dumpfen Schlag und sie hörten, wie der Balken gedreht wurde. Dunkelheit umfing sie. Mit einem Satz war Gwyn bei Lancelot und löste seine Fesseln.

„Danke, mein Junge“, sagte der Ritter und massierte sein Handgelenk.

„Kein Grund, mir zu danken“, sagte Gwyn. „Schließlich hätte Euch Mordred beinahe meinetwegen getötet.“

„Du hast richtig gehandelt. Dir blieb keine andere Wahl.“

„Ich frage mich, warum er Euer Leben verschont hat“, fragte Gwyn nachdenklich.

Lancelot wollte etwas darauf erwidern, als ein Stöhnen sie zusammenfahren ließ. Gwyn kroch auf allen vieren in die Ecke, aus der es kam.

„Agrippina? Ich bin es, Gwydion!“

„Bist du gekommen, um mich zu befreien?“, flüsterte sie schwach.

Gwyn schwieg. „Leider nein“, sagte er schließlich niedergeschlagen.

„Was ist geschehen?“

„Wir sind verraten worden.“

Agrippina fing an zu weinen. „Dann gibt es keine Hoffnung mehr.“

„Noch leben wir“, versuchte Gwyn sie zu beruhigen.

Er spürte, wie sich ihre Finger in seinen Unterarm krallten. „Ich ertrage es hier nicht länger“, schluchzte sie. „Noch einen einzigen Tag mehr in dieser Finsternis und ich werde wahnsinnig.“

„Was ist mit Tom?“, flüsterte Lancelot.

„Ich glaube nicht, dass er uns zu Hilfe kommen kann. Mordred wird wissen, dass er zusammen mit dem Schmied zum engeren Kreis der Verschwörer gehört. Er hat Frau und Kinder, deren Leben er bestimmt nicht aufs Spiel setzen wird. Nicht, wo jetzt doch für alle so rosige Zeiten anbrechen“, sagte Gwyn bitter.

„Es war ein geschickter Schachzug“, sagte Lancelot. „Mit diesem Versprechen hat er sie alle auf seine Seite gezogen.“

„Wenn sie den Betrug bemerken, wird es für uns zu spät sein.“

„Ich glaube nicht, dass es ein Betrug ist.“

„Ihr meint, er hat die Wahrheit gesprochen?“

„Ja. Mordred kann sich einen Aufstand nicht leisten. Er braucht die Bauern, wenn er sich zum Krieg gegen Camelot rüsten will. Sie müssen die Felder bestellen und er wird ihnen die Ernte teuer abkaufen. Geld spielt für ihn jetzt keine Rolle mehr. Sind die Speicher dann gefüllt, sendet er Leute aus, um Söldner zu rekrutieren, bis er stark genug ist, die Fürsten der

Umgebung zu einem Bündnis zu zwingen. Erst dann wird er Camelot angreifen.“

„Wann wird das sein?“

„Dieses Jahr nicht mehr. Er muss die Ernte des übernächsten Herbstes abwarten.“

„Also hat Artur Zeit, sich gegen den Angriff zu wappnen.“

„Wer soll ihn warnen? Wir?“ Lancelot lachte humorlos. „Nein, er wird es nicht rechtzeitig erfahren. Mordred ist gerissen genug, um Chulmleigh weiter seinen Tribut an Camelot entrichten zu lassen, sodass gar nicht erst der Verdacht aufkommt, dass hier etwas nicht stimmt.“

Agrippinas Stöhnen war jetzt zu einem leisen Wimmern geworden.

„Noch ein Plan, der aufzugehen scheint“, sagte Gwyn zornig und ergriff die Hand der Frau. „Es ist nur eine Frage der Zeit, bis sie zusammenbrechen wird.“

Er hörte, wie Lancelot aufstand und mit seinen Händen die Wände abtastete, dann zur verriegelten Luke kroch, um sie genauer zu untersuchen. Gwyn lehnte sich an die Wand und bettete Agrippinas Kopf auf seinem Schoß. Noch nie hatte er sich in einer auswegloseren Situation befunden. Seine Gedanken drehten sich im Kreis. Wut wechselte sich mit Verzweiflung und Niedergeschlagenheit ab. Sie hatten alles riskiert – und alles verloren. Es war nur eine Frage der Zeit, bis Mordred in den Besitz des Medaillons gelangen würde, und damit wäre auch ihr Ende besiegelt.

Die Stunden vergingen. Immer wieder nickte er ein. Ab und zu schreckte er hoch, wenn Lancelot bei seinem vergeblichen Versuch, die Luke zu öffnen, einen Fluch ausstieß.

Gwyn wusste nicht, wie lange er geschlafen hatte, als ihn ein Geräusch zusammenfahren ließ. Lancelot, der sich irgendwann neben ihn gelegt haben musste, schreckte ebenfalls hoch.

„Was war das?", flüsterte Gwyn, der plötzlich hellwach war. Sie hörten, wie der Balken beiseitegedreht wurde und ein schmaler Lichtschein in ihr Gefängnis fiel.

Lancelot sprang auf und war mit einem Satz bei der Luke. Er packte die Gestalt, die sich durch die Öffnung zwängen wollte, beim Arm und zog sie zu sich hinauf.

„Um Himmels willen", wisperte Gwyn erschrocken, als das flackernde Licht der Lampe auf Maras zerschundenes Gesicht fiel.

„Was für ein teuflischer Plan ist das jetzt wieder?", fuhr Lancelot sie an.

„Schweigt still, wenn Euch Euer Leben lieb ist", zischte Mara, die Schwierigkeiten hatte, die Worte verständlich auszusprechen. Ihre Lippen waren aufgeplatzt und wie das ganze Gesicht geschwollen.

„Sieht ganz so aus, als hätte Mordred doch recht früh erkannt, dass er Eurer Dienste nicht mehr bedarf", sagte Lancelot kühl.

„Wir haben nicht viel Zeit, wenn unsere Flucht gelingen soll", sagte sie leise.

„*Unsere* Flucht?", fragte Gwyn überrascht.

„Ich bitte um Camelots Schutz“, sagte Mara.

„Ihr bittet um *was*?“, fragte Lancelot wütend. „Nach allem, was Ihr den Bauern und Sir Gores Frau an Grausamkeiten angetan habt, erwartet Ihr allen Ernstes, dass wir für Euch eintreten?“

„Warum sollten wir Euch vertrauen?“, fuhr Gwyn sie scharf an.

„Weil Ihr keine andere Wahl habt“, entgegnete sie knapp. „Es ist alles vorbereitet.“

„Wo sind die Pferde?“

„Man hat sie gefunden. Sie befinden sich im Stall, zusammen mit Euren Sachen.“

„Was ist mit dem Medaillon?“

Mara schüttelte den Kopf. „Mordred ist es nicht gelungen, seiner habhaft zu werden. Beim Appell hat einer seiner Männer gefehlt. Das Medaillon muss sehr wichtig für ihn sein, denn ein Suchtrupp hat sich noch heute Nacht an seine Fersen geheftet.“

„Wie groß ist dieser Trupp?“

Mara verzog das geschwollene Gesicht zu einem grotesken Grinsen. „Achtzig Mann.“

Lancelot riss die Augen auf. „Das sind fast alle seiner Leute!“

„Richtig. Chulmleigh Keep ist so gut wie unbewacht. Dies ist wahrscheinlich die einzige Gelegenheit, die sich uns zur Flucht bietet.“

„Dann lasst uns aufbrechen“, sagte Gwyn und wollte Agrippina wecken. Mara hielt ihn fest.

„Habe ich Euer Wort? Stehe ich unter Camelots Schutz?“

Gwyn sah zu Lancelot.

„Ja“, sagte dieser schließlich.

Mara holte erleichtert tief Luft. „Dann folgt mir“, sagte sie.

Lancelot schulterte Agrippina, die noch immer wie in tiefer Bewusstlosigkeit schlief, und vorsichtig folgten sie Mara die Leiter hinab. Gwyn, der als Letzter ging, schloss die Luke und schob den Riegel wieder vor. Unten angekommen nahm er die Leiter und legte sie wieder an die Wand.

„Das wird nicht nötig sein“, sagte Mara.

„Warum?“, fragte Gwyn.

„Auch wenn nur noch eine Handvoll Wachen Mordred und Chulmleigh Keep beschützen, werden wir sie ablenken müssen.“

Sie hasteten die Treppen hinunter. Mara nahm einen Krug und verschüttete seinen Inhalt auf die hölzernen Stiegen. Dann ließ sie die Lampe fallen. Eine gewaltige Stichflamme loderte auf.

Hastig öffnete sie die Tür. „Hinüber zur Küche. Wir verstecken uns hinter den Kisten und warten ab, was geschieht.“

Es dauerte nicht lange, da züngelten die Flammen aus den kleinen Fensteröffnungen des ersten Stocks. Erst jetzt bemerkte die Torwache, dass der Turm brannte.

„Feuer!“, schrie der Mann und lief zur Schmiede, wo an einem Balken die Alarmglocke hing, auf die er jetzt mit einem schweren Hammer einschlug. Ihr heller, vibrierender Klang durchschnitt die Stille der Nacht und rief die anderen Soldaten von ihrem Posten ab. Die Lanzen wurden zu Boden geworfen und die Wachen bildeten eine Eimerkette vom Brunnen bis zum Turm, der jetzt lichterloh brannte. Es schien ein hoffnungsloses Unterfangen, doch sie gaben nicht auf.

„Los jetzt“, flüsterte Mara und hastete mit Gwyn über den Burghof zu den Ställen. Lancelot, der sich Agrippina über die Schulter gelegt hatte, folgte ihnen geduckt.

Neben Pegasus standen zwei weitere aufgesattelte Pferde für Lancelot und Mara bereit, ein zierlicher Fuchs und ein hochgewachsener Rappe.

Das Schauspiel, das der brennende Turm bot, war atemberaubend. Mittlerweile züngelten die Flammen auf dem Dach und Funken tanzten wie Sterne in den Nachthimmel hinauf.

Gwyn schwang sich in den Sattel. „Ich nehme Agrippina“, sagte er zu Lancelot.

„Unsinn“, entgegnete Lancelot, der inzwischen Mordreds Schlachtross geholt hatte. „Dondar ist viel stärker. Außerdem bin ich der erfahrenere Reiter.“

„Ich traue Dondar nicht. Mordred hat das Pferd bestimmt wieder in seinen Besitz genommen. Außerdem ist es nicht aufgesattelt und wir haben keine Zeit zu verlieren.“

Lancelot zögerte einen Moment, dann hob er Agrippina zu Gwyn hinauf. Die bis auf die Knochen abgemagerte Frau war nicht schwer, aber da sie noch immer bewusstlos war, konnte sie sich nicht an Gwyn festhalten. Es dauerte einen Moment, bis er sie halbwegs sicher gepackt hatte.

Plötzlich hörten sie Mordreds Stimme. Er war unter das Dach des Vorbaus getreten, nur mit Hemd und Stiefeln bekleidet. Wäre die Situation nicht so bedrohlich gewesen, hätte Gwyn bei diesem Anblick laut gelacht. Dondar schien die Aufregung zu spüren, denn er hatte die Augen weit geöffnet und schnaubte nervös.

„Scht", machte Lancelot und versuchte seine Schnauze zu streicheln.

Gwyn fragte sich, warum Lancelot sich nicht einfach den Rappen nahm, den Mara für ihn aufgesattelt hatte, denn egal, was der Ritter auch versuchte, das Tier ließ sich nicht beruhigen. Dondar stampfte mit den Hufen und begann nun laut zu wiehern.

Das war der Moment, in dem Mordred auf sie aufmerksam wurde. „Das ist ein Ablenkungsmanöver!", schrie er und zeigte auf die Ställe. „Die Gefangenen versuchen zu fliehen."

Augenblicklich ließen die Männer die Eimer fallen und eilten zu ihren Waffen.

Mara, die wie Gwyn bereits hoch zu Ross saß, stieß einen Fluch aus, riss ihren Fuchs herum und preschte zum Tor. Sie wollte gerade den Riegel beiseiteschieben, als der erste Pfeil keine Handbreit neben ihrem Kopf mit einem lauten *Tock* im Holz einschlug.

Mordred stieß einen schrillen Pfiff aus und nun war Dondar endgültig außer Rand und Band. Er keilte mit seinen wuchtigen Hufen aus, wobei er Lancelot nur knapp verfehlte. Jetzt erst, als die Torwache fast bei ihm war, gab der Ritter endlich auf. Er schnappte sich sein Schwert und zog es aus der Scheide, die er achtlos fallen ließ. Lancelot wartete nicht darauf, bis der Angreifer sich in Stellung gebracht hatte, sondern trat ihm zwei Schritte entgegen, um ihn mit einem gezielten Hieb niederzustrecken. Dann eilte er zum Stall zurück, hob seinen Waffengurt und den Beutel mit seinen Sachen auf und warf sie über den Sattel des Rappen. Hastig gürtete er sein Schwert um.

Mara war mittlerweile abgestiegen und versuchte nun mit aller Kraft, das schwere Tor zu öffnen.

„Lasst sie nicht entwischen“, schrie Mordred seine Männer an.

Gwyn sah, dass Lancelot alleine keine Chance gegen sie haben würde. Doch der Ritter machte noch immer keine Anstalten, sein Pferd zu besteigen. Stattdessen scheuchte er die anderen Tiere mit lauten Rufen aus dem Stall heraus und trieb sie in die Richtung seiner Verfolger. Vier von ihnen wurden umgerissen, nur einer konnte sich im letzten Moment in Sicherheit bringen.

„Warum reitest du nicht los?“, rief Lancelot wütend.

„Ich lasse Euch nicht zurück!“

Der Ritter rollte zur Antwort nur mit den Augen. „Los, ich gebe dir Deckung.“

Lancelot schwang sich in den Sattel und sie preschten in vollem Galopp hinüber zu Mara, die das Tor so weit geöffnet hatte, dass sie hindurchreiten konnten. Sie wollte gerade ihr Pferd besteigen, als sie überrascht an sich hinabblickte. Irgendetwas schien spitz und scharf aus ihrer Brust zu wachsen. Mara öffnete den Mund, als wollte sie etwas sagen, doch außer einem seltsamen Pfeifen brachte sie keinen Laut zustande.

Dann brach sie tot zusammen.

Mordred legte einen zweiten Pfeil auf die Sehne seines Bogens. Voller Panik trat Gwyn Pegasus in die Weichen, woraufhin das Pferd einen solch gewaltigen Satz machte, dass Agrippina beinahe zu Boden gefallen wäre. Etwas zischte an seinem Ohr vorbei. Ein scharfer Schmerz zog sich seine rechte Wange entlang. Er hob die Hand und fühlte warmes Blut. Gwyn warf einen Blick über die Schulter.

Es war ein gespenstischer Anblick, der sich ihm bot. Der Turm brannte wie eine riesige Fackel. Einzelne Steine lösten sich bereits aus dem Mauerwerk und fielen polternd in die Tiefe.

Mordred hatte die Arme weit ausgebreitet und schrie seine grenzenlose Wut hinaus in die Nacht. Ein Horn ertönte, und wie ein Echo erklang die Antwort aus den Wäldern jenseits des Dorfes.

Obwohl der Widerschein des brennenden Turmes die Nacht nur schwach erhellte, ritten sie in halsbrecherischem Tempo den steilen Pfad hinunter und bogen nicht nach Chulmleigh ab, sondern hielten sich rechts, wo der Weg sie zur nördlichen Furt brachte. Ohne das Tempo zu verlangsamen, preschten sie durch das Wasser, das nur noch wenige Fuß tief war.

„Mordred denkt, dass wir umgehend nach Camelot reiten, um Artur zu warnen!“, rief Lancelot Gwyn am anderen Ufer zu. „Ich nehme an, er wird versuchen, den Weg nach Osten zu versperren.“

„Was schlagt Ihr vor?“

„Agrippina braucht Hilfe, sonst wird sie die Flucht nicht überstehen."

„Caer Goch", antwortete Gwyn. „Wenn ich mich recht erinnere, sind wir noch etwa drei Tage von Sir Kays Stammsitz entfernt."

„Dann lass uns losreiten", sagte Lancelot. „Und bete zu Gott, dass wir nicht vom Regen in die Traufe kommen."

Der Klang der Hörner begleitete sie ein ganzes Stück, doch je weiter sie sich nach Norden bewegten, desto entfernter klangen sie. Als der Abend dämmerte, konnten sie es endlich wagen, eine Rast einzulegen. Sie schlugen ihr Lager unter einem Baum auf und Lancelot bettete Agrippina auf eine Decke. Voller Mitgefühl strich er der Frau eine Strähne ihres dunklen Haares aus dem eingefallenen Gesicht.

Gwyn setzte sich erschöpft neben sie. „Nun, es gibt eine gute und eine schlechte Nachricht. Welche wollt Ihr zuerst hören?"

„Die schlechte zuerst", sagte Lancelot, denn er hatte eine dunkle Vorahnung.

„Unsere Karte ist fort. Man muss sie gefunden haben, als Pegasus durchsucht wurde."

„Noch ein Vorteil, der auf Mordreds Seite ist. Und die gute Nachricht?"

„Mara hat tatsächlich für Proviant gesorgt", sagte Gwyn und öffnete einen der Beutel. Er warf Lancelot eine Lederflasche mit Wasser zu. Der Ritter öffnete sie und flößte Agrippina einige Schlucke ein.

„Ich kann es immer noch nicht glauben, dass Mara ihr Leben geopfert hat, um das unsere zu retten."

„Sie hatte wohl erkannt, dass Mordred genau wie Sir Gore seine Versprechen nicht hielt. Nur dass in diesem Fall die Folgen für sie fataler gewesen wären."

„Sie tut mir leid", sagte Gwyn.

„Warum?", fragte Lancelot überrascht. „Sie ist für Agrippinas Zustand verantwortlich. Und wenn sie Herrin von Chulmleigh geworden wäre, hätte sie ein Schreckensregiment errichtet, das sich nur wenig von Mordreds Herrschaft unterschieden hätte. Sie hat uns nur befreit, weil wir etwas zu bieten hatten: Camelots Schutz."

Gwyn wusste, dass Lancelot Recht hatte. Aber dennoch blieb das Gefühl einer unbestimmten Trauer. Er seufzte und wandte sich Agrippina zu.

Sie bot einen erbarmungswürdigen Anblick. Die Augen lagen tief in ihren Höhlen und die fahle Haut spannte sich wie Pergament über die vorstehenden Wangenknochen. Die Beine waren so dünn, dass die Kniegelenke dicker als die Oberschenkel waren. Sie mochte vielleicht noch achtzig, allenfalls fünfundachtzig Pfund wiegen.

„Hat sie getrunken?", fragte Gwyn und warf einen besorgten Blick auf Agrippina.

„Viel zu wenig", sagte Lancelot. „Ich frage mich, ob sie jemals wieder zu Kräften kommt oder ob sie nicht schon verloren ist."

Obwohl die Sonne hoch am Himmel stand und es so warm war, dass Gwyn der Schweiß den Nacken hinunterlief, zitterte Agrippina am ganzen Körper. Gwyn holte nun auch seine Decke und breitete sie über ihr aus. Er fragte sich, ob Valeria Ähnlichkeit mit ihr hatte und er so in das Angesicht seiner Mutter schaute. Bei diesem Gedanken griff er sich an die Brust, doch das Medaillon war natürlich nicht mehr da und er fühlte sich seltsam beklommen.

„Nur deswegen hat er mich leben lassen", sagte er geistesabwesend.

Lancelot, der ein Stück Brot abgebrochen hatte, sah Gwyn fragend an.

„Mordred. Er weiß, wer ich bin. Er kennt die Prophezeiung. Aber trotzdem hat er mich nicht getötet. Er wollte vorher das Medaillon in seinen Besitz bringen. Eigentlich müsste ich inzwischen fast froh sein, dass dieser Kerl es mir abgenommen hat."

„Welchen Wert hat es für dich?"

„Abgesehen davon, dass es das Einzige ist, was mir meine Mutter hinterlassen hat? Keine Ahnung. Merlin hat gesagt, dass ich mithilfe dieses Schmuckstücks eines Tages den Gral erkennen würde. Es scheint so eine Art Schlüssel zu sein." Gwyn hob einen kleinen Stein auf, wog ihn in seiner Hand und warf ihn dann fort. „Nun, wie dem auch sei. Es ist verloren, wahrscheinlich für immer."

„Aber auch Mordred ist leer ausgegangen. So gesehen wohnt der ganzen Sache auch eine ausgleichende Gerechtigkeit inne."

Gwyn verzog das Gesicht. Die Worte waren alles andere als tröstlich.

Lancelot trank noch einen letzten Schluck aus der Flasche, dann stand er auf. „Wir müssen weiter."

Ein Wiedersehen

Am Nachmittag des dritten Tages nach ihrer Flucht aus Chulmleigh Keep sah Gwyn die erste Möwe über sich am Himmel kreisen. Eine frische Brise war aufgekommen. Sie wehte ihnen eine Ahnung von Tang und Salz entgegen. Es sollte nicht lange dauern, bis sie hinter einem mit blühendem Heidegras bewachsenen Hügelkamm endlich das Meer sahen. Ein schmaler Pfad führte hinab zu einem breiteren, an manchen Stellen zugewachsenen Weg, der sich entlang der Steilküste nach Osten schlängelte.

„Wir sind da“, sagte Lancelot.

Gwyn richtete sich in seinem Sattel auf. „Wo? Ich sehe nichts außer diesem Felsen, der ins Meer hineinragt.“

„Das ist Caer Goch“, sagte Lancelot traurig. „Oder zumindest das, was von der Burg übrig geblieben ist.“

Erst jetzt erkannte Gwyn die Überreste eines Burgfrieds. „Das ist Sir Kays Stammsitz?“, fragte er ungläubig.

„Um den er sich seit vierzig Jahren nicht mehr gekümmert hat“, sagte Sir Lancelot. „Hier hat Artur unter Anleitung Sir Ectors das Ritterhandwerk gelernt.“

Die Küste war an dieser Stelle besonders schroff, sodass von der Meerseite aus keine Gefahr drohte. Der Fels, auf dem Caer Goch errichtet worden war, erhob sich zwar nur wenige Meter über das flache, baumlose Land, doch reichte die Erhebung aus, um jeden Überraschungsangriff unmöglich zu machen. Das machte die Burg von Natur aus zu einer beinahe uneinnehmbaren Festung.

Je näher sie Caer Goch kamen, desto mehr Einzelheiten konnte Gwyn erkennen. Sowohl die an manchen Stellen eingebrochene Wehrmauer wie auch der Burgfried waren aus demselben Stein errichtet, der sich an vielen Stellen durch die dünne Grasnarbe bohrte, auf der nun einige Schafe und Ziegen weideten.

Fünf oder sechs vom Wind zerzauste Apfelbäume wuchsen hinter einer teilweise eingestürzten Mauer. Ein ausgespannter Ochsenkarren, der repariert werden musste, stand etwas abseits.

Der Weg in die eigentliche Burg führte über einen schmalen Felsgrat, der zu beiden Seiten steil zum Meer hin abfiel, und endete vor einem schweren hölzernen Tor, das direkt in den Felsen eingelassen war.

„Lady Wenna?“, rief Lancelot. „Seid Ihr da?“ Seine Stimme wurde vom Wind davongeweht. Er stieg ab und stemmte sich gegen einen der gewaltigen Torflügel, der tatsächlich nachgab. Das Holz scharrte über den felsigen Boden.

Im Burghof pickten einige Hühner im Sand nach Körnern. Gwyn entdeckte in einem Pferch eine Handvoll Schweine, die grunzend ihre Suhle durchpflügten.

„Das ist keine Burg“, murmelte Gwyn. „Das ist ein Bauernhof!“

„Lady Wenna, wo seid Ihr?“, rief Lancelot.

Nichts. Nur das Brüllen von Kühen war zu hören.

„Sie wird im Stall sein“, sagte Gwyn.

Lancelot schaute ihn überrascht an. „Woher willst du das wissen?“

Gwyn grinste. „Ihr scheint meine Vergangenheit vergessen zu haben. Ganz einfach: Es ist Zeit zum Melken.“

Lancelot sprang von seinem Pferd und half Gwyn mit Agrippina, als sie hinter sich plötzlich eine schneidende Stimme hörten.

„Wer seid Ihr? Was wollt Ihr hier?“

Sie fuhren herum und blickten in das resolute Gesicht einer drahtigen Frau, die das graue Haar wie ein Mann schulterlang geschnitten hatte. Ihr Alter war nur schwer zu bestimmen, da sie noch im Besitz all ihrer Zähne war. Doch die Ähnlichkeit mit Rowan ließ keinen Zweifel daran, dass es sich um Lady Wenna handeln musste, obwohl sie in ihrem schlichten Kleid, dessen Ärmel bis zu den Ellbogen hochgekrempelt waren, eher wie eine Bäuerin aussah.

Gwyn bemerkte erst in diesem Moment den über und über mit Tätowierungen bedeckten Riesen mit wildem Bart und langen Zöpfen, der hinter Lady Wenna stand und eine gigantische Streitaxt im Anschlag hielt, sich aber nicht rührte.

Lady Wenna trug einen großen, mit Milch gefüllten Eimer, den sie langsam abstellte, während sie den Ritter eindringlich musterte.

„Lancelot?“, fragte sie nach einer Weile vorsichtig.

„Ja, ich bin es, Lady Wenna. Verzeiht meine Unhöflichkeit, aber ich komme nicht alleine.“ Lancelot verneigte sich.

„Das sehe ich.“ Lady Wenna nickte Gwyn knapp zu, der den Gruß ebenso knapp erwiderte, dann deutete sie auf den bärtigen Hünen. „Das ist Odgar, mein Hofmeister, Verwalter, Schmied …“ Odgar warf ihnen einen finsteren Blick zu, ließ aber die Axt sinken.

Lady Wenna wandte sich wieder Lancelot zu und nahm nun endlich das leblose Bündel wahr, das er im Arm hielt. „Um Gottes willen. Ist sie …“, sagte sie erschrocken.

„Tot? Nein, noch nicht.“

Sie zögerte einen Moment, dann ergriff sie vorsichtig, fast zärtlich die knochige Hand, die kraftlos herabbaumelte. „Was ist mit ihr geschehen?“, fragte sie und ihre Stimme klang plötzlich warm und voller Mitgefühl.

„Das ist eine lange Geschichte, die ich Euch gerne zu gegebener Zeit erzählen werde“, antwortete Lancelot. „Doch jetzt braucht sie dringend Hilfe.“

Lady Wenna nickte. „Natürlich. Odgar, bring die Frau in meine Gemächer. Wartet, ich gehe vor!“ Sie hielt inne und drehte sich zu Gwyn um. „Knappe, du trägst den Eimer in die Küche.“

Gwyn wollte etwas sagen, doch Lancelot kam ihm zuvor. „Du kannst im Moment sowieso nicht helfen. Vielleicht solltest du tun, was sie sagt.“

Lady Wenna stutzte. „Nanu, was sind das für Töne? Hat man in Camelot das Befehlen verlernt?“ Sie wandte sich wieder an Gwyn. „Du hast gehört, was ich gesagt habe. Troll dich!“

Gwyn verbeugte sich und verkniff sich dabei ein Lächeln. „Sehr wohl, Mylady.“

Lady Wenna bedachte ihn mit einem warnenden Blick. „Wenn ich dich mit dem Finger im Rahm erwische, dann gnade dir Gott.“

Ohne Gwyn auch nur eines weiteren Blickes zu würdigen, drehte sich Lady Wenna um und verschwand mit Odgar, der Agrippina trug, gefolgt von Lancelot in den Burgfried.

Gwyn hob den Eimer auf und ging zu einem niedrigen Steinhaus, aus dessen Kamin blauer Rauch aufstieg.

Er stieß die Tür auf, stellte die Milch auf einen Tisch, der unter dem Fenster stand, und schaute sich um. Schließlich fand er ein Tuch, das er zum Schutz vor Fliegen über den Eimer legen konnte.

Die Küche war beinahe so groß wie Meister Arnolds Reich. Eine Vielzahl unterschiedlich großer Töpfe und Pfannen hing von der Decke und sie blitzten, als hätte man sie erst kürzlich blank gescheuert.

Mehrere Truhen reihten sich an der rechten Wand nebeneinander. Von Camelot wusste Gwyn, dass in ihnen das Steingut und die silbernen Platten aufbewahrt wurden, von denen die Ritter bei ihren festlichen Banketten zu essen pflegten.

Beherrscht wurde die Küche von einem gewaltigen Kamin. Der mannshohe Spieß, an dem man einen ausgewachsenen Ochsen braten konnte, lehnte eingefettet am Sims. Ein kleiner Topf baumelte an einer langen Kette über einem fast erloschenen Feuer. Der Geruch nach frischem Gemüse, das in einer Fleischbrühe köchelte, lag betörend in der Luft. Gwyn hob vorsichtig den Deckel und schaute hinein.

„Du wirst noch warten müssen. Es gibt erst etwas zu essen, wenn meine Mutter mit dem Vieh fertig ist."

Gwyn wirbelte herum. Er hätte Rowan im ersten Moment kaum wiedererkannt, denn er trug Camelots Waffenrock nicht mehr. Aber auch sonst sah Sir Kays Sohn anders aus. Zufriedener. Freier.

Die beiden Freunde fielen einander in die Arme.

„Dich hätte ich am allerwenigsten hier erwartet, schon gar nicht in diesem Aufzug", sagte Rowan. „Du siehst aus wie ein Bauer."

„Ich *bin* ein Bauer, schon vergessen?", sagte Gwyn grinsend und hielt Rowan auf Abstand, damit er ihn von oben bis unten mustern konnte. „Und wie ich sehe, scheinst du am Landleben auch Gefallen gefunden zu haben."

Rowan blickte an sich hinab. „Das Leben ist hart hier draußen. Wer in Caer Goch überleben will, muss mit anpacken können. Jemand wie du hat uns hier gerade noch gefehlt. Hast du schon gesehen? Wir haben auch ein paar Schweine …"

Gwyn lachte nicht. Und für einige Sekunden stand ein unangenehmes Schweigen zwischen ihnen.

„Gut", sagte Rowan jetzt ernster. „Du hast die lange Reise bestimmt nicht zum Vergnügen gemacht. Warum bist du hier?"

Gwyn wollte ihm gerade antworten, als Lancelot mit Lady Wenna in der Tür stand.

„Wie geht es Agrippina?", fragte er besorgt.

Rowans Mutter machte mit der Hand eine abwägende Geste. „Ihr seid gerade noch rechtzeitig hier eingetroffen. Ein oder zwei Tage später, und sie wäre vielleicht gestorben. Sie hat sogar etwas gegessen und schläft jetzt. Morgen wirst du mit ihr sprechen können."

„Wer ist Agrippina?", wollte Rowan wissen.

„Ja, das würde mich auch interessieren", sagte Lady Wenna. Sie stellte einen Krug auf den Tisch und füllte vier Becher mit verdünntem Cider. „Sir Lancelot wollte es mir nicht sagen."

„Sie ist meine Tante", sagte Gwyn.

Rowan sah Gwyn verwundert an. „Das verstehe ich nicht. Agrippina ist doch ein römischer Name."

Lady Wenna setzte sich und bedeutete mit einer Geste, dass nun auch die anderen Platz nehmen sollten. Gwyn nahm zögernd einen Schluck von dem kühlen, erfrischenden Getränk. Dann stellte er seinen Becher wieder vorsichtig ab.

„Erinnerst du dich daran, dass ich nach der gewonnenen Schlacht gegen Mordred nach Redruth zurückgekehrt bin?"

„Natürlich", entgegnete Rowan. „Damals hattest du mir den Grund nicht sagen wollen."

Gwyn faltete die Hände und stützte das Kinn auf. „Ich habe feststellen müssen, dass es ein Fehler war, dir nicht die Wahrheit über mich zu sagen. Doch damals war ich so verwirrt gewesen, dass ich nicht wusste, was ich tun sollte und wem ich vertrauen konnte. Doch bevor ich dir meine Geschichte erzähle, muss ich wissen, was zwischen dir und deinem Vater vorgefallen ist."

Rowans Gesicht verschloss sich augenblicklich. „Nach dem Turnier hatten wir eine Aussprache", war die knappe Antwort."

„Eine Aussprache?", fragte Gwyn ungläubig. „Das ist wohl kaum das richtige Wort."

„Nein, wir hatten einen handfesten Streit", sagte Rowan leise und senkte den Blick. „Für ihn war es stets eine ausgemachte Sache, dass ich eines Tages Prinzessin Aileen heiraten und so König von Britannien werden sollte. Aber ich bin nicht für den Thron geschaffen! Das habe ich ihm an diesem Tag offen ins Gesicht gesagt. Und wohl noch einige andere Dinge mehr, die ich mittlerweile bereue."

„Wie hat Sir Kay darauf reagiert?"

„Er tobte vor Wut. In seinem Jähzorn brüllte er mich an und verwüstete das Zelt." Rowan hob den Blick. „Dann schlug er mich. Und das war ein großer Fehler."

„Und was hast du daraufhin getan?", fragte Lancelot scharf.

„Ich habe das getan, was ich schon längst hätte tun sollen. Ich habe meine Sachen gepackt und bin gegangen."

Gwyn und Lancelot sahen sich überrascht an.

„Vielleicht hätte ich mich nicht wie ein Dieb in der Nacht davonstehlen sollen, aber ich wollte niemanden sehen. Für mich war das Kapitel Camelot abgeschlossen." Rowan hielt inne. „Was ist? Was schaut ihr mich so an?"

„Nach dem Turnier hat jemand versucht, deinen Vater umzubringen“, sagte Gwyn tonlos. „Merlin ist es gelungen, sein Leben zu retten, aber seit diesem Tag ist Sir Kay ein gebrochener Mann, der mit niemandem mehr spricht.“

Rowans Gesicht wurde bleich. „Oh mein Gott!“

Lady Wenna holte tief Luft, sagte aber kein Wort.

„Jeder glaubt, dass du es warst“, sagte Gwyn zögernd.

Rowan sprang auf und stieß dabei gegen den Tisch, sodass sein Becher umkippte. „Was?“, keuchte er.

„Kein anderer kommt infrage“, sagte Lancelot kühl. „Sir Kay würde niemand den Rücken zukehren, dem er nicht vertraut.“

„Es kann genauso gut ein Ritter der Tafelrunde gewesen sein! Ich weiß, dass Ihr ihn alle gehasst habt!“, sagte Lady Wenna.

„Aber niemand von uns hatte die Gelegenheit dazu gehabt“, sagte Lancelot. „Nach dem Turnier waren wir alle die ganze Zeit zusammen.“

Rowan wandte sich an Gwyn und schaute ihn verzweifelt an. „Du musst mir glauben! Ich habe mit dieser Sache nichts zu tun. Meine Mutter hat vollkommen Recht: Es gibt so viele Menschen, die meinen Vater liebend gern ins Jenseits befördert hätten.“

„Aber keiner von ihnen hatte die Gelegenheit dazu gehabt“, wiederholte Lancelot.

„Dann werde ich mit euch nach Camelot zurückkehren“, sagte Rowan bestimmt. „Dies ist eine schwere Anschuldigung, die ich aus der Welt räumen muss.“

Gwyn lächelte Rowan an. „Ich hatte gehofft, dass du das sagen würdest.“

„Also glaubst du mir?“

„Ja, das tue ich.“

„Dann sollten wir keinen Moment zögern. Morgen reiten wir zurück.“

„Das wird nicht so schnell gehen“, sagte Gwyn. „Erst einmal muss Agrippina so weit genesen sein, dass sie längere Strecken alleine auf einem Pferd zurücklegen kann. Und dann ist da noch Mordred.“

„Ist er wieder aufgetaucht?“, fragte Lady Wenna bestürzt.

„Wenn es nur das wäre. Es ist ihm gelungen, Chulmleigh Keep zu erobern. Er hat nun die nötigen Mittel, eine Armee aufzustellen, gegen die Camelot nicht bestehen wird.“

„Dann sollten wir erst recht keine Zeit verlieren“, antwortete Rowan und sprang auf.

Gwyn packte ihn beim Arm und zog ihn wieder auf den Stuhl zurück. „Wie ich bereits sagte: Wir müssen warten, bis Agrippina wieder bei Kräften ist.“

„Aber warum ist diese Frau für dich so wichtig, abgesehen davon, dass sie deine Tante ist?“

„Weißt du, wie der Gral nach Britannien gekommen ist?“

„Natürlich. Joseph von Arimathäa hat ihn hierhergebracht. Du hast wohl vergessen, dass wir gemeinsam nach den fehlenden Seiten seines Buches gesucht haben.“

Gwyn überhörte den Tadel in Rowans Stimme. „Agrippina ist wie meine Mutter Valeria eine seiner direkten Nachfahren.“

Rowan brauchte einen Moment, bis er die Bedeutung dieser Worte verstanden hatte. „Soll das etwa heißen, dass auch du …?“

Gwyn nickte. „Valeria war die Gemahlin von Goon Desert, dem Herrn von Dinas Emrys.“

„Der Gralsburg im Wüsten Land?“, fragte Rowan, der sichtlich um Fassung rang.

„Vor vierzehn Jahren wurde Dinas Emrys von Mordred angegriffen. Vor dem Fall der Burg ist es meiner Mutter gelungen, den Gral in Sicherheit zu bringen.“

„Wo ist er?“

Gwyn lächelte dünn. „Das wissen wir nicht. Sie muss ihn irgendwo auf dem Weg zu ihrer Schwester nach Chulmleigh versteckt haben. Valeria war zu diesem Zeitpunkt hochschwanger mit mir. Sie versteckte sich bei einer Bauernfamilie, den Griflets, und starb bei meiner Geburt.“

„Du behauptest also, dass du der Sohn von Goon Desert und seiner Frau Valeria bist?“, fragte Lady Wenna. Sie schien die Tragweite dieser Nachricht langsam zu begreifen.

„Es ist die Wahrheit“, beteuerte Gwyn.

„Ich verstehe immer noch nicht, was das zu bedeuten hat“, sagte Rowan verwirrt.

„Das bedeutet, dass dein Freund der erstgeborene Sohn des letzten Gralshüters ist. Verstehst du nicht? Er ist der Fischerkönig!“, mischte sich nun Lancelot ein.

Wie vom Donner gerührt starrte Rowan Gwyn an. „Soll das bedeuten, du bist ein König? Ein wahrhaftiger, echter König?“

„Ja“, sagte Gwyn und es schwang ein wenig Verlegenheit in seiner Stimme mit. „Obwohl ich sehr lange gebraucht habe, um dies zu akzeptieren.“

Rowan nickte nachdenklich. „Deswegen hast du so bereitwillig das Angebot angenommen, Herr über Dinas Emrys zu werden!“

„Es ist mein Zuhause.“ Zum ersten Mal sprach Gwyn diese Worte so klar und unmissverständlich aus.

„Aber warum hast du Artur nichts davon erzählt?“, fragte Rowan verzweifelt. „Er hätte dich wie seinesgleichen aufgenommen!“

„Er hätte ihn auf der Stelle umgebracht“, sagte Lancelot. „Es gibt eine Prophezeiung, die besagt, dass dereinst das Einhorn den Drachen töten würde.“

Rowan blickte von Lancelot zu Gwyn. „Die beiden Wappen im Torbogen von Dinas Emrys, jetzt fällt es mir wieder ein. Eins zeigte einen Raben, das andere ein Einhorn.“

„Es ist das Zeichen meiner Mutter. Ein Medaillon mit ebendiesem Einhorn war das Einzige, was mir von ihr geblieben war.“

„Wieso war? Wo ist es jetzt?“

„Man hat es mir gestohlen und wenn ich Pech habe, hält es Mordred jetzt in seinen Händen. Es wäre nicht weiter tragisch, wenn es nur ein Erinnerungsstück wäre, doch alles deutet darauf hin, dass wir das Medaillon brauchen, um den Gral zu erkennen, wenn wir ihn gefunden haben.“

„Und diese Frau, die in den Gemächern meiner Mutter liegt?“

„Hütet den Schlüssel zu einer ganz besonderen Waffe. Der Gral gewährt Unsterblichkeit, aber die Lanze des Longinus macht ihren Träger unbesiegbar."

„Der Speer, der Jesus bei der Kreuzigung in die Seite gestoßen wurde, um sich seines Todes zu vergewissern", sagte Lady Wenna und erbleichte.

„Wer im Besitz dieser beiden Reliquien ist, würde für alle Zeiten die Welt beherrschen", sagte Gwyn. „Unbegrenzte Macht in Mordreds Händen wäre unser aller Untergang!"

„Deswegen wurden sie an unterschiedlichen Orten aufbewahrt", sagte Lancelot. „Valeria muss in der Tat sehr verzweifelt gewesen sein, wenn sie trotz der möglichen Gefahren, die sie damit heraufbeschwor, ihre Schwester hatte aufsuchen wollen."

Lady Wenna dachte einen Augenblick nach. „Nun gut, Gwydion Desert. Wie sieht dein Plan aus?"

„Wenn Ihr erlaubt, werden wir so lange hierbleiben, bis meine Tante in der Lage ist, die Reise nach Camelot anzutreten. Ich werde ihr erklären, in welcher Gefahr wir alle schweben, und hoffe, dass sie Artur die Lanze übergibt, damit Mordred ein für alle Mal überwunden werden kann."

„Also wird es zu einem Krieg kommen", sagte Rowan niedergeschlagen.

„Er ist ohnehin unausweichlich!", antwortete Gwyn. „Spätestens Ende nächsten Jahres, wahrscheinlich noch vor dem Winter, wird Mordred Camelot überfallen. Und diesmal lässt er sich bestimmt nicht durch einen billigen Bauerntrick ins Bockshorn jagen."

Lady Wenna lächelte. „Caer Goch hat schon viele Fürsten und Könige gesehen, doch du bist von allen der Erstaunlichste. Du hast sehr viel vom jungen Artur, wusstest du das?"

„Nein", gab Gwyn zu. „Eure Worte ehren mich, aber ich käme nie auf die Idee, mich mit dem Herrn von Camelot auf eine Stufe zu stellen."

Lady Wenna tätschelte ihm mütterlich die Wange. „Natürlich würdest du das nicht", sagte sie. „Doch wenn ich dir in die Augen schaue, wird mir um die Zukunft nicht bange."

Gwyn brachte kein Lächeln zustande. Die Zukunft, er hatte sie gesehen. Und bei dem Gedanken an die letzte Schlacht zwischen Artur und Mordred verwandelte sich sein Herz in einen Klumpen Eis.

Gwyn hatte sein Lager in der Kammer aufgeschlagen, in der auch Agrippina schlief. Es war eine unruhige Nacht gewesen, denn die Dämonen der Dunkelheit hatten die Frau durch schreckliche Albträume gejagt. Gwyn hatte keine Vorstellung, wie diese Schreckensvisionen aussehen mochten, doch er war sich sicher, dass sie alle mit hoffnungsloser Einsamkeit zu tun haben mussten.

Vierzehn Jahre hatte sie alleine in diesem Turm dahinvegetiert, abgeschnitten von der Welt, die sie für tot gehalten hatte. Der einzige Mensch, der wohl zumindest ab und zu noch zu ihr gesprochen hatte, mochte Mara gewesen sein, und die hatte wahrscheinlich nur wissen wollen, wo die Lanze versteckt war. Irgendwie konnte Gwyn sich nicht vorstellen, dass Sir Gore den Mut gehabt hatte, seiner Frau von Angesicht zu Angesicht gegenüberzutreten. Als selbsternannter Hüter der Kultur hatte er diese Drecksarbeit seiner Geliebten überlassen. Immerhin hatte er so viel Skrupel gehabt, Agrippina nicht körperlich zu foltern, doch die Isolation, die Verwahrlosung und der Hunger, die sie Tag für Tag in ihrem Gefängnis hatte erleiden müssen, waren mindestens genauso grausam gewesen.

Bei Sonnenaufgang schlug Agrippina zum ersten Mal die Augen auf. Gwyn, der neben ihr auf einer Liege geschlafen hatte, wurde wach, als sie seine Hand ergriff.

„Guten Morgen, Gwydion“, wisperte sie.

Bei ihrem Anblick strahlte er über das ganze Gesicht. „Agrippina, Gott sei gedankt! Wie fühlt Ihr Euch?“

„Hungrig“, sagte sie matt. „Und zum ersten Mal seit Jahren mit Leben erfüllt.“

„Das sind die besten Nachrichten, die ich seit Langem gehört habe.“ Gwyn richtete sie in ihrem Bett auf und stützte den Rücken mit einer zusammengerollten Decke ab. Dann nahm er von einem Tisch eine kleine Schüssel. „Wenn Ihr das bei Euch behaltet, können wir bald zu etwas Nahrhafterem übergehen.“ Er drückte ihr einen hölzernen Löffel in die Hand und Agrippina begann vorsichtig zu essen.

„Und, wie schmeckt es Euch?“, fragte er mit kindlicher Neugierde.

Agrippina schloss die Augen und lehnte sich mit einem entrückten Gesichtsausdruck zurück. „Es ist himmlisch. Selten habe ich etwas Köstlicheres gegessen.“ Sie öffnete die Augen. „Ich danke dir.“

„Wofür? Lady Wenna hat dieses Apfelmus für Euch zubereitet, nicht ich.“

„Gwydion, du weißt genau, was ich meine. Ich danke dir, dass du dein Versprechen gehalten hast. Ich bin frei!“

Gwyn errötete. „Bitte, esst weiter.“

„Was ist geschehen, nachdem Mordred mich wieder in den Turm gesteckt hat?“

„Ich hatte gehofft, Chulmleighs Bauern zu einer Revolte führen zu können, doch wir sind verraten worden. Es war Mara, die uns befreit hat.“

Agrippina ließ den Löffel sinken. „Mara? Du machst einen Scherz!“

„Nein“, sagte Gwyn ernst.

„Wo ist sie jetzt?“, fragte Agrippina mit bebender Stimme. Die Vorstellung, dass ihre Peinigerin womöglich in der Nähe war, wühlte sie so auf, dass sie am ganzen Leib zitterte.

„Sie ist tot. Von Mordred auf der Flucht erschossen.“

„Dann hat sie wohl für ihre Taten bezahlt, nicht wahr?“, sagte Agrippina bitter.

Gwyn antwortete nicht.

„Wo sind wir hier?“, fragte sie nach einer Weile.

„An der Küste in einer Burg namens Caer Goch, nahe der walisischen Grenze. Hier sind wir in Sicherheit, bis Ihr wieder so weit bei Kräften seid, dass wir nach Camelot reiten können, um Artur vor Mordred zu warnen.“

„Es wird Krieg geben“, stellte Agrippina nüchtern fest.

„Aber noch bleibt Zeit, uns auf den Angriff vorzubereiten. Und mit Euch an unserer Seite bin ich sicher, dass der Sieg uns gewiss ist."

Agrippina schaute Gwyn überrascht an, doch dann verstand sie. „Die Lanze. Du denkst, dass Artur mit ihr ein für alle Mal über das Böse siegt."

Begeisterung blitzte in Gwyns Augen auf. „Ja. Und ich finde die Aussicht, eines Tages in einer Welt ohne Mordred zu leben, äußerst beruhigend."

„Das kann ich mir sehr gut vorstellen", sagte Agrippina und löffelte weiter ihr Apfelmus. „Dann habe ich wohl geradezu die Pflicht, möglichst schnell wieder gesund zu werden, nicht wahr?"

„Um Himmels willen", sagte Gwyn beschwichtigend. „So war das nicht gemeint."

„Wie verzweifelt ist die Lage?"

Gwyns Lächeln erstarb, als er in ihr ernstes Gesicht blickte. „Sehr. Manche sagen, dass die letzten Tage von Camelot angebrochen sind."

„Und was glaubst du?"

„Ich denke, sie haben Recht damit", sagte Gwyn niedergeschlagen.

„Hast du Artur gegenüber einen Treueid geleistet?"

Gwyn dachte nach. Das hatte er in der Tat nicht. Er schüttelte den Kopf.

„Was ist mit Lancelot?"

„Er hat mich aus seinen Diensten entlassen", sagte er und zu seinem Erstaunen schien Agrippina erleichtert.

„Hör mir jetzt genau zu, denn es ist wichtig, dass du mich verstehst: Du bist der Fischerkönig und somit nur einer Sache zur Treue verpflichtet, und das ist der Gral."

„Aber König Artur …"

„Du hast keinen Herrn, dem du dienst, denn du bist selbst ein König. Deine einzige Aufgabe ist es, den Gral mit deinem Leben zu beschützen, wie es vor dir schon deine Eltern getan haben."

„Wie soll ich etwas schützen, was nicht in meinem Besitz ist!", rief er aufgebracht. „Der Gral ist verschwunden. Meine Mutter hat ihn irgendwo versteckt, aber ich weiß nicht, an welchem Ort."

„Such nicht nach ihm. Er wird zum richtigen Zeitpunkt *dich* finden. Denke immer daran: Du bist der Hüter des Grals und kein Schweinehirte! Es gibt eine Verbindung zwischen dir und dem Kelch, auch wenn du sie nicht siehst oder spürst. Aber sei dessen gewiss, sie ist da! Zeig mir das Medaillon deiner Mutter."

Schamesröte stieg in Gwyns Gesicht, als er den Blick senkte. „Ich habe es nicht mehr."

Agrippina ließ den Löffel fallen. „Sag, dass das nicht wahr ist", flüsterte sie.

„Ich konnte nichts dafür, einer von Mordreds Männern hat es mir abgenommen."

„Wenn Arturs Sohn dieses Medaillon hat …" Ihre Stimme erstarb und sie wirkte wie versteinert.

„Ich glaube nicht, dass es in seinem Besitz ist", sagte Gwyn. „Mara hatte mir erzählt, dass der Kerl, der es mir gestohlen hat, verschwunden ist. Mordred lässt schon überall nach ihm suchen."

„Dann bete, dass es nicht in seine Hände fällt. Egal, was passiert, du musst dieses Medaillon um jeden Preis zurückbekommen." Sie richtete sich im Bett auf und packte ihn am Arm. „Suche es! Finde es! Das ist von jetzt an deine wichtigste Aufgabe!"

Die Hüterin der Lanze

Inzwischen ging in Caer Goch alles seinen gewohnten Gang. Selbst Lancelot war sich nicht zu schade für die harte körperliche Arbeit, die Lady Wenna ihm aufgetragen hatte. Zusammen mit dem schweigsamen Pikten Odgar besserte er das Dach aus, reparierte den Stall und half bei der Feldarbeit.

Sir Kays Stammsitz musste einmal eine stattliche Festung gewesen sein, zu deren Instandhaltung es ein ganzes Heer Bediensteter bedurfte, von denen nur Odgar übrig geblieben war.

So hatte sich die Hausherrin auf die wesentlichen Dinge konzentriert. Das waren die Wirtschaftsgebäude und der Burgfried, in dem ihre Gemächer waren. Doch auch so gab es noch genug Arbeit für ein halbes Dutzend Menschen, die Lady Wenna jedoch ganz allein bewältigte. Gwyn fragte sich, was Sir Kay vor langer Zeit dazu bewogen hatte, seinem Zuhause den Rücken zuzukehren. Seine unerschütterliche Loyalität zu Artur mochte ein Grund sein, aber Gwyn vermutete, dass noch etwas anderes dahinter steckte.

Am Nachmittag hatte Agrippina ihre dritte kleine Mahlzeit zu sich genommen, ohne dass ihr Magen rebelliert hatte, und nun verspürte Gwyn, der die ganze Zeit neben ihrem Bett gewacht hatte, selbst einen nagenden Hunger. Ihn plagte zwar ein schlechtes Gewissen, doch er glaubte, dass es mittlerweile vertretbar war, Agrippina für eine Stunde alleine zu lassen. Als sie schlief, erhob er sich von seinem Stuhl, streckte sich gähnend und deckte sie vorsichtig zu. Dann machte er sich auf den Weg zur Küche.

Als er hinaus in den Burghof trat, sah er Rowan, der sich vergeblich mit den Schweinen abmühte. Gwyn lehnte sich gegen den Pferch und schaute seinen Freund grinsend an.

„Störrische Biester, nicht wahr? Das liegt daran, dass sie uns Menschen so ähnlich sind."

Rowan hatte einen stattlichen Eber bei den Ohren gepackt, ließ aber sofort wieder los, als das Tier nach ihm schnappte. Mit einem Sprung zur Seite wich er dem Angriff aus und hechtete über den Zaun, bevor das Schwein ein zweites Mal zubeißen konnte.

„Er muss wohl wissen, dass es um seine Schwarte geht", sagte Rowan keuchend. „In Camelot war alles einfacher. Da kam der Schinken aus der Küche. Hier müssen wir selber schlachten und räuchern, wenn wir Fleisch auf dem Tisch haben wollen. Ich frage mich, wie Mutter und Odgar das alles ohne fremde Hilfe geschafft haben."

„Warum stellt sie nicht noch jemanden ein?"

Rowan schnaubte. „Von welchem Geld? Mein Vater hat alles, was er besessen hat, Artur gegeben."

„Und dabei nicht an seine Frau gedacht?“

„Ich glaube, er hat längst vergessen, dass es meine Mutter gibt. Ich hätte beinahe denselben Fehler begangen. Lag wohl am schlechten Vorbild.“ Rowan klopfte sich den Dreck vom Hemd und fragte wie beiläufig: „War mein Vater schwer verletzt?“

„Er hatte viel Blut verloren.“

„Und du sagst, dass er seit dieser Tat nicht mehr gesprochen hat?“

„Kein einziges Wort“, sagte Gwyn.

„Ich habe mal einen Ritter gekannt, der ebenfalls schwer verwundet worden war. Auch er hatte Unmengen Blut verloren. Als er wie durch ein Wunder nach einer Woche wieder erwachte, konnte er seinen Arm nicht mehr bewegen und war fortan stumm wie ein Fisch. So, als ob ihn der Schlag getroffen hätte.“

„Nein, das ist es nicht. Merlin sagt, dass Sir Kay nicht nur am Leib, sondern auch an der Seele verletzt worden sei und deswegen nicht mehr spricht.“

„Nun, dann hat Artur wohl niemanden mehr, der seine Leute herumkommandiert“, sagte Rowan mit einem schiefen Grinsen.

Gwyn sah ihn ernst an. „Ja, und das ist zu einem großen Problem geworden. Es herrscht keine Disziplin mehr. Die Knappen werden nicht mehr ausgebildet und niemand geht mehr seinen Pflichten nach.“

„Dann muss Artur eben selbst einschreiten“, sagte Rowan. „Immerhin ist er der König.“

„Rowan, seit deinem Verschwinden hat sich vieles verändert“, sagte Gwyn vorsichtig. „Du würdest Camelot nicht mehr wiedererkennen. Die meisten der Ritter verlassen die Tafelrunde wohl nur aus einem einzigen Grund nicht: weil sie ein Treueid bindet.“

Rowan nickte. „Ja, der verdammte Gral. Er hat die Köpfe so vieler Männer vernebelt! Langsam glaube ich, dass dieser Kelch des Letzten Abendmahls gar nicht existiert. Man hat ihn nur erfunden, um Leuten wie Mordred und Artur den Verstand zu rauben.“

„Und wenn es ihn doch gibt? Was würdest mit ihm tun?“, fragte Gwyn.

„Das kann ich dir sagen“, erwiderte Rowan, ohne zu zögern. „Ich würde ihn vernichten.“

Die Tage vergingen. Agrippina kam dank Lady Wennas vorzüglicher Küche erstaunlich schnell wieder zu Kräften. Ihre knochigen Züge wurden weicher und das Gesicht einer schönen, südländisch anmutenden Frau kam langsam wieder zum Vorschein. Es dauerte nicht lange, bis sie sich auf die Bettkante setzen konnte, ohne dass ihr schwarz vor Augen wurde. Bald würde sie die ersten Schritte tun können.

Wenn Gwyn sich nicht gerade um Agrippina kümmerte, half er Lady Wenna mit dem Vieh. Es war erstaunlich, wie sehr er das bäuerliche Leben vermisst hatte. Die frische Luft und die Stille taten ihm gut. So gut, dass Sir Lancelot nach einigen Tagen beschloss, die Übungen mit dem Schwert wieder aufzunehmen.

Es war lange her, seit Gwyn das letzte Mal eine Klinge in der Hand gehabt hatte. Die ungewohnten Bewegungen ließen seinen Arm schon nach kurzer Zeit schmerzen, bis er schließlich kraftlos an der Seite herabhing.

Rowan schaute dem Treiben nur scheinbar teilnahmslos zu. Er hatte nach seinem Weggang aus Camelot gelobt, sich den, wie er meinte, ritterlichen Eitelkeiten zu entziehen und nur noch seiner Mutter zu helfen, doch Gwyn spürte, dass es Rowan in den Fingern juckte, sich mit Lancelot zu messen. Das war vielleicht sein größtes Problem: Er hatte einfach seinen Platz in der Welt noch nicht gefunden. Jeder glaubte, etwas anderes in ihm sehen zu müssen, und unter diesem Druck war er beinahe zerbrochen.

Für seinen Vater war er der künftige König Britanniens gewesen. Merlin hingegen glaubte, Rowan sei ein Mensch, dessen empfindsames Wesen verzweifelt an einer Welt litt, die nach und nach aus den Fugen zu geraten drohte. Seine Mutter, die ihren Sohn seit seinem siebten Lebensjahr nicht mehr gesehen hatte, nahm ihn so, wie er war, und das tat Rowan sichtlich gut. Noch nie hatte Gwyn seinen Freund so entspannt, fast fröhlich erlebt. Er fragte sich, was mit ihm geschehen würde, wenn sie wieder nach Camelot zurückkehrten.

Sie hatten bereits zwei Wochen Lady Wennas Gastfreundschaft in Anspruch genommen, als Agrippina zum ersten Mal ihre Kammer verließ. Sie war zwar noch lange nicht im

Vollbesitz ihrer Kräfte, doch sie bestand darauf, an diesem Abend gemeinsam mit den anderen zu speisen, so sehr sehnte sie sich nach menschlicher Gesellschaft.

Es war ein bewegender Anblick, als sie mit vorsichtigen Schritten hinaus in das helle Sonnenlicht trat. Ihre Haut war bleich wie das Antlitz jener Statuen, die den Weg hinauf nach Chulmleigh Keep gesäumt hatten, doch nach stundenlangem Kämmen hatte ihr verfilztes, schulterlanges Haar wieder einen wunderschönen, blauschwarzen Glanz angenommen. Gwyn hatte Lady Wenna im Auftrag seiner Tante nach irgendwelchen Schönheitsmitteln gefragt, und die Herrin von Caer Goch hatte tatsächlich das eine oder andere finden können, von dem vieles freilich nicht mehr zu benutzen war. Sie selber schminkte sich seit dem Weggang von Sir Kay nicht mehr und so hatte sie Agrippina die kleine, mit Perlmutt besetzte Schatulle geschenkt, in dem sie ihre Puder und Salben aufbewahrt hatte.

Agrippina schloss die Augen und drehte das Gesicht in die Sonne. Der Wind spielte mit ihrem Haar, als wäre es aus Mitternachtsseide. Gwyn verschlug es bei ihrem Anblick den Atem.

„War meine Mutter genauso schön wie Ihr?“

Agrippina schenkte ihm für dieses Kompliment ein Lächeln, bei dem es ihm ganz warm ums Herz wurde.

„Ja, das war sie, obwohl wir grundverschieden waren. Du musst wissen, wir waren Zwillinge, doch außer dem gleichen Geburtsdatum hatten wir nicht sehr viel gemeinsam. Deine Mutter hatte hellblonde Locken und grüne Augen.“

„Sehe … sehe ich ihr ähnlich?“ Gwyn kam sich bei der Frage sehr töricht vor.

„Ja und nein“, sagte Agrippina. „Aber du kannst deinen Vater nicht verleugnen.“ Sie nahm sein Kinn in ihre Hand und drehte den Kopf vorsichtig von rechts nach links. „Oh ja, es wird nicht mehr lange dauern, und du wirst die Herzen der Mädchen gleich reihenweise brechen. Gibt es jemanden in deinem Leben, an dem dein Herz hängt?“

Gwyn musste an Katlyn denken und errötete.

„Sie hat großes Glück“, sagte sie und strich ihm eine Strähne des schwarzen Haares aus dem Gesicht. Schließlich hakte sie sich bei ihm ein. „Bist du bereit für einen geselligen Abend?“

„Ja.“

„Dann freue ich mich, dass du mein Tischherr bist.“

Lady Wenna hatte dieses Mahl so vorbereitet, als erwarte sie eine leibhaftige Königin. Statt des Steinguts, das für den alltäglichen Gebrauch bestimmt war, würden sie heute Abend von silbernen Tellern essen. Sie hatte in einem der Keller noch eine Amphore roten Weines gefunden, den Sir Ector vor vielen Jahren aus Gallien hatte kommen lassen und mit dem er in früheren Zeiten, als Caer Goch noch ein Ort ausgelassener Feste war, hochwohlgeborene Gäste bedachte. Den ganzen Tag war Lady Wenna in der Küche zugange gewesen, um aus dem Wenigen, was Stall und Feld hergaben, ein Essen zu zaubern, bei dem Meister Arnold vor Neid gelb angelaufen wäre.

Lancelot und Rowan erhoben sich von ihren Stühlen, als Agrippina eintrat und von Lady Wenna begrüßt wurde.

„Nun kann ich Euch endlich standesgemäß begrüßen: Seid willkommen in Caer Goch. Mit Eurer Anwesenheit kehrt ein wenig des Glanzes vergangener Tage in diese Hallen zurück", sagte sie und verneigte sich vor ihrem Gast.

Agrippina ergriff zunächst Lady Wennas Hände. Dann umarmte sie die Gastgeberin, um ihr einen Kuss auf die Wange zu geben. „Ich danke dir, Schwester. Deine Großzügigkeit beschämt mich. Ich stehe tief in deiner Schuld."

Verwirrt löste sich Lady Wenna aus der Umarmung und trat einen Schritt zurück. „Lancelot kennt Ihr ja bereits."

Der Ritter verneigte sich. „Lady Agrippina."

Sie erwiderte den Gruß mit einem Lächeln, das den alten Ritter wie einen jungen Mann grinsen ließ.

„Der Bursche an seiner Seite ist Rowan, mein Sohn."

„Ich begrüße Euch auf Caer Goch", sagte Rowan und verneigte sich ebenfalls, wobei er jedoch den Blick nicht von Agrippina abwenden konnte.

„Ein stattlicher Mann seid Ihr, junger Herr. Eure Mutter kann mit Recht stolz auf Euch sein." Agrippina strahlte ihn an und Rowan strahlte zurück. Er hatte auf einmal unglaubliche Ähnlichkeit mit einem verliebten Kalb, wie Gwyn belustigt feststellen musste.

„Bitte, nehmt Platz", sagte Lady Wenna. „Darf ich Euch vielleicht einen Schluck Wein anbieten?"

„Vielen Dank, aber ich glaube, nach dem ersten Schluck würde mich Gwydion wieder zurück ins Bett tragen müssen, und das wäre schade. Ich habe schon lange keinen Abend mehr in solch angenehmer Gesellschaft verbracht. Es wäre wirklich ein Jammer, wenn er solch ein frühes Ende für mich nähme."

Sowohl Lancelot als auch Rowan grinsten bei diesen Worten noch breiter. Agrippina hatte sie mit ihrem Charme verzaubert.

Lady Wenna trug das Essen auf und es wurde tatsächlich ein heiteres Beisammensein. Lancelot und auch Rowan sprachen in einer Weise dem Wein zu, der Lady Wenna besonders in Hinsicht auf ihren Sohn die Stirn runzeln ließ. Man lachte, scherzte und erzählte sich Geschichten, die mitunter so deftig waren, dass Gwyn sich sogar einmal an einem Stück Braten verschluckte, während die sonst so beherrschte Lady Wenna mit roten Ohren zuhörte und dabei manches Mal wie ein kleines Mädchen zu Boden blickte. Doch allzu derb wurden die Geschichten nie. Dafür sorgte alleine schon Agrippina, die die Unterhaltung geschickt mal in die eine, mal in die andere Richtung lenkte. Gwyn fand nur seltsam, dass sie die Gastgeberin fortwährend als Schwester ansprach. Die Stunde war schon weit vorangeschritten, als Lady Wenna sie endlich nach dem Grund dafür fragte.

„Alle Frauen sind Töchter der großen Göttin", sagte Agrippina, als würde sie etwas ganz Selbstverständliches erklären.

„Ihr seid keine Christin?", fragte Lady Wenna.

„Nein, ich bin eine Anhängerin des Dianakultes."

„Ah, die römische Göttin der Jagd", sagte Rowan mit schwerer Zunge, der sichtlich stolz darauf war, mit seinem Wissen glänzen zu können.

Agrippina lächelte. „Ja, das ist sie, doch ihre Ursprünge liegen noch viel weiter in der Vergangenheit. Bei den Griechen hieß sie Artemis und war die Göttin der Freiheit, des Wissens und der weiblichen Kraft. Sie konnte aber auch die Göttin des Krieges, des Zorns und der Rache sein. Sie ist die Magna Mater, die große, allumfassende Mutter. Alle Frauen in unserer Familie dienten ihr. Valeria und ich haben immer sehr viel Wert auf unsere persönliche Freiheit gelegt, auch und gerade wenn es um Männer ging."

„Aber wie konntet Ihr dann jemandem wie Sir Gore auf den Leim gehen?", fragte Lady Wenna.

„Vielleicht, weil mich die Liebe blind gemacht hat." Agrippina seufzte. „Ich habe gedacht, dass ein Mann von solcher Bildung niemals ein Barbar sein konnte. Ich habe seine Gesellschaft genossen. Er war geistreich, witzig, belesen – und ein guter Liebhaber." Sie schwieg einen Moment nachdenklich. „Und dennoch hat ihn das nicht daran gehindert, mich all die Jahre zu quälen. Da kann jemand ganze Passagen von Ovid im Original zitieren und trotzdem tiefer als ein Tier stehen."

„Also seid Ihr keine Christin?", wiederholte Lady Wenna nachdenklich.

„Nein. Der Mann ist Gottes Bild und Abglanz, die Frau aber ist des Mannes Abglanz, das sagte der Apostel Paulus. Dieser Mann muss uns Frauen wahrlich gehasst haben."

„Wenn Ihr keine Anhängerin des Christentums seid, wie kommt es dann, dass Ihr eine ihrer größten Reliquien bewahrt?"

„Das eine schließt das andere nicht aus. Seit Anbeginn der Zeit verehren die Menschen die große Göttin. Man nennt sie Isis, Ishtar oder Gaia, Diana, Astarte oder Freya. Sie alle sind Verkörperungen der alten Fruchtbarkeitsgöttin, denen die Heilerinnen auch in diesem Land noch immer huldigen. Joseph von Arimathäa kannte Paulus, und er ahnte, in welche Richtung er die Kirche lenken würde. Er verteufelte die Frauen, sprach ihnen die Freiheit und ihre Selbstbestimmung ab. Joseph ahnte, dass er keine friedliche Kirche schaffen würde, die in Einklang mit den alten Religionen leben würde. Jesus hatte sich eine Religion des Friedens und der Versöhnung gewünscht, die auf der Gleichheit aller Menschen basierte. Joseph hat den Gral und die Lanze vor Männern wie Paulus versteckt! Warum sonst hätte er die gefahrvolle Reise nach Britannien unternehmen sollen? Aus Angst vor den Römern? Für die waren die Christen zu diesem Zeitpunkt eine unbedeutende jüdische Sekte."

„Der Gral", sagte Lancelot. „Gibt es ihn wirklich?"

Agrippina schwieg einen Moment. „Ja. Er existiert", sagte sie schließlich.

„Wenn Ihr ihn in Händen gehalten habt, wisst Ihr wie er aussieht. Könnt Ihr den Gral beschreiben?"

Ihr Gesichtsausdruck war schwer zu deuten. „Er ist … wunderschön."

„So schön wie Ihr?"

Agrippina lachte laut auf. „Sir Lancelot, Ihr seid ein Schmeichler. Aber gestattet mir die Frage: Was würdet Ihr mit ihm tun, wenn er sich in Eurem Besitz befände?"

„Nun, es käme darauf an, welche Macht er hat!", sagte er lächelnd.

„Sterbenden haucht er neues Leben ein. Lebenden schenkt er die Unsterblichkeit."

„Ich würde jeden, den es danach verlangt, daraus trinken lassen", sagte er, als sei die Antwort selbstverständlich.

„Auch Mordred?"

Lancelot schnaubte. „Natürlich nicht."

„Warum?"

„Das liegt doch auf der Hand. Er ist die Verkörperung des Bösen schlechthin."

„Das Gute und das Böse, könnt Ihr es immer voneinander unterscheiden?"

„Ich denke schon."

„Wenn jemand ein Kind töten müsste, um tausend andere Kinder zu retten, ist er dann ein Mörder?"

„Nein. Welch eine seltsame Frage!"

„Glaubt Ihr, dass die trauernde Mutter ebenso dächte?"

Lancelot wollte etwas darauf erwidern, schwieg dann aber betroffen.

„Seht Ihr, das ist der Grund, warum der Gral und die Lanze niemals in die Hände eines Menschen fallen dürfen, der sich seiner Sache so sicher ist wie Ihr. Ihr seid kein Zweifler, genau wie König Artur." Mit diesen Worten stand Agrippina auf. „Schwester, ich danke dir für alles", sagte sie zu Lady

Wenna. „Deine Gastfreundschaft war überwältigend, doch ich merke, wie sehr mich dieser Abend angestrengt hat. Ich werde jetzt ruhen müssen. Aber wir alle werden uns wiedersehen."

Sie trat vor Lancelot und hauchte ihm einen Kuss auf die bärtige Wange. „Ihr seid ein ungewöhnlicher Mann und ich wünschte, wir wären uns früher begegnet."

Dann streckte sie Rowan die Hand entgegen. „Junger Herr, es war mir eine Freude."

Er stand schwankend auf. „Die Freude ist ganz die meine."

„Und trinkt einen Becher Salzwasser vor dem Zubettgehen, das bewahrt Euch vor einem schweren Kopf." Agrippina wandte sich lächelnd an Gwyn. „Begleitest du mich noch hinaus?"

„Ich hoffe, ich habe nicht allen den Abend verdorben", sagte Agrippina, als sie hinaus in die kühle Nacht traten.

„Seid unbesorgt. Lady Wenna war ein wenig verwirrt, doch das Herz ihres Sohnes wie auch das Sir Lancelots habt Ihr im Sturm erobert."

„Es sind gute Menschen. Umso mehr betrübt es mich, dass ich Ihnen nicht helfen kann", sagte sie traurig. Sie ergriff seine Hand. „Ich verstehe dein Dilemma. Du willst deinen Freunden helfen, doch du darfst nicht in die Ordnung der Dinge eingreifen. Es ist wichtig, dass du dir dessen immer bewusst bist. Die Angelegenheiten der Menschen dürfen dich nicht kümmern. Der Fischerkönig dient einer Sache, die größer als die Tafelrunde ist."

Gwyn blieb stehen. „Auch wenn dies bedeutet, dass die Welt, wie wir sie kennen, dem Untergang geweiht ist?"

„Es war nie unsere Welt, Gwydion Desert."

„Aber meine! Ihr vergesst, dass mich einfache Menschen großgezogen haben. Menschen, denen nur die Hoffnung auf bessere Tage die Kraft gibt, ums Überleben zu kämpfen. Wir hätten die Macht, diese Hoffnung zu erfüllen."

Agrippina blickte ihn ernst an. „Du redest schon wie Artur Pendragon."

Gwyn hob hilflos die Arme. „Sagt mir, was daran so schlimm ist! Als er die Tafelrunde gründete, waren seine Absichten ehrenvoll. Seine Untertanen haben ihn geliebt."

„Du sprichst von ihm in der Vergangenheit …"

Gwyn kniff die Lippen zusammen.

„Also hat auch ihn das Gift der Macht verdorben", stellte Agrippina fest. Sie seufzte müde und strich Gwyn über die Wange. „Vor dir liegt ein beschwerlicher Weg voller Prüfungen und ich weiß nicht, wohin er dich führen wird. Aber was auch immer geschieht, sei dessen gewiss: Ich werde den Sohn meiner Schwester, den letzten Fischerkönig, nicht im Stich lassen." Sie lächelte ihm noch einmal zu, dann drehte sie sich um.

Der Vollmond stand hoch am Himmel, als Agrippina im Bergfried verschwand. Die Stille war so drückend, dass Gwyn die Brandung des Meeres hören konnte.

Es klang wie fernes Donnergrollen.

Abschied

Agrippina ist fort!“, rief Gwyn atemlos, als er auf den Hof gerannt kaum. Der Dunst des frühen Morgens löste sich im Schein der aufgehenden Sonne auf.

Möwen zogen am blauen Himmel ihre Kreise und begrüßten mit ihrem Kreischen einen strahlenden Sommertag. Lancelot stand zusammen mit Rowan am Brunnen und schöpfte Wasser für die Schweine, die sich an ihren Trögen bereits um das Futter balgten. Lady Wenna fütterte gerade die Hühner.

Lancelot stellte den Eimer ab, als Gwyn keuchend vor ihm zum Stehen kam.

„Agrippina hat ihre Sachen gepackt und ist einfach verschwunden.“

Rowan, der nach dem gestrigen Abend etwas blass um die Nase war und dunkle Ringe unter den Augen hatte, lief eilends zum Stall. „Eines der Pferde ist fort“, rief er.

„Aber wie ist das möglich?“, fragte Lady Wenna überrascht. „Agrippina war so schwach, dass sie sich kaum auf den Beinen halten konnte!“

„Nun, wie es scheint, hat sie uns alle getäuscht“, sagte Lancelot und krempelte die Ärmel seines Hemdes hinunter.

Lady Wenna schaute ihn verunsichert an. „Haben wir etwas zu ihr gesagt, was sie beleidigt haben könnte?“

Gwyn erinnerte sich an die Worte, die sie am Ende des gestrigen Abends zu ihnen gesprochen hatte: „Wir werden uns alle wiedersehen.“ Zuerst hatte er sich gefragt, was sie damit gemeint hatte, doch nun war es ihm klar. Es waren Worte des Abschieds gewesen.

„Macht Euch keine Gedanken, Lady Wenna“, sagte Gwyn. „Ich glaube, Agrippina hat dies schon lange geplant.“

„Wie kann sie nur so dumm sein?“, fluchte Lancelot. „In ihrem Zustand wird sie sich keinen halben Tag im Sattel halten können. Ich werde ihr nachreiten.“

„Ich komme mit“, sagte Rowan. „Was ist mit dir, Gwyn? Begleitest du uns?“

„Ja, natürlich“, sagte er. „Obwohl ich befürchte, dass wir keinen Erfolg haben werden.“

„Da bin ich anderer Meinung“, sagte Sir Lancelot. „Agrippina kann noch nicht weit sein. Wir werden sie bald eingeholt haben.“

Sie füllten in Anbetracht der heraufziehenden sommerlichen Hitze vorsorglich die Wasserflaschen, legten dann ihre Waffen an und sattelten die Pferde. Lady Wenna öffnete das Tor. Lancelot gab seinem Rappen die Sporen und gemeinsam preschten sie davon.

„Rowan, du reitest die Küste nach Westen entlang“, rief er. „Gwyn, du nimmst die entgegengesetzte Richtung. Ich werde das Landesinnere absuchen. Spätestens bei Sonnenuntergang treffen wir uns wieder in Caer Goch. Gebe Gott, dass ihr nichts zugestoßen ist", knurrte Lancelot.

Also trennten sie sich. Gwyn, der spürte, dass die Suche ergebnislos verlaufen würde, fiel vom Galopp in einen gemächlichen Trab, als die beiden anderen außer Sichtweite waren.

Das Land jenseits der Steilküste war eine baumlose Hügellandschaft. Nur einzelne durch den ständigen Wind verkrüppelte Büsche und Sträucher konnten sich hier so nahe am Meer halten. Wenn Agrippina diesen Weg genommen hatte, dann musste sich hier irgendwo ihre Spur finden lassen. Doch wie sehr Gwyn auch die Augen offenhielt, es gab nicht den geringsten Hinweis, dass hier vor Kurzem ein Pferd entlanggeritten war.

Am Mittag erreichte er eine kleine Landzunge, die vielleicht dreihundert Schritt ins Meer hineinragte. Auf ihr befand sich die Ruine eines römischen Turms. Ob es sich dabei um ein Leuchtfeuer oder um eine kleine Befestigungsanlage handelte, war nicht mehr zu erkennen. Er stieg von seinem Pferd ab, streckte sich und schaute sich um. Es war niemand zu sehen. Gwyn band Pegasus an einem Busch an und stieg die brüchigen Stufen hinauf. Zwischen den Ritzen wuchs Gras und an einer windgeschützten Stelle zwängte sich sogar der junge Trieb eines Baumes durch das Mauerwerk.

Als er oben ankam, schlug ihm ein kräftiger Seewind ins Gesicht, der so intensiv nach dem Salz des Meeres roch, dass Gwyn tief durchatmete. Er öffnete seinen Proviantbeutel, biss ein Stück Brot ab und ließ seinen Blick über die graue aufgepeitschte See wandern. Obwohl die Böen fast schon stürmisch waren, erfasste sein Herz eine Ruhe, wie er sie schon lange nicht mehr verspürt hatte. Er fragte sich, was jenseits des Horizonts sein mochte. Wenn er die römische Karte richtig in Erinnerung hatte, befand sich im Norden Caerdydd in Wales. Segelte er nach Westen, würde er die südliche Küste von Irland erreichen. Doch was befand sich dahinter? War die Welt eine Scheibe und stürzte man in die Unendlichkeit, wenn man sich zu weit vorwagte? Oder hatten die Griechen Recht gehabt, die behaupteten, die Welt sei eine Kugel? Dann musste man nur lang genug segeln, um wieder an den Ausgangspunkt seiner Reise zu gelangen. Wem würde man unterwegs begegnen? Welche Gestade würden den Reisenden empfangen? Ein ungeahntes Gefühl des Fernwehs überkam ihn, und auf einmal war die Vorstellung, mit einem kleinen Segelboot in See zu stechen und sich vom Wind aufs Geratewohl hinaustreiben zu lassen, fast übermächtig.

Er drehte sich um und schaute ins Landesinnere. Plötzlich hielt er mit dem Kauen inne. Irgendetwas bewegte sich auf einer der weit entfernten Hügelkuppen. Er beschattete seine Augen. Er machte zwei Punkte aus, die langsam näher kamen – also konnte es sich nicht um Agrippina handeln. Unter ihm begann Pegasus nervös zu wiehern.

Gwyn stopfte den Rest seines Brotes zurück in den Beutel und sprang zwei Stufen auf einmal nehmend die Treppe hinab. Unten angekommen erkannte er, dass die Reiter vielleicht noch zwei Meilen von ihm entfernt waren. Wenn er jetzt davonritt, würden sie ihn entdecken. Er nahm Pegasus bei den Zügeln und führte ihn hinter den Turm. Sein Blick fiel auf den Sattel, an dem das Schwert hing. Einen kurzen Moment überlegte er, ob er es sich auf den Rücken binden sollte, doch er verwarf die Idee fast im selben Moment wieder. Bevor er das Schwert auch nur gezogen hätte, wäre er tot gewesen. Aber vielleicht hatte er Glück und es waren nur Reisende, die wie er an diesem Turm eine Rast einlegen wollten.

Er hörte das Wiehern ihrer Pferde und das Klappern von Hufen auf dem steinigen Untergrund. Gwyn schielte um die Ecke und als er den grünen Drachen auf ihren staubbedeckten schwarzen Röcken sah, wusste er, dass er in ernsthaften Schwierigkeiten steckte. Gwyn zog den Kopf wieder ein. Beruhigend strich er Pegasus über den Nasenrücken und legte seinen Zeigefinger an den Mund. Glücklicherweise schien Pegasus stets zu verstehen, was sein Herr sagte oder dachte, und war augenblicklich still. Gwyns Herz pochte so laut, dass er glaubte, es müsste ihn augenblicklich verraten.

Die Männer unterhielten sich leise. Gwyn hörte, wie einer von ihnen den Turm durchsuchte und dann wieder hinaustrat.

„Hier ist nichts“, sagte eine erschöpfte Stimme.

„Ich bin es leid“, sagte der andere. „Seit Wochen durchkämmen wir die Gegend, ohne auch nur die geringste Spur von ihnen zu finden.“

„Du weißt, was Mordred mit uns anstellt, wenn wir ihm nicht ihre Köpfe bringen. Schlimm genug, dass ihm Wiclyff durch die Lappen gegangen ist. Das hat seine Stimmung nicht gerade verbessert.“

Gwyn spitzte die Ohren. Sie mussten über den Kerl sprechen, der sein Medaillon gestohlen hatte!

„Sei vorsichtig, was du sagst."

„Ach, hör auf. Hier ist nur der Wind, und der hat keine Ohren."

„Ich weiß nicht, mit welchen Mächten Mordred im Bunde steht, aber glaub mir, wenn es einen Teufel gibt, dann hat er seine Gestalt angenommen."

„Aber warum bist du dann bei ihm geblieben?"

„Du hast doch gesehen, was er mit denen gemacht hat, die sich von ihm losgesagt haben."

„Ich kann Wiclyff verstehen. An seiner Stelle hätte ich mich auch Richtung Londinium aus dem Staub gemacht."

„An seiner Stelle hätte ich Mordred gar nicht erst bestohlen! Wiclyff hatte keinen Grund dazu gehabt. Wir alle sind jetzt schon reicher, als wir es uns jemals vorstellen konnten. Denn du kannst über Mordred sagen, was du willst: Er hat diejenigen, die ihm treu gedient haben, immer reich belohnt. Und warte ab, wenn wir erst einmal Camelot erobert und Artur besiegt haben, werden wir alle Fürsten in einem eigenen Reich sein."

„Fürsten in einem eigenen Reich? Dass ich nicht lache! Du glaubst doch nicht, dass ausgerechnet Mordred die Tributpflicht abschafft?"

Etwas Schweres wurde auf den Boden geworfen. „Wie dem auch sei, ich freue mich schon auf den Tag, an dem ich Herr über meine eigene Burg bin und nicht mehr unter freiem Himmel schlafen muss." Gwyn hörte ein wohliges Stöhnen, als ob sich jemand ausstreckte und hinlegte. Es dauerte nicht lange und er hörte das gleichmäßige Schnarchen der beiden Männer.

Gwyn schlich sich leise an der Wand entlang und spähte um die Ecke. Er kannte die Männer. Der Kahlkopf gehörte zu Mordreds Leibwache, während der Bärtige mit den blonden Haaren die Arbeit in der Schmiede beaufsichtigt hatte. Beide hatten die Köpfe auf ihre Sättel gelegt und schienen tief zu schlafen. Gwyn überlegte, was er jetzt tun sollte. Lancelot hätte sie wahrscheinlich ohne mit der Wimper zu zucken getötet, doch das brachte Gwyn nicht fertig. Er konnte keine wehrlosen Menschen einfach so umbringen, als sei ihr Leben nichts wert. Aber vielleicht gelang es ihm ja, die Pferde zu stehlen.

Kaum hatte er sie bei den Zügeln gepackt, brachen sie in ein lautes Wiehern aus. Sofort schreckten die beiden Männer auf. Sie brauchten nur einen Augenblick, um die Lage zu erfassen, und schnell waren sie mit gezückten Schwertern auf den Beinen.

„Sieh an, sieh an! Wen haben wir denn da? Einen Pferdedieb?", sagte der Kahlkopf grimmig.

Der Bärtige musterte Gwyn genauer und strahlte dann über das ganze sonnenverbrannte Gesicht. „Nein, viel besser! Das ist der junge Bursche mit dem Mädchennamen, den Mordred so verzweifelt sucht. Gwendolin oder wie er heißt."

„Gwydion", verbesserte ihn der Kahlkopf. „Junge, du hast gerade unseren Tag gerettet. Lass die Zügel los und komm zu uns herüber."

Doch Gwyn dachte nicht daran, sich so einfach zu ergeben. Ohne die beiden aus den Augen zu lassen, machte er einen Schritt zurück. Dann drehte er sich um und lief, so schnell er konnte, hinter den Turm. Der Kahlkopf setzte ihm nach. Kaum war er um die Ecke gebogen, traf ihn Pegasus' Huf mit solch einer Wucht, dass er mit einem Schrei nach hinten taumelte und reglos liegen blieb. Wieder einmal hatte die Verständigung zwischen Gwyn und Pegasus perfekt geklappt.

Gwyn nahm sein Schwert und umklammerte die Waffe mit beiden Händen. Er schaute sich hastig um. Wo zum Teufel war der andere? Ein Geräusch ließ ihn zusammenfahren und er wirbelte herum.

„Junge, steck das weg. Du wirst dir noch wehtun."

Gwydion schüttelte den Kopf und stellte sich breitbeinig hin, um seinen Stand zu verbessern. Gwyn wusste, dass der Bärtige ihn lebend fangen musste. Und der ahnte nicht, dass Gwyn kein gewöhnlicher Bauerntölpel war, denn nur so war es zu erklären, dass er seine Deckung vernachlässigte. Gwyn musste schnell handeln, wenn er die Überraschung auf seiner Seite haben wollte. Er trat einen Schritt vor, zielte auf den Kopf des Gegners, änderte aber in der Bewegung die Schlagrichtung und hieb auf das Standbein des Bärtigen ein. Nur die dicken Lederstiefel verhinderten eine schlimmere Verletzung. Dennoch sackte der Mann mit einem überraschten Laut ein.

„Du Hund!", brüllte er Gwyn an und zwang sich auf die Füße. Auch wenn Gwyn ihn nicht außer Gefecht gesetzt hatte, so war nun die Beweglichkeit des Mannes stark eingeschränkt. Gwyn steckte sein Schwert wieder zurück und löste einen zweiten Lederriemen von seinem Gürtel.

„Ich warne dich: Bleib, wo du bist", sagte er.

„Sonst was?", kam die wutverzerrte Antwort.

Gwyn bückte sich nach einem runden Stein, legte ihn in die Schleuder und ließ sie über seinem Kopf kreisen. „Ich will dich nicht unnötig verletzen. Leg die Waffe nieder!"

Der Mann lachte dröhnend. „Ich soll mich einem halbwüchsigen Bengel ergeben? Was glaubst du eigentlich, wer du bist?" Er hob den Schwertarm. Der Stein schnellte davon, traf die Hand und das Schwert fiel mit einem hellen Klingen zu Boden. Der Mann ging stöhnend in die Knie.

„Der zweite Stein wird dich am Kopf treffen."

„Ich habe noch nie einen Bauernjungen wie dich gesehen", kam die entgeisterte Antwort. „Wie war noch einmal dein Name?"

„Ich heiße Gwydion Desert."

„Wer hat dir das Kämpfen beigebracht?"

„Die Ritter der Tafelrunde."

„Also bist du ein Knappe! Wer ist dein Herr?"

Gwyn bedachte den Mann mit einem kalten Blick. Dann sagte er langsam, aber in einem Tonfall, der keine Zweifel duldete: „Ich diene keinem Herrn."

„Wie du meinst." Der Bärtige hüpfte auf seinem gesunden Bein zu einem Felsen und ließ sich auf ihm nieder.

Gwyn beugte sich zu dem Mann hinab, der von Pegasus einen Tritt mit dem Huf erhalten hatte, und untersuchte ihn. Der Kopf war auf eine absurde Weise verdreht, die leeren

Augen schauten hinaus aufs Meer. Er war tot, durchfuhr es Gwyn. Die Schuld traf ihn wie ein Schlag in die Magengrube. Er versuchte, sich von diesem schrecklichen Anblick abzuwenden, doch sein Gewissen machte ihm einen Strich durch die Rechnung. Schließlich fand er die Kraft, um mit zitternder Hand die Lider zuzudrücken. Dann bückte er sich nach den beiden Schwertern und warf sie in hohem Bogen über die Klippe. Er wandte sich dem anderen Mann zu, der sein verletztes Handgelenk mit einem Lederband umwickelte.

„Du bist frei. Geh, wohin du willst."

„Du tötest mich nicht?"

„Was für einen Sinn hätte das?"

„Ich könnte Mordred verraten, wo du steckst."

„Er würde ohnehin nach euch suchen und dann herausfinden, was mit euch geschehen ist."

Der Mann riss einen Streifen seines Rocks ab und verband damit vorsichtig seine Wunde am Bein, die heftig blutete.

„Dein Freund, hatte er eine Familie?", fragte Gwyn mit belegter Stimme.

Der Bärtige schüttelte den Kopf. „Wer sich Mordred anschließt, sollte sich mit derlei nicht belasten."

Gwyn begann, einige schwere Steine zusammenzutragen, um sie über dem Leichnam aufzuschichten.

„Was tust du da?", kam die überraschte Frage.

„Ich habe deinen Freund getötet. Also erweise ich ihm die letzte Ehre und sorge dafür, dass er ein anständiges Begräbnis erhält", erwiderte Gwyn rau.

„Aber er war dein Feind!"

„Er war ein Mensch", presste Gwyn zwischen den Zähnen hervor. „Und kein Tier, dessen Kadaver man anderen Tieren zum Fraß überlässt."

Der Mann schaute dem Treiben eine Zeit lang schweigend zu, dann drückte er sich mit schmerzverzerrtem Gesicht hoch und stellte sich auf sein unverletztes Bein. Gwyn zog mit einer schnellen Bewegung das Schwert, doch der Bärtige ließ sich dadurch nicht beeindrucken. Er humpelte zu einem Stein, hob ihn hoch und legte ihn auf den Haufen, den Gwyn bereits zusammengetragen hatte. Dann wandte er sich dem nächsten Brocken zu. Gwyn beäugte ihn misstrauisch, steckte dann aber langsam das Schwert wieder zurück, um sich wieder an die Arbeit zu machen. Es dauerte keine halbe Stunde und sie waren fertig. Gwyn warf noch einen letzten Blick auf das Grab, dann schwang er sich in den Sattel. Er wollte gerade losreiten, als ihm der Bärtige in die Zügel griff.

„Mein Name ist Colgrin", sagte er und streckte Gwyn die Hand entgegen, doch der behielt die seine am Schwertgriff.

„Du bist Sachse?"

„Ja."

Gwyn nickte. „Vielleicht treffen wir uns einmal wieder, wenn du nicht mehr unter dem Banner des grünen Drachen kämpfst. Dann werde ich die dargebotene Hand gerne ergreifen und dich wie einen Freund begrüßen." Er schnalzte mit der Zunge und ritt, ohne sich noch einmal umzudrehen, davon.

Die Sonne näherte sich bereits dem westlichen Horizont, als Gwyn Caer Goch erreichte. Er ritt durch das weit geöffnete Tor und sah, dass Lancelot und Rowan bereits zurückgekehrt waren. Sie standen mit Lady Wenna bei der Schmiede und schienen aufgeregt miteinander zu diskutieren. Ohne das Wort an sie zu richten, führte Gwyn Pegasus in den Stall. Die Unterhaltung verstummte. Er spürte ihre Blicke in seinem Rücken, doch das war ihm egal. Gwyn sattelte Pegasus ab, gab ihm Wasser und Hafer, um dann das staubige Fell zu striegeln.

„Gwyn?“, hörte er eine Stimme hinter sich. Es war Rowan. „Was ist geschehen?“

„Wir müssen von hier verschwinden, am besten morgen schon“, sagte er einsilbig. „Wir sind hier nicht mehr sicher. Mordred ist uns auf der Spur.“

„Wie viele Männer waren es?“, fragte Sir Lancelot.

„Zwei. Einer von ihnen ist tot, der andere verletzt.“

„Hast du die beiden etwa alleine zur Strecke gebracht?“, fragte Rowan aufgeregt.

Gwyn stellte sich auf einen Eimer und hob den Sattel vom Rücken seines Pferdes. „Ja“, sagte er knapp.

Lancelot, der verstand, was in ihm vorging, legte vorsichtig eine Hand auf seine Schulter. Gwyn schüttelte sie mit einer brüsken Bewegung ab.

„Wir haben keine Spur von Agrippina entdeckt“, sagte Rowan. „Es ist, als habe sie sich in Luft aufgelöst.“

„Wie schnell wird deine Mutter ihre Sachen packen können?“, fragte Gwyn.

„Ich werde Caer Goch nicht verlassen." Lady Wenna stand plötzlich in der Tür.

„Es ist nur eine Frage der Zeit, bis Mordred die Burg überfallen wird", sagte Gwyn.

„Dann ist es so."

„Mutter!", rief Rowan. „Du kannst auf gar keinen Fall hierbleiben!"

„Sag du mir nicht, was ich kann oder nicht kann!", entgegnete sie mit einer Schärfe, die sogar Lancelot aufblicken ließ. „Ich habe fast mein ganzes Leben in Caer Goch verbracht. Camelot ist für mich keine Wahl!"

„Aber Vater ..."

„Kay hat sich all die Jahre nicht um mich gekümmert. Und jetzt, wo es ihm schlecht geht, soll ich die treusorgende Gemahlin spielen? Ich denke nicht daran! Schon vor vielen Jahren hat er sich für Artur und gegen sein Erbe entschieden, das ich mit meinen eigenen Händen für dich bewahrt habe, Rowan. Sag mir also nicht, was ich tun soll!"

„Ich verzichte auf mein Erbe!", fuhr Rowan sie an. „Ich will nicht so werden wie er!"

Die Ohrfeige, die er dafür bekam, war so kräftig, dass es Rowan die Sprache verschlug. Bevor er etwas sagen konnte, hatte ihn seine Mutter jedoch in den Arm genommen. „Das wirst du nicht", sagte sie mit Tränen in der Stimme. „Aber mein Entschluss steht fest, und du wirst ihn nicht ändern können."

„Es stellt sich die Frage, wie wir nach Camelot gelangen können, ohne dass wir Mordred in die Arme laufen", überlegte Gwyn. „Er wird alle Straßen nach Süden entweder mit seinen Männern oder gedungenen Spitzeln kontrollieren."

„Vielleicht habe ich eine Lösung für dieses Problem", sagte Lady Wenna. „Folgt mir."

Sie führte Gwyn zu einer kleinen Tür in der nördlichen Umfriedung der Burg, die dem Meer zugewandt war. Der eiserne Riegel war durch die salzige Luft so verrostet, dass es eines kräftigen Hiebes mit Lancelots Schwert bedurfte, um ihn zu öffnen.

Dann war der Blick auf die See frei. Gwyn musste sich an der Mauer festhalten. Er hatte zwar noch nie unter Höhenangst gelitten, doch bei dem Blick hinab in die meerumtoste Tiefe stockte ihm das Herz.

„Das ist ein Fluchtweg, den noch Sir Ector angelegt hatte. Achtet auf die Stufen. Am besten gehe ich voran."

Der Weg, der diese Bezeichnung eigentlich nicht verdiente, war grob in den Fels gehauen und an manchen Stellen so schmal, dass sie zum nächsten Sims springen mussten. Gwyn versuchte, nicht nach unten zu schauen, um nicht das Gleichgewicht zu verlieren, doch das war gar nicht so einfach, denn so sah er nicht, wohin er den Fuß setzen musste.

Sie hatten das Meer fast erreicht, als sich zu ihrer Linken eine große Höhle öffnete.

Das Boot, das kieloben auf vier hölzernen Böcken lag, maß vielleicht zwanzig Fuß in der Länge und vier in der Breite. Ein großes, schwarz geteertes Tuch diente als Schutz gegen die Elemente. Lancelot schlug es beiseite und strich mit der Hand über das Holz.

„Es ist in einem guten Zustand“, sagte er.

„Das will ich meinen“, sagte Lady Wenna. „Zweimal im Jahr komme ich herunter und bessere die Schäden aus. Es dauert meist Tage, bis ich das Pech wieder von meinen Händen abgewaschen habe.“

„Der Mast?“

„Befindet sich mit dem Segel und den Rudern unter dem Boot.“

Lancelot nickte und schaute sich den Nachen jetzt von unten an.

„Die Passage um Gwennap Head ist zwar stürmisch, aber immer noch ungefährlicher als eine Begegnung mit dem Feind“, sagte Lady Wenna.

„Was meinst du, Gwyn?“, fragte Sir Lancelot.

Gwyn stand beim Eingang der Höhle, wo er auf das Meer hinausstarrte. „Wir nehmen dennoch den Landweg“, sagte er mit abwesender Stimme.

„Sei kein Narr, Junge“, sagte Lady Wenna ungehalten. „Bring dich nicht unnötig in Gefahr.“

Er drehte sich zu ihr um. „Es ist kein Platz für die Pferde.“

„Ihr könnt euch neue besorgen, wenn ihr bei Lyme Regis an Land geht.“

„Ich lasse Pegasus nicht im Stich.“

„Gwyn, überlege es dir genau“, sagte Lancelot.

„Das habe ich bereits, und mein Entschluss steht fest. Wir brechen morgen auf, reiten die Küste nach Osten entlang und umgehen Mordred in einem weitläufigen östlichen Bogen.“

Lancelot zuckte mit den Schultern und deckte das Boot wieder zu. „Wie du willst, es ist deine Entscheidung. Aber ich glaube, dass du einen Fehler begehst.“

Die Nacht war kurz. Noch vor dem Sonnenaufgang nahmen Gwyn, Lancelot und Rowan eine kräftige Mahlzeit zu sich und sattelten dann die Pferde. Lady Wenna hatte alles für den langen Ritt vorbereitet und einen großen Teil ihrer Vorräte hergegeben.

Lancelot verabschiedete sich als Erster von ihr. „Ich danke Euch. Sobald wir in Camelot angekommen sind, werde ich Artur Bericht erstatten. Er soll einige seiner Soldaten zu Eurem Schutz nach Caer Goch schicken.“

„Artur wird selbst jeden Mann brauchen, um Camelot zu sichern. Wahrscheinlich weiß er nicht einmal, dass ich noch lebe.“

„Dann sorge ich dafür, dass sich das ändert“, sagte Lancelot und umarmte sie. „Gibt es irgendetwas, was ich Eurem Gemahl ausrichten soll?“

Sie schüttelte den Kopf.

„Dann wünsche ich Euch alles Gute.“ Mit diesen Worten bestieg Lancelot sein Pferd.

„Gwydion Desert?“, rief Lady Wenna.

Gwyn, der gerade seinen Sattelgurt nachzog, blickte auf.

„Komm einmal her.“

„Ja, Lady Wenna.“

Als Gwyn näher gekommen war, sagte sie leise zu ihm: „Ich weiß genau, warum du nicht das Boot nehmen willst."

„Dann erspart uns einen weiteren Disput. Ich werde es jedenfalls nicht zulassen, dass Ihr wegen uns keine Möglichkeit zur Flucht mehr habt, wenn es zum Schlimmsten kommt."

Sie sah ihn mit einem Ausdruck belustigten Mitleides an. „Was habe ich zu verlieren?"

„Euer Leben. Ich möchte, dass Rowan noch eine Familie hat, zu der er zurückkehren kann, wenn alles vorbei ist."

Lady Wennas Gesichtszüge wurden weich. „Rowan kann stolz darauf sein, dich zum Freund zu haben", sagte sie. „Du bist ein guter Junge."

„Ich bemühe mich", antwortete er. „Heute ist es mir nicht so gut gelungen."

„Ist es wegen des Mannes, den du getötet hast?", fragte sie. „Es ist Krieg, Gwydion Desert. Solange Menschen wie Mordred nach der Macht streben, wird so etwas immer wieder geschehen."

„Ich wünschte, es wäre nicht so."

„Wenn es stimmt, was man sich von dir erzählt, liegt es in deiner Hand. Nur wenige haben die Macht, die Welt zum Besseren zu verändern. Du scheinst einer von ihnen zu sein."

„Ich danke Euch jedenfalls für die Gastfreundschaft, auch wenn Agrippina sie missbraucht hat."

Lady Wenna machte eine wegwerfende Handbewegung. „Ist schon in Ordnung. Ich vermute, sie hatte ihre Gründe, sich einfach in der Nacht davonzustehlen. Du wirst sie wiedersehen, dessen bin ich mir sicher."

Dann verabschiedete sich Rowan von seiner Mutter. Es war ein ergreifendes Bild. Zehn Jahre lang hatten sie sich nicht gesehen, doch die wenigen Wochen in Caer Goch hatten ausgereicht, zwischen beiden ein festes Band entstehen zu lassen, das niemand mehr durchtrennen konnte.

Als sie durch das Tor ritten, drehten sie sich noch einmal zu Lady Wenna um. Odgar hatte sich neben die Herrin von Caer Goch gestellt. Auch wenn dieser schweigsame sonderbare Riese sie beschützte, würden die nächsten Wochen und Monate schwer für Rowans Mutter werden. Gwyn hob noch einmal die Hand zum Abschied. Dann machten sie sich auf den Weg nach Camelot.

Heimkehr in die Fremde

Das Grenzland, das sich östlich des Avon erstreckte, war eine verlassene Gegend, die schon lange von ihren ursprünglichen Bewohnern aufgegeben worden war. Die Zeiten waren zu unsicher, als dass ein Bauer ohne Angst vor einem Überfall sein Feld bestellen konnte. Auch wenn die Sachsen bei der Schlacht um Camelot eine empfindliche Niederlage hatten einstecken müssen, so blieben sie in diesem Landstrich eine ernst zu nehmende Bedrohung. Und so waren die Dörfer, durch die sie ritten, allesamt ausgestorben und zerstört. Immer wieder mussten sie vor marodierenden Banden fliehen, die in diesem rechtsfreien Niemandsland Reisenden auflauerten, um diese zu berauben und ihnen je nach Laune die Kehle durchzuschneiden. Dieses Schicksal blühte vor allem denjenigen, die keine Familie hatten, die in der Lage war, ein horrendes Lösegeld für sie zu zahlen.

Gwyn erinnerte diese bedrückende Reise an seine Durchquerung des Wüsten Landes, so seelenlos und gottverlassen war diese Gegend. Er spürte eine Einsamkeit in seinem Herzen, die den Blick verdüsterte und jedes Gefühl der Hoffnung erstickte. Waren woanders die Zeugnisse der römischen Zivilisation noch anzutreffen, hatten hier die Sachsen in ihrem blinden Vandalismus Straßen, Wasserleitungen und Häuser so gründlich zerstört, dass an einen Wiederaufbau über Jahre hinaus nicht zu denken war.

Das war es also, das dunkle Zeitalter, dessen Kommen sich durch Krieg und Brandschatzung ankündigte. Die, die das Unglück hatten, den kommenden Sturm zu überstehen, würden sich verzweifelt an das wenige klammern, was ihnen ihre Vorfahren hinterlassen hatten. Sie würden es ohne Verstand so lange nutzen, bis es in ihren ungeschickten Händen zerbrach und fortgeworfen wurde. Nichts würde mehr bewahrt, nichts neu erschaffen werden. Es war der Anbruch eines jahrhundertelangen Winters, in dem der Mensch dem Tier immer ähnlicher werden würde.

Obwohl in manchen der aufgegebenen Dörfer noch einige Hütten standen, entschieden sich Gwyn, Lancelot und Rowan, um die teilweise niedergebrannten Siedlungen einen großen Bogen zu machen und, wo es ging, unter freiem Himmel zu kampieren. Nur wenn sich irgendwo eine Höhle fand, wagten sie es, des Nachts ein Feuer zu entzünden, um den kargen Speisezettel durch einen frisch erlegten Hasen zu bereichern.

Die Befürchtung, dass Mordreds Männer so weit nach Osten vorgedrungen sein konnten, bewahrheitete sich nicht. Und auch die Sachsen schienen noch stillzuhalten. Gwyn vermutete, dass dies nichts mit der neu entdeckten Treue zu Camelot zu tun hatte. Die Sachsen mussten bestimmt ihre

Spione über das Land verteilt haben und warteten nun ab, was die nächsten Monate bringen würden. Im Gegensatz zu Artur war die Zeit auf ihrer Seite. Wie die Geier konnten sie in aller Ruhe zusehen, wie ihre Beute langsam aber sicher ausblutete.

Bei Sarum überquerten sie den Avon und zwei Tage später erreichten sie ohne weitere Zwischenfälle Cadbury. Das Dorf, das sich in Sichtweite zu Camelot befand, bot einen traurigen Anblick. Viele der Bewohner waren fortgezogen, die Häuser und Höfe standen leer.

Als sie sich dem kleinen Wäldchen am Fuße des Burgbergs näherten, stellten sie fest, dass auch die Sachsen nicht mehr da waren. Außer einigen zugewachsenen Erdlöchern wies nichts mehr darauf hin, dass hier einmal über hundert Männer, Frauen und Kinder Wind und Wetter getrotzt hatten. Die Hoffnung, dass Artur ihnen wie versprochen helfen würde, ein freies Bauernleben zu führen, musste wohl enttäuscht worden sein. Vermutlich waren sie nach Osten gewandert. Dort würden sie sich bald wieder bewaffnen, um sich gewaltsam das zu holen, was man ihnen so leichtfertig versprochen hatte.

Ein unerklärlicher Druck lastete auf Gwyns Brust. Mit einem Mal wusste er, dass es ein Fehler war, hierher zurückzukehren. Jede Faser seines Körpers sträubte sich dagegen, weiterzureiten. Camelot, das wusste er jetzt, existierte nicht mehr. Das, was er sah, war nichts als ein finsteres, beunruhigendes Trugbild, das einen Schatten auf sein Herz warf. Von außen betrachtet war Camelot noch immer die imposanteste

Burg, die Gwyn jemals gesehen hatte, aber selbst hier hatte der Zerfall nicht haltgemacht.

Kehre um, rief seine innere Stimme. *Wende dein Pferd, bevor es zu spät ist.* Aber er war wie erstarrt, zögerte noch nicht einmal, als sie den Ringwall hinaufritten und durch das unbewachte, sperrangelweit geöffnete Tor sahen.

„Oh mein Gott", murmelte Sir Lancelot, und auch Gwyns Herz zog sich schmerzhaft zusammen.

„Was ist denn hier geschehen?", fragte Rowan erschrocken.

Der Burghof bot ein Bild des Chaos. In allen Ecken türmte sich der Müll und erfüllte die Luft mit einem widerlich süßen Geruch. Gwyn sah in der Nähe der Küche zwei katzengroße Ratten. Sie hatten sich wohl an den Abfällen fett gefressen, die Meister Arnold achtlos neben die Tür gekippt hatte.

Gwyn stieg von seinem Pferd und band es beim Stall an einen Pfosten. Er wagte es nicht, Pegasus hineinzuführen, denn der bestialische Gestank, der ihm entgegenschlug, war beißend und ungesund.

Der Geruch des Todes, schoss es Gwyn durch den Kopf. Die Burg war ein Kadaver, der in der Sonne verrottete. Eine leere Hülle ohne Seele.

Gwyn sattelte Pegasus ab und hängte sein Schwert an einen Nagel. Keiner der Ritter erschien, um sie willkommen zu heißen. Gwyn lief hinüber zur Unterkunft der Knappen und riss die Tür auf. Alles sah noch aus wie bei seiner Abreise, obwohl viele der Betten nicht gemacht waren. Auf dem Tisch befanden sich die Reste eines kärglichen Mahles, an dem sich jetzt einige Fliegen labten.

Flieh von hier, flehte ihn die innere Stimme an. *Bring dich in Sicherheit, bevor es zu spät ist.*

„Wo sind alle hin?“, hörte er Rowans Stimme hinter sich.

„Ich habe keine Ahnung“, murmelte Gwyn und drängte sich an ihm vorbei. Mit schnellem Schritt durchquerte er den Burghof, riss die Pforte zu Merlins Turm auf und rannte die Stufen hinauf.

„Merlin?“, rief er. Mit aller Kraft hämmerte er mit der Faust gegen die verschlossene Tür. „Merlin, seid Ihr da?“ Er bekam keine Antwort, obwohl sich auf der anderen Seite etwas regte. „Merlin, macht auf! Wir sind wieder zurück und haben Rowan mitgebracht!“

Plötzlich wurde ein Riegel beiseitegeschoben und die Tür öffnete sich einen Spalt. Zwei graue Augen musterten ihn misstrauisch.

„Wer seid Ihr?“, fragte Gwyn vorsichtig. Er stolperte einen Schritt zurück, als er erkannte, wer ihn so bohrend anstarrte.

„Wo ist Sir Kays Sohn?“, fragte Artur drohend, ohne ihn zu begrüßen.

„Er ist gemeinsam mit Sir Lancelot unten im Hof.“

Der König stieß die Tür jetzt ganz auf. Für einen flüchtigen Augenblick konnte Gwyn einen Blick in den Raum werfen. Alles lag in wüstem Durcheinander, als hätte jemand etwas gesucht und nicht gefunden.

Artur war in einem bedenklichen Zustand. Er schien sich schon länger nicht gewaschen zu haben und auch seine schmutzige Kleidung war voller Flecken. Obwohl es nicht kalt war, warf sich der König einen Mantel über die Schulter, stieß den Jungen beiseite und rannte, ohne ein Wort zu verlieren, die Treppe hinunter.

Gwyn hätte am liebsten Merlins Gemächer genauer untersucht, doch er entschloss sich, dem König zu folgen. Gwyn konnte förmlich spüren, dass eine Katastrophe heraufzog.

Er hatte Artur eingeholt, als dieser hinaus auf den Hof trat und geradewegs auf Rowan zusteuerte.

„Majestät!", rief er. „Es ist gut, Euch zu sehen! Wie geht es meinem Vater? Ich muss …" Weiter kam er nicht, da hatte ihn schon ein gewaltiger Schlag niedergestreckt.

„Werft den Burschen in den Kerker!", zischte Artur.

„Hoheit, Ihr begeht einen Fehler!", sagte Sir Lancelot, der versuchte, sich zwischen Artur und Rowan zu stellen.

„Das ist ein Befehl", schrie der König so laut, dass Gwyn zusammenfuhr. Lancelot zögerte noch immer. Artur tastete seine Seite nach Excalibur ab, doch als er erkannte, dass er unbewaffnet war, packte er Lancelot wutschnaubend beim Kragen und zog ihn zu sich heran.

„Das ist ein Befehl", presste er noch einmal zwischen den Zähnen hervor. „Und Ihr wisst, was geschieht, wenn Ihr ihn verweigert!"

Lancelot erwiderte nichts. Er griff Rowan beim Arm und zog ihn hoch.

„Gib Antwort, wenn dein König mit dir spricht, Ritter!"

„Ja, Herr", sagte Lancelot mit mühsam unterdrückter Wut.

„Ja, Herr. Und weiter?

„Ja, Herr. Ich weiß, was geschieht, wenn ich einen Eurer Befehle verweigere."

„Morgen mache ich diesem Vatermörder den Prozess“, sagte Artur.

Rowan, der zu verstört war, als dass er auch nur ein Wort hervorbringen konnte, wischte sich mit dem Handrücken das Blut von den Lippen

„Vatermörder?“, sagte Gwyn. „Was soll das heißen?“

„Keine drei Tage nach eurem Aufbruch hat sich Sir Kay das Leben genommen. Offensichtlich konnte er es nicht verwinden, dass sein eigener Sohn ihn umbringen wollte.“

„Aber … ich war es nicht, Majestät! Ich habe damit nichts zu tun!“, schrie Rowan, der nun von Lancelot abgeführt wurde. Verzweifelt versuchte er sich aus der Umklammerung zu befreien. „Ich will meinen Vater sehen! Hört Ihr? Ich will meinen Vater sehen!“

„Das wirst du“, antwortete Artur kalt. „Wenn du erst am Galgen baumelst, wirst du ihn wiedersehen.“

In diesem Moment war es, als würde Gwyns Herz aufhören zu schlagen. Artur war verrückt geworden, nun bestand kein Zweifel mehr. Was um Himmels willen war während seiner Abwesenheit geschehen? Und wo zum Teufel war Merlin? Es gab nur einen Menschen, den er fragen konnte, und er betete zu Gott, dass er noch hier war.

Gwyn klopfte vorsichtig an die Tür. „Katlyn?“, flüsterte er leise.

„Wer ist da?“, kam es von der anderen Seite.

„Ich bin es, Gwyn."

Die Tür wurde aufgerissen und Katlyn flog ihm um den Hals.

„Gott sei gedankt", schluchzte sie. „Du bist wieder zurück." Und als hätte man ihr eine gewaltige Last von den Schultern genommen, begann sie laut zu weinen. Vorsichtig strich er ihr über den Rücken. Ein seltsames Gefühl durchströmte ihn, und obwohl die Situation ihm etwas peinlich war, wünschte er sich, sie würde ihn nie wieder loslassen.

„Was ist geschehen?", fragte er schließlich.

Katlyn schaute sich hastig um, dann zog sie ihn zu sich in die Kammer herein und verriegelte die Tür.

„Drei Tage, nachdem ihr fort wart, kam es zu einem offenen Aufstand der Sachsen. Sie stürmten die Burg und plünderten die Lager. Es wäre zum Schlimmsten gekommen, wenn Merlin nicht eingegriffen hätte. Sowohl die Ritter als auch die Wachen hatten sich schon bewaffnet, um die Rebellion niederzuschlagen, doch Merlin gebot ihnen Einhalt, sonst hätte es ein entsetzliches Blutbad unter den Frauen und Kindern gegeben. Also nahmen die hungernden Familien alles mit, was sie tragen konnten, und zogen ab. Seit diesem Tag haben wir die Sachsen nicht wiedergesehen."

„Merlin hat klug gehandelt", sagte Gwyn und schaute Katlyn erwartungsvoll an.

„Der Meinung war Artur nicht. Es ist vor allen Leuten zu einem hässlichen Streit gekommen." Sie schüttelte bei dem Gedanken daran den Kopf. „Unglaublich. Ich habe Artur noch nie so gesehen. Merlin hörte sich alles ruhig an und das machte Artur noch wütender. Er steigerte sich so in seine Raserei hinein, dass er Merlin fortschickte."

„Wie, er schickte ihn fort?", fragte Gwyn, der nicht verstand.

„Artur sagte, er solle nie wiederkommen, wenn ihm sein Leben lieb sei", sagte Katlyn verzweifelt. „Er nannte ihn einen Verräter, Unheilstifter, Teufel und noch so einiges mehr. Merlin durfte noch nicht einmal seine Sachen mitnehmen."

Eine kalte Hand griff nach Gwyns Herz. Merlin war fort! Sein wichtigster Fürsprecher bei Hofe war nicht mehr da!

„Doch es kam noch schlimmer. Merlin war gerade dabei, Camelot zu verlassen, als von einem der Türme eine Stimme erklang. Es war Sir Kay. Wir konnten nicht hören, was er rief, doch es klang wie eine einzige bittere, schmerzhafte Anklage. Dann breitete er die Arme aus und stürzte sich in die Tiefe. Es war so schrecklich." Katlyn brach wieder in Tränen aus.

Gwyn hatte auf einmal das Gefühl, als wäre sein Körper aus Eis. Der einzige Mensch, der Rowan hätte entlasten können, war tot! Mit einem Stöhnen setzte er sich auf einen Stuhl und schloss die Augen.

„Es sieht so aus, als hätte sich alles gegen uns verschworen. Auch wir bringen schlechte Nachrichten. Mordred plant einen neuen Angriff auf Camelot, und diesmal scheint es, als hätte Artur keine Chance, den Sieg davonzutragen."

„Weiß der König davon?"

„Nein, wir hatten noch keine Gelegenheit gehabt, ihm davon zu berichten."

„Dann darfst du keine Zeit verlieren! Rede mit ihm!"

Gwyn sah sie traurig an. „Er wird uns nicht zuhören. Nicht nach allem, was geschehen ist. Artur hasst Lancelot, und ich bin für ihn nur der Knappe seines größten Rivalen."

„Aber Camelot steht auf dem Spiel, die Tafelrunde …"

„Die Tafelrunde interessiert ihn nicht mehr", rief Gwyn. „Er hat nur noch diesen verdammten Gral im Kopf!" Plötzlich kam ihm eine Idee. „Aileen. Ich muss mit ihr reden. Sie ist vielleicht die Einzige, auf die er noch hört."

Gwyn sprang auf und riss dabei den kleinen Tisch um. Eine Vase mit Sommerblumen fiel dabei zu Boden. Sie zerbrach, doch es kümmerte ihn nicht im Geringsten. Ohne auf Katlyn zu achten, hastete er durch die Tür und rannte die Treppe hinunter.

Er hatte kaum den Burghof betreten, als er das Getrappel von Pferden hörte, die durch das offene Tor kamen. Gwyn hatte zunächst kaum erkannt, um wen es sich dabei handelte, so schmutzig waren die Ritter und ihre Knappen. Sie waren auf der Jagd gewesen, wohl um die Vorratskammern wieder zu füllen, die die Sachsen bei ihrem Aufstand so gründlich geleert hatten.

Neben den Knappen hatten auch die meisten der Bediensteten die Ritter begleitet. Sofort machten sie sich daran, das erlegte Wild von den Karren zu hieven und hinüber in die Wirtschaftshäuser zu tragen, wo man es häuten und ausnehmen würde.

Es dauerte eine Weile, bis Gwyn unter den bis zur Unkenntlichkeit verdreckten Reitern Cecil und dessen Herrn Sir Tristan entdeckte. Er entbot dem Ritter seinen Gruß.

„Es ist gut, dich wiederzusehen“, erwiderte Tristan freundlich. Erleichterung schwang in seiner Stimme mit. „Habt ihr Rowan finden können?“

Gwyn nickte.

„Wo ist er?“

„Der König hat ihn eingesperrt. Sir Lancelot ist bei ihm. Morgen soll Gericht gehalten werden.“

Tristan kletterte steif aus seinem Sattel. „Das habe ich befürchtet. Nach Sir Kays Tod ist Artur ein unversöhnlicher Mann geworden, der nur noch auf Rache sinnt.“

„Also ist Rowans Schicksal besiegelt“, sagte Cecil, der auf einmal zusammen mit Orlando neben Tristan stand. Die beiden Jungen sahen ausgezehrt und müde aus. Die letzten Wochen mussten hart für sie gewesen sein, denn die letzten Spuren kindlicher Züge waren einer Ernsthaftigkeit gewichen, die sie älter erscheinen ließ, als sie tatsächlich waren.

„Die Frage ist doch, ob er es war!“, sagte Orlando. „Wenn Rowan das Messer geführt hat, ist der Strick die gerechte Strafe für ihn.“

„Er war es nicht“, fuhr ihn Gwyn an. „Oder glaubst du, er wäre sonst freiwillig mit Lancelot und mir nach Camelot zurückgekehrt?“

„Lasst uns den morgigen Tag abwarten“, versuchte Sir Tristan sie zu beruhigen. „Vielleicht besteht ja doch noch Hoffnung.“

„Ja, vielleicht …“, murmelte Gwyn abwesend.

„Was ist, Gwyn?“, fragte Cecil. „Wen suchst du? Katlyn?“

„Nein, die Prinzessin. Ist sie bei der Königin?“

Cecil schüttelte den Kopf. „Sie ist da drüben.“ Er zeigte auf eine Gestalt, die Gwyn zunächst für Hewitt gehalten hatte. „Aileen war mit uns auf der Jagd. Ich sag dir, mit ihr möchte ich nicht in den Nahkampf gehen. Sie hat ganz alleine einen Eber zur Strecke gebracht, der so schwer war, dass er nur von zwei Männern getragen werden konnte.“

Doch Gwyn konnte über diesen Scherz nicht lachen. Er ließ seine Freunde stehen und ging zu Aileen hinüber, die gerade ihren ledernen Helm absetzte. Als sie Gwyn sah, strahlte sie über das ganze Gesicht. Bevor er etwas sagen konnte, schlang sie ihre Arme um seinen Hals und gab ihm einen langen, innigen Kuss.

Augenblicklich kehrte Stille ein. Gwyn spürte, wie sich die Blicke der anderen in seinen Rücken bohrten. Sogar der eine oder andere anerkennende Pfiff war zu hören. Mit einer brüsken Bewegung schob er sie von sich fort.

„Was soll das?“, zischte er sie an.

„Ich habe dich nur standesgemäß begrüßt“, antwortete sie kokett. „Was sagst du zu meinem Jagdglück?“ Sie deutete auf den riesigen Eber, der gerade von zwei Jagdgehilfen weggeschleppt wurde. „Wie du siehst, habe ich vor Wildschweinen keine Angst mehr. Das habe ich nur dir zu verdanken.“

„Rowan ist zurück“, sagte Gwyn.

„Oh“, sagte Aileen nur. „Vielleicht hätte er unter Anbetracht der Umstände lieber da bleiben sollen, wo er war.“

„Artur ist fest dazu entschlossen, ihn für Sir Kays Tod hinrichten zu lassen.“

„Ja, das ist wohl die Strafe für solch eine Tat.“

Gwyn packte sie am Arm und zog sie beiseite.

„Du bist die Einzige, die ihn vor dem Strick bewahren kann. Rede mit deinem Großvater."

„Warum sollte ich das tun?"

„Weil Rowan unschuldig ist."

Aileen schaute Gwyn triumphierend an. „Du weißt, was ich von dir verlange. Gebe hier und auf der Stelle deine Verbindung mit mir bekannt und ich werde Rowan das Leben retten."

„Einen Teufel werde ich tun!"

Sie zuckte mit den Schultern. „Wie du willst. Dann wird morgen ein Unschuldiger sterben."

Gwyn spürte, wie alles Blut aus seinem Gesicht wich. Sein Mund wurde trocken, und er hatte das Gefühl, dass sich der Boden unter seinen Füßen auftat.

„Du warst es", flüsterte er mit erstickter Stimme, als ihn die Erkenntnis wie ein Blitz traf. „Du hast den Anschlag auf Sir Kay verübt."

Alle Farbe war aus Aileens Gesicht gewichen und sie zitterte. „Er wollte mich dazu zwingen, dass ich bei seinem Sohn bleibe."

„Und da hast du ihm ein Messer in den Rücken gejagt?", keuchte Gwyn ungläubig.

„Er hat mir keine andere Wahl gelassen", sagte sie mit zitternder Stimme. „Kay hat gedroht, mich umzubringen, wenn ich meine Entscheidung nicht wieder zurücknähme. Dabei hatte ich meine Wahl schon längst getroffen."

Gwyn war wie versteinert.

Aileen schien sich jetzt wieder in der Gewalt zu haben. „Du wirst es mir nicht beweisen können“, sagte sie kalt. „Und ich frage dich hier und jetzt zum unwiderruflich letzten Mal: Willst du an meiner Seite den britannischen Thron besteigen?“

Gwyn dachte nicht nach. In diesem Moment hatte er das unwirkliche Gefühl, neben seinem Körper zu stehen. Eine Welle von Hass, wie er ihn noch nie zuvor gespürt hatte, durchströmte ihn. Er sah sich selbst die Hand heben. Dann schlug er zu und Aileen stürzte zu Boden.

Hinter sich hörte er den erschrockenen Ausruf der Ritter, Knappen und Knechte, die Zeuge dieser Szene waren. Einer der Burschen, der sich etwas abseits hielt, schien die Szene mit besonderem Interesse zu verfolgen.

Aileen stand auf und wischte sich mit der Hand das Blut von der Nase. „Das hättest du nicht tun dürfen, du dreckiger Schweinebauer.“ Ihre Stimme war so schrill, dass sie sich beinahe überschlug. „Ich schwöre dir, dafür wirst du teuer bezahlen!“

Ohne ein weiteres Wort zu verlieren drehte sich Gwyn um und ging.

Die Auseinandersetzung zwischen ihm und der Prinzessin war an diesem Abend das alles beherrschende Thema auf Camelot. Diejenigen, die Gwyn nicht so freundlich gesonnen waren, machten ihre Witze über ihn, während Orlando und

Cecil betroffen schwiegen. Gwyn nahm das alles nur wie durch einen Schleier wahr. Für ihn war es, als würde die Welt, die er kannte, langsam auseinanderbrechen.

Rowan war des Mordes an seinem Vater angeklagt und würde morgen nach einer Gerichtsverhandlung, die nur eine Farce war, hingerichtet werden.

Merlin, Gwyns mächtiger Fürsprecher, war von Artur vertrieben worden und Lancelot würde ihm nicht helfen können. Wie er es auch drehte und wendete: Gwyn hatte seine Heimat verloren. Doch bevor er Camelot den Rücken kehren würde, musste er Rowan retten. Aileen hatte Recht gehabt: Gwyn kannte die Wahrheit, doch verschaffte ihm das keinen Vorteil. Artur würde ihm gegenüber taub und blind sein. Wie er es drehte und wendete, er musste alleine versuchen, einen Ausweg zu finden.

Auch wenn Merlin zuweilen ein undurchsichtiges Spiel mit ihm getrieben hatte, fehlte Gwyn jetzt die Hand, die der alte Mann stets schützend über ihn gehalten hatte. Aber Merlin war fort, und mit ihm die Hoffnung darauf, dass diese Geschichte ein glückliches Ende nehmen würde. Stattdessen fand sich Gwyn inmitten eines Albtraums wieder, der so bedrückend war, dass es eigentlich nicht mehr schlimmer werden konnte.

Doch selbst mit dieser Einschätzung sollte Gwyn sich gründlich täuschen.

Das Ende der Tafelrunde

Die Sorge um Rowan raubte Gwyn in dieser Nacht den Schlaf. Seine Gedanken drehten sich im Kreis. Dunkle Ahnungen und schreckliche Befürchtungen verdichteten sich zu beängstigend realistischen Wahnbildern. Schließlich fiel er in einen bleiernen Albtraum.

Er sah sich wieder auf jenem nebelverhangenen Schlachtfeld, von dem er bereits in seiner ersten Vision geträumt hatte. Doch nun vermischte sich die Erinnerung mit dem beängstigenden Bild, das Agrippina mit ihrem eigenen Blut an die Wände ihres Kerkers gemalt hatte. Zwei gewaltige Heere prallten aufeinander. Camelot fiel. Cadbury brannte. Und überall herrschten Tod und Verzweiflung.

Plötzlich sah Gwyn vor sich einen See, dessen Oberfläche glatt wie ein Spiegel im Mondlicht glänzte. Er schaute an sich hinab und sah, dass er in der Rechten Excalibur hielt.

„Wach auf", flüsterte eine Stimme in sein Ohr. Gwyn wandte sich langsam um und blickte in das Antlitz einer Frau, die so schön war, dass sein Herz in der Brust schmerzte. Ihr lockiges Haar schimmerte golden im Sommerwind. Ihre

Gesichtszüge waren weich, die hellgrünen Augen voller Tränen. Um den Hals trug sie das Medaillon mit dem Einhorn. Sie hatte schützend die Hände vor ihrem prallen Bauch verschränkt.

„Wach auf", flüsterte nun eine Stimme in sein anderes Ohr. Der Mann, dem sie gehörte, war ein Riese mit tiefschwarzem Haar und leuchtenden, dunklen Augen unter buschigen schwarzen Augenbrauen. In seiner Hand hielt er eine gewaltige Axt, das Haupt war mit einem goldenen Reif gekrönt. Auf der Brust seines weißen Rocks prangte ein schwarzer Rabe.

„Vater? Mutter?", wisperte Gwyn.

„Wach auf und hab keine Angst", sagte Valeria. Ihr Bauch war verschwunden. Stattdessen hielt sie jetzt ein kleines Kind im Arm, das laut weinte.

„Was immer in dieser Nacht geschehen mag, vertraue darauf: Du bist nicht allein", sagte Goon Desert.

„Was erwartet mich?", fragte Gwyn ängstlich.

„Die Erfüllung deines Schicksals", sagte Valeria. „Und nun öffne deine Augen."

Gwyn schreckte keuchend hoch. Sein Herz raste wie wild. Er wusste nicht, ob er im Schlaf geschrien hatte, aber die anderen Knappen schienen noch zu schlafen. Verwirrt rieb er sich die Augen.

Etwas stimmte nicht. Draußen herrschte noch finstere Nacht, doch der Burghof war erfüllt mit aufgeregten Schreien und Rufen. Plötzlich wurde die Tür aufgerissen und Artur stand im Raum, Excalibur in der einen, ein blutbesudeltes

Schwert in der anderen Hand. Gwyn wurde bleich, als er in die Augen des Königs schaute.

„Gehört diese Waffe dir?“, schrie ihn Artur an und drückte ihm Excalibur an seine Kehle.

Gwyn erkannte sein Schwert und nickte langsam. Was um Himmels willen hatte das zu bedeuten?

Artur ließ die Klinge fallen und packt Gwyn beim Kragen. Unter den Augen der Knappen, die jetzt alle wach waren, wurde Gwyn hinaus auf den Burghof gezerrt, wo sich vor dem Aufgang zum Palas eine aufgeregte Menschentraube versammelt hatte. Alle Gespräche verstummten beim Anblick des Königs, der Gwyn hinter sich herzerrte. Eine Gasse wurde gebildet und gab den Blick auf eine grausige Szene frei.

Vor Gwyn lag im Staub der tote Körper eines jungen Mädchens, das Gesicht von dichtem hellroten Haar bedeckt. Unter ihr breitete sich eine Blutlache aus.

Es war Aileen.

Artur versetzte Gwyn solch einen heftigen Stoß, dass er zu Boden fiel.

„Sieh, was du getan hast“, rief Artur und seine Stimme brach unter den Tränen, die er nun nicht mehr zurückhalten konnte. „Sieh, was du getan hast!“

„Ich habe sie nicht umgebracht“, beteuerte Gwyn, den auf einmal eine panische Angst überfiel.

„Lügner“, brüllte ihn der König an. „Habe wenigstens den Mut und stehe zu deiner Tat! Ich habe dich in meiner Gnade hier aufgenommen, und wie dankst du es mir? Indem du meine Enkelin ermordest!“

„Ich habe sie nicht umgebracht", wiederholte Gwyn verzweifelt.

„Allein das Blut an deinem Schwert sollte Beweis genug für dein Verbrechen sein", sagte Artur. „Doch es gibt sogar einen Menschen, der diese Tat bezeugen kann."

Gwyn, der den Blick von Aileen nicht abwenden konnte, hörte, wie jemand vortrat.

„Der Kerl war es, dafür lege ich meine Hand ins Feuer", sagte eine Stimme, die ihn erschaudern ließ. Er kannte sie. Er kannte sie nur zu gut. Doch Gwyn hätte nie gedacht, ihren Besitzer jemals wiederzusehen!

„Es war spät am Abend, als ich für Meister Arnold noch die Küchenabfälle hinausbrachte und die Prinzessin sah", fuhr die Stimme fort. „Sie schien Streit mit diesem Knappen hier zu haben, der sie mit den wüstesten Worten beschimpfte. Die Prinzessin wollte vor ihm fliehen, doch als sie sich umdrehte, jagte er ihr sein Schwert in den Rücken."

Gwyn wirbelte herum und starrte den Jungen mit weit aufgerissenen Augen an. Es gab keinen Zweifel.

„Edwin", flüsterte er entsetzt.

Artur hielt einen Moment inne. „Ist das dein Name? Kennst du diesen Knappen?"

Edwin lächelte in scheinbarer Verlegenheit. „Nein, ich kenne ihn nicht. Und ich heiße auch nicht Edwin. Mein Name ist Owen."

„Das ist nicht wahr!", schrie Gwyn verzweifelt. „Edwin ist … er ist …" Mein Bruder, wollte er beinahe sagen, doch die Worte blieben ihm im Hals stecken.

Artur gab zwei Wachen ein Zeichen und sie richteten Gwyn auf. „Bei Morgengrauen wirst du sterben. Zusammen mit deinem Freund, dem Vatermörder!"

„Majestät", rief auf einmal eine Stimme, die Lancelot gehörte. „Ihr müsst zunächst über beide Fälle zu Gericht sitzen, so verlangt es das Gesetz."

„Welches Gesetz?", fuhr ihn Artur an. „Wo steht es geschrieben? Ich bin der König von Britannien, Herrscher von Camelot!"

„Aber Ihr steht nicht über dem Recht!", rief Lancelot. „Wenn Ihr diese beiden Jungen ohne eine offene, gerechte Verhandlung zum Tode verurteilt, zerstört Ihr alles, wofür die Tafelrunde all die Jahrzehnte gekämpft hat."

„Niemand zwingt Euch, hierzubleiben", brauste Artur auf. „Wenn Ihr gehen wollt, dann geht. Ich entbinde Euch von Eurem Treueid, genau wie alle anderen auch, die mir nicht mehr folgen wollen. Doch seid gewiss, ich werde Euch mit unerbittlicher Härte verfolgen, wenn Ihr Euch offen gegen Camelot stellt."

Bei diesen Worten brach sogleich ein offener Tumult aus. Ein Handgemenge entstand, bei dem sich Gwyn für einen Moment aus der Umklammerung seiner Wachen befreien konnte. Mit einem Satz war er bei Edwin und riss ihn zu Boden.

„Warum?", schrie er ihn an. „Warum hast du das getan?"

„Erinnerst du dich daran, was ich dir bei unserem letzten Zusammentreffen gesagt habe?", flüsterte er grinsend. „Ich habe versprochen, dir alles zu nehmen, was du liebst und was dir wichtig ist. Lange habe ich auf meine Gelegenheit warten müssen, doch sie kam. Die Prinzessin ist tot und Camelot wird fallen, dafür werde ich sorgen!“

Gwyn wollte Edwin bei der Gurgel packen, doch da wurde er wieder hochgerissen. Der Tumult kochte immer weiter hoch. Einige Stimmen forderten schon jetzt seinen Tod. Wütend schlug und trat Gwyn um sich, als unzählige Hände an ihm zerrten und rissen. Dann traf ihn etwas am Kopf und er verlor das Bewusstsein.

„Scht, ganz ruhig“, sagte Rowan in die Dunkelheit des Kerkers hinein und strich Gwyn vorsichtig über das Haar.

„Ich habe die Prinzessin nicht getötet“, murmelte Gwyn benommen. „Bitte, das musst du mir glauben! Ich wollte nie König an ihrer Seite werden!“

„Genauso wenig wie ich“, antwortete Rowan. „Und wie es scheint, kostet uns diese Entscheidung jetzt das Leben.“

Gwyn richtete sich auf und zog scharf die Luft ein, als er dabei seinen Kopf bewegte. „Was wird nun mit uns geschehen?“, fragte er.

„Du meinst, wie die Hinrichtung vonstattengehen wird? Ich habe nicht die geringste Ahnung. Wir sind die Ersten, die Artur jemals aufknüpfen lässt. Vermutlich wird man uns unter der Linde vor dem Burgtor richten und gleich dort aufhängen.“ Rowan schwieg bedrückt. „Hast du Angst vor dem Tod?“, fragte er leise.

Gwyn wusste nicht, was er auf diese Frage antworten sollte. Er war zwar schon oft in lebensbedrohlichen Situationen gewesen, doch den Gedanken an das Ende hatte er immer beiseitegeschoben.

„Weißt du", fuhr Gwyn fort, „ich glaube, der Tod ist gar nicht so schlimm. Es ist das Sterben, vor dem es mir graut. – Es war Aileen", sagte Gwyn unvermittelt. „Sie war es, die versucht hat, deinen Vater umzubringen."

„Ich habe es vermutet", sagte Rowan bekümmert. „Mein Vater war ein Mann, der nie ein Nein akzeptiert hat. Mich hätte er überreden können, ich war schwach genug. Aber Aileen hat er nicht brechen können." Selbst jetzt schwang noch so etwas wie Hochachtung vor ihr in seiner Stimme mit. „Ich frage mich, ob Artur dich am Leben ließe, wenn er wüsste, dass du der Schlüssel zum Gral bist."

„Ich weiß es nicht", sagte Gwyn. „Wie Mordred kennt er die Prophezeiung. Wenn ich das Einhorn bin, das die beiden Drachen tötet, wird ihm der Gral allem Anschein nach nicht helfen, seinem Ende zu entgehen."

„Also ist der Kelch des Letzten Abendmahls mit deinem Tod endgültig verloren", sagte Rowan.

„Gwyn wird nicht sterben, genauso wenig wie du", raunte eine Stimme jenseits der Tür.

„Lancelot?", fragte Gwyn ungläubig.

Der Riegel wurde beiseitegeschoben und das Licht einer Fackel fiel durch die geöffnete Kerkertür. „Steht auf und kommt! Wir haben keine Zeit zu verlieren. Die Sonne geht in zwei Stunden auf."

„Aber … wenn Euch Artur erwischt …"

„Werde ich morgen neben euch am Galgen baumeln. Doch das wird nicht geschehen", sagte Lancelot.

„Und Euer Treueid?", fragte Gwyn überrascht.

„Der König hat die Ideale der Tafelrunde verraten. Artur hat alle, die ihm nicht mehr folgen wollen, von ihrem Treueid entbunden. Oder erinnerst du dich nicht mehr an seine Worte? Kommt jetzt", sagte er ungeduldig.

Gwyn zögerte. „Bevor wir gehen, muss ich Euch etwas sagen", flüsterte er.

„Ich weiß, dass du am Tode Aileens unschuldig bist", sagte Lancelot. „Wer immer dieser Zeuge war, er hat gelogen, dessen bin ich mir sicher. Du kanntest ihn, nicht wahr?"

„Es war Edwin, der Sohn von Do Griflet."

Sir Lancelot nickte. „Arnold hat mir berichtet, dass er zu den Burschen gehörte, die er in meinem Auftrag angeheuert hat, um die Nahrungsmittel an die Sachsen zu verteilen. Was er nebenbei bemerkt nicht getan hat, denn sonst wäre es nicht zu dem Aufstand gekommen", sagte Lancelot grimmig. „So, und jetzt sputet euch."

Die Wache, die Artur neben dem Kerker postiert hatte, lag ebenso bewusstlos am Boden wie die Männer, die den Burghof im Auge behalten sollen.

„Wie habt Ihr sie alleine ausschalten können?", flüsterte Gwyn, als sie hinüber zum geöffneten Burgtor rannten.

„Wer sagt denn, dass ich alleine bin?", antwortete Lancelot grinsend und machte mit der Hand ein Zeichen. Sir Tristan trat aus dem Schatten einer Mauer auf sie zu, den Bogen geschultert und in der Hand einige Pfeile mit stumpfer, weicher Spitze.

„Meine bescheidene kleine Erfindung", sagte Tristan. „Nicht tödlich, aber absolut wirksam, wenn es darum geht, jemanden lautlos ins Reich der Träume zu schicken."

„Ist alles vorbereitet?", fragte Lancelot.

Tristan nickte. „Die Pferde stehen bereit. Die anderen warten schon auf uns."

„Welche anderen?", fragte Gwyn, der nun überhaupt nicht mehr verstand, was hier geschah.

„Die Gefährten des Einhorns", sagte Lancelot ungeduldig und schaute sich nervös um. „Komm jetzt oder unser Plan scheitert am Ende noch."

Tristan führte sie die Ringwälle hinab zu einem schmalen Pfad, der sie geradewegs in den kleinen Wald führte, wo er Aileen und Katlyn vor den Wildschweinen gerettet hatte. Wie lange war das jetzt her? Ein halbes Jahr? Gwyn kamen diese Monate in der Rückschau wie ein halbes Leben vor.

Als sie die kleine Lichtung betraten, stockte Gwyns Atem und sein Herz schlug schneller. Da waren Orlando, Cecil und mit ihnen Sir Degore, allesamt hoch zu Ross und in voller Rüstung.

„Die Gefährten des Einhorns", wisperte er.

„Nun ja, der Name ist nicht ganz zutreffend", sagte Lancelot. „Eine Gefährtin ist auch dabei."

Nun trat Katlyn hervor. Ihre Blicke trafen sich, und zum ersten Mal errötete sie nicht, sondern blickte Gwyn offen und mit stolz erhobenem Haupt in die Augen. In der Hand hielt sie die Zügel ihres vollbepackten Pferdes. Sie musste alle Bücher, die ihr wichtig waren, mitgenommen haben. Etwas abseits stand fertig gesattelt Pegasus, der bei Gwyns Anblick freudig mit den Hufen scharrte.

„Wissen sie Bescheid?", fragte Gwyn.

„Ja, und zwar in allen Einzelheiten. Nur so konnte ich sie davon überzeugen, dir zu folgen."

„Dein Schwert", sagte Lancelot und reichte Gwyn die Waffe, die einst Sir Humbert gehört hatte. „Das nächste Mal passt du gefälligst besser darauf auf."

Vorsichtig zog Gwyn es aus der Scheide. Kein Blut haftete mehr an der Klinge. Tränen stiegen in seine Augen und er wischte sich mit dem Ärmel seines Hemdes über das Gesicht.

Eine feierliche Stille trat ein, als sich alle Blicke auf ihn richteten. Gwyn schaute verwirrt von einem zum anderen, doch niemand verzog eine Miene.

Plötzlich gingen sie mit Ausnahme von Katlyn vor ihm auf die Knie und stützten sich auf ihre Schwerter. Dann sprachen sie und es klang wie ein vielstimmiger Chor: „Wir schwören bei Gott, dass wir unsere Kraft dem Wohle König Gwydions widmen, Schaden von ihm wenden, seinen Worten folgen, unsere Pflichten gewissenhaft erfüllen und Gerechtigkeit gegen jedermann üben werden. Dies geloben wir, bis uns der Tod oder der Wille unseres Königs von diesem Treueid entbindet."

Nun brachen die Tränen aus Gwyn heraus. Er weinte wie noch nie in seinem Leben. Kraftlos sank er auf die Knie und vergrub das Gesicht in seinen Händen.

„Ich danke Euch“, brachte er schließlich hervor. „Ich hoffe, dass ich dieser Aufgabe gerecht werde und Eure Erwartungen nicht enttäusche.“

Auch alle anderen waren so ergriffen, dass der eine oder andere sich verstohlen die Augen wischte. Lancelot war der Erste, der die Sprache wiederfand.

„Ich dränge nur ungern zur Eile, aber es dämmert bereits. Spätestens bei Sonnenaufgang wird Artur unser Verschwinden bemerken.“

„Ihr habt Recht, Sir Lancelot. Wir sollten aufbrechen. Es liegt ein weiter Weg vor uns.“

„Und was ist unser Ziel?“, wollte Rowan wissen.

„Wir beide sind diesen Weg schon einmal gegangen. Ich kehre heim“, sagte Gwyn und strahlte seine Gefährten an.

„Auf nach Dinas Emrys!“

Peter Schwindt, geboren 1964 in Bonn, war einige Jahre als Zeitschriftenredakteur und Spieleentwickler in der Computerbranche tätig, bis er selbst mit dem Schreiben anfing. Nach einigen sehr erfolgreichen und ausgezeichneten Drehbuchprojekten für das Kinderprogramm des ZDF kam er glücklicherweise auf die Idee, auch Romane für Kinder und Jugendliche zu schreiben.

Ravensburger Bücher **Absolut lesenswert!**

Ein fantastisches Abenteuer

Thomas Finn

Das unendliche Licht

Geisterpiraten überfallen das Dorf des Irrlichtfängers Kai. Der junge Elf Fi nimmt ihn mit nach Hammaburg, der sagenhaften Stadt der Windfänger und Magier, wo er bei dem berühmten Däumlingsmagier Thaddäus Eulertin in die Zauberlehre geht. Nach einer harten Lehrzeit enthüllt sich bei seiner Weihe zum Zauberer, dass Kai der letzte Feuermagier ist – der Bewahrer des unendlichen Lichts, das die einzige Kraft ist, die die Welt vor der bösen Nebelkönigin Morgoya retten kann. Die grausame Zauberin hat im Norden ein finsteres Reich errichtet, dessen Schatten bereits auf Hammaburg fällt.

ISBN 978-3-473-**35260**-9

HC_06_067

www.ravensburger.de

Ravensburger